홍길동전

세계문학전집

200

홍길동전

허균

김탁환 풀어 옮김·백범영 그림

민음사

차례

일러두기

1. 이 책의 제1부는 완판본 36장본을, 제2부는 경판본 24장본을 대본으로 하며, 부록으로 완판 36장본의 국립중앙도서관 소장 영인본을 실었다.
2. 독자들이 소설 내용을 더 잘 이해하도록 원본에는 없는 소제목을 붙였다.
3. 지명이나 관직명에 대해서는 구체적인 주석을 넣지 않았다. 단 고사가 있는 지명이나 인명의 경우는 주석을 넣어 문맥 파악에 도움이 되도록 하였다.
4. 한자어를 현대 어휘로 옮길 때는 그 의미를 훼손하지 않고 전체 문맥을 고려하였다.
5. 한시나 포고문 등은 행을 바꾸어 인용 처리하였다.

홍길동전

완판 36장본

1. 길동의 탄생

조선국 세종대왕께서 즉위하신 지 십오 년 되는 해, 홍화문(弘化門)[1] 밖에 한 재상이 있었다. 성은 홍이요 이름은 문이니, 사람됨이 청렴강직(淸廉剛直)하여 덕망이 높은 당대의 영웅이었다. 일찍 벼슬길에 올라 직위가 한림(翰林)[2]에 이르러 그 명망이 조정에서 으뜸이었다. 임금께서 그 덕망을 높이 여기셔서 벼슬을 올려 이조판서와 좌의정에 봉하셨다. 이에 승상이 감동하여 충성을 다하여 나라의 은혜를 갚으니, 사방에 일이 없고 도적이 없으며 연이어 풍년이 들고 나라가 태평하였다.

---

1) 창경궁의 정문.

2) 조선 시대 벼슬인 예문관 검열의 별칭.

하루는 승상이 난간에 기대어 잠깐 졸았다. 서늘한 바람이 길을 인도하여 한 곳에 다다르니, 푸른 산은 높이 솟고 파란 물은 넘칠 듯 가득 차고, 가는 버들 천만 가지에 녹음이 춤추듯 나부끼고 황금 같은 꾀꼬리는 봄의 흥취를 희롱하여 버드나무 사이를 오락가락하였다. 아름다운 꽃과 풀이 곳곳에 만발한데, 푸른 학과 흰 학, 물총새와 공작새가 봄빛을 자랑하거늘, 승상이 경치를 구경하다 점점 깊이 들어가게 되었다. 높디높은 절벽은 하늘에 닿았고, 구비구비 계곡물은 골골이 폭포 되어 오색구름이 어리었는데, 길이 끊어져 승상이 갈 곳을 몰랐다. 문득 청룡이 물결을 헤치고 머리를 들어 고함을 질러 산골짜기가 무너지는 듯하더니, 그 용이 입을 벌리고 기운을 토하여 승상의 입으로 들어왔다.

잠에서 깨어 깨달으니 평생에 한 번 올 대몽이었다. 마음속으로 '반드시 군자를 낳으리라.'고 생각하여, 즉시 내당에 들어가 몸종을 물리치고 부인을 이끌어 취침코자 하였다. 부인이 정색하고 말하였다.

"승상은 한 나라의 재상입니다. 그 체면과 위상이 높으시거늘 한낮에 정실에 들어와 저를 노류장화(路柳墻花) 대하듯 하시니 재상의 체면이 어디에 있습니까?"

승상이 생각해도 부인의 말이 당연하지만, 그 좋은 꿈을 헛되이 할까 두려워 꿈 이야기는 입 밖에 꺼내지도 못하고 연이어 간청하였다. 그러나 부인이 옷을 떨치고 밖으로 나가 버렸다. 승상이 무안하면서도 부인의 도도한 고집이 안타까워 수없이 한탄하며 외당으로 나오니, 마침 몸종 춘섬이 상을 올렸다. 주위가 고요하고 그윽한 틈을 타 춘섬을 이끌고 원앙지락(鴛鴦之樂)[3]을 이루니, 적잖이 화는 풀렸으나 못내 마음에 걸려하였다.

춘섬이 비록 태생은 천하나 재주와 덕행이 순박하고 곧은지라, 뜻밖에 승상의 위엄으로 가까이 두시니 감히 어기지 못하고 순종한 후로는 그날부터 중문 밖에 나가지 아니하고 행실을 닦으며 지냈다. 과연 그달부터 태기가 있어 열 달을 채우자, 거처하는 방에 오색구름이 영롱하며 향기가 기이한데, 진통 끝에 아기를 낳으니 용모 뛰어난 사내아이였다. 삼 일 후에 승상이 들어와 보고 한편 기뻐하였으나 천한 몸에서 나게 된 것을 아까워하였다. 아이 이름을 길동이라 하였다.

이 아이가 점점 자라니 재주가 비상하여 한 말을 들으면 열 말을 알고, 한 번 보면 모르는 것이 없었다.

하루는 승상이 길동을 데리고 내당에 들어가 부인을 마주하며 탄식하여 말했다.

"이 아이 비록 영웅의 자질을 가졌으나 천생(賤生)이라 무엇에 쓰리요. 원통하도다, 부인의 고집이여, 후회막급(後悔莫及)이로소이다."

부인이 그 까닭을 물으니, 승상이 두 눈썹을 찡그리며 말했다.

"부인이 전날 내 말을 들었으면 이 아이가 부인 몸에서 태

---

3) 남녀가 함께 하는 잠자리의 즐거움.

어났을 것이니, 어찌 천생이 되었겠소?”

이제야 꿈꾼 이야기를 들려주니, 부인이 실망하고 슬퍼하며 말하였다.

“이것 또한 하늘이 정한 운수이니 사람의 힘으로 어찌 하오리까.”

2. 아버지를 아버지라고 부르지 못하다

세월이 물과 같이 흘러 길동의 나이 여덟 살이 되었다. 위아래를 막론하고 칭찬하지 않는 사람이 없고 대감도 사랑하나, 길동은 아버지를 아버지라 못하고 형을 형이라 부르지 못하니 자신이 천하게 난 것을 스스로 가슴 깊이 한탄하였다.

칠월 보름날 밝은 달을 바라보며 뜰 안을 배회하는데, 가을바람은 쌀쌀하고 기러기 우는 소리는 사람의 외로운 심사를 도왔다. 홀로 탄식하여 말했다.

"대장부가 세상에 나매 공맹(孔孟)의 도학(道學)을 배워, 나가서는 장수가 되고 들어와서는 재상이 되는 것이 도리가 아니겠는가? 대장의 도장을 허리에 차고 대장의 단상에 높이 앉아 천병만마(千兵萬馬)를 지휘하여, 남으로는 초나라를 치고 북으로는 중원을 평정하며 서로는 촉나라를 쳐 업적을 이룬 후에, 얼굴을 기린각(麒麟閣)[4]에 빛내고, 이름을 후세에 전함이 대장부의 떳떳한 일이다. 옛사람이 이르기를 '왕후장상(王侯將相)의 씨가 따로 없다.'고 하였는데 나를 두고 하는 말인가? 세상 사람이 가난하고 천한 자라도 부형(父兄)을 부형이라 하는데, 나만 홀로 그러지 못하니 내 인생이 어찌 이러할까."

길동이 억울하고 답답한 마음을 건잡지 못해 칼을 잡고 달 아래 춤을 추며 장한 기운을 감추지 못했다.

이때 승상이 밝은 달을 사랑하여 창을 열고 기대어 앉았다가 길동의 거동을 보고 놀라 물었다.

"밤이 이미 깊었거늘 너는 무엇이 즐거워 이러고 있느냐?"

길동이 칼을 던지고 엎드려 대답했다.

"소인이 대감의 정기를 타 당당한 남자로 태어났으니 이만큼 즐거운 일도 없을 것입니다. 다만 평생 서러운 것은 아비를 아비라 부르지 못하고, 형을 형이라 못하는 것이니, 위아래 종들이 다 저를 천하게 보고, 친척과 오랜 친구마저도 저를 손가락질하며 아무개의 천생이라 이릅니다. 이런 원통한 일이 또 어디에 있겠습니까?"

이어서 대성통곡하였다. 대감이 속으로 가엾게 여기나 만일 그 마음을 위로하면 조금이라도 방자해질까 염려하여 꾸짖어 말했다.

"재상가의 천한 몸종 소생이 비단 너뿐이 아닐 것인데, 그런

4) 중국 한나라의 누각. 공신 열한 명의 초상을 걸었다고 함.

방자한 마음을 먹지 말아라. 앞으로 또 그런 말을 함부로 한다면 너를 다시는 보지 않겠다."

길동은 다만 눈물만 흘리며 엎드려 있을 뿐이었다. 대감이 물러가라 하거늘, 길동이 돌아와 어미를 붙들고 통곡하며 말했다.

"어머니는 소자와 전생에 연분이 있어 이 세상에서 모자가 되었으니, 낳아 길러 주신 은혜가 하늘과 같이 크고 넓습니다. 남아(男兒)가 세상에 나서 입신양명(立身揚名)하여 위로 제사를 받들고, 부모의 길러 주신 은혜를 만분의 하나라도 갚아야 할 것인데, 이 몸은 팔자가 사납고 복이 없어 천생이 되어 남의 천대를 받으니, 대장부가 어찌 구차하게 근본을 지켜 후회를 하겠습니까? 이 몸은 당당히 조선국 병조판서 도장을 차고 상장군이 되지 못할 바에는 차라리 산중에 들어가 세상 영욕(榮辱)을 잊고 살려 합니다. 엎드려 바라건대 어머니는 자식의 사정을 살피셔서 아주 버린 듯이 잊고 계시면, 뒷날 소자 돌아와 은혜를 갚을 날이 있을 것이니 그렇게만 짐작하고 계십시오."

말을 마치는데 기상이 도도하여 도리어 슬픈 기색 하나 없거늘, 그 어미 길동의 거동을 보고 타이르며 말했다.

"재상가의 천생이 너뿐이 아니다. 무슨 말을 들었는지 모르겠지만 어미의 간장을 이다지도 상하게 하느냐? 어미의 낯을 보아 그냥 그대로 있으면 앞으로 대감께서 알아서 조처해 주시는 분부가 있을 것이니라."

길동이 대답하였다.

"부형의 천대는 고사하더라도, 종들이며 어린아이들에게서 들리는 말이 골수에 박히는 일이 허다합니다. 게다가 요즈음 곡산 어미가 하는 짓을 보니, 자기보다 나은 사람을 싫어하여 아무 잘못 없는 우리 모자를 원수같이 보고 살해할 뜻을 품고 있으니 머지 않아 눈 앞에 큰 재앙이 닥칠 것입니다. 하오나 소자 나간 후에라도 어머니께 후환이 미치지 않게 하겠습니다."

그 어미가 말했다.

"네 말이 제법 그럴듯하나, 곡산 어미는 어질고 후덕한 사람인데 어찌 그런 일이 있겠느냐?"

길동이 말했다.

"세상일은 헤아리기 어렵습니다. 소자의 말을 헛되이 생각지 마시고 장래를 보십시오."

3. 자객을 죽이고 집을 떠나다

원래 곡산 어미는 곡산 기생으로 대감의 애첩이 되었는데, 성격이 방자하고 오만하였다. 설령 종이라도 마음에 맞지 아니한 일이 있으면 거짓말로 헐뜯어 사생결단을 내니, 사람이 못되면 기뻐하고 잘되면 시기하였다. 대감이 용꿈을 꾸고 길동을 얻은 사실을 사람마다 칭찬하고 대감 또한 길동을 사랑하시니, 이후로 대감의 총애를 빼앗길까 걱정하였다. 또한 대감이 이따금 농담 삼아 "너도 길동 같은 자식을 낳아 나의 노년 재미를 도우라." 하거늘, 몹시 무안해하는 중에 길동의 이름이 날로 자자해지자 이를 더욱 시기하였다. 초낭[5]이 길동 모자를 눈의 가시같이 미워하다가 해치려는 마음이 급하여 흉계를 짜

5) 곡산 어미의 이름. 경판 24장본에서는 '초란'임.

게 되었는데, 재물을 주고 요사스러운 무녀 등을 불러 모아 매일같이 오가며 모의하였다. 한 무녀가 말하였다.

"동대문 밖에 관상을 보는 계집이 있는데, 사람의 상을 한 번 보면 평생의 길흉화복(吉凶禍福)을 판단합니다. 이제 그를 청하여 약속을 정하고 대감께 추천하여 집안의 전후사를 본 듯이 말씀드리게 한 후, 이어 길동의 상을 보고 여차여차 아뢰어 대감의 마음을 놀라게 하면 낭자의 소원을 이룰까 합니다."

초낭이 크게 기뻐하여 즉시 관상녀를 불러들여 재물을 안기며 대감댁 일을 낱낱이 가르치고 길동을 제거하기로 약속을 정한 후에, 날을 기약하고 돌려보냈다.

하루는 대감이 내당에 들어가 길동을 부른 후에 부인을 보고 말했다.

"이 아이 비록 영웅의 기상이 있으나 어디다 쓰리오?"

농담하며 웃고 있는데, 문득 한 여자가 밖에서 들어오더니 대청 아래서 인사를 올렸다. 대감이 이상하게 여겨 그 까닭을 물으니 그 여자가 엎드리며 말했다.

"소녀는 동대문 밖에 사는데, 어려서 한 도인을 만나 사람의 관상 보는 법을 배웠습니다. 이후로 도성 안의 수많은 집들을 두루 돌아다니며 관상을 보다가, 대감댁에 만복이 있다는 소리를 듣고 천한 재주를 시험해 보고자 왔습니다."

대감이 어찌 요사스러운 무녀와 문답을 주고 받겠는가마는 길동을 희롱하던 끝이라 웃으며 말했다.

"네 어쨌든 가까이 올라와 내 평생에 대해 정확하게 이야기해 보라."

관상녀가 몸을 굽히고 대청에 올라 먼저 대감의 상을 살핀 후에 이미 지난 일들을 역력히 아뢰고 앞일도 보는 듯이 이야기하니, 털끝만치도 대감의 마음에 어긋나는 것이 없었다. 대감이 크게 칭찬하고 이어 집안사람의 상을 의논하는데, 낱낱이 본 듯이 말하여 한마디도 허망한 곳이 없었다. 대감과 부인과 좌중의 사람들이 크게 혹하여 신이 내린 재주라 일컬었다. 끝으로 길동의 상을 논하는데, 크게 칭찬하며 말하였다.

"소녀가 여러 고을을 두루 돌아다니며 수많은 사람을 보았지만 공자의 상 같은 경우는 처음입니다. 잘 모르긴 해도 부인께서 몸소 낳은 자식은 아닌 듯합니다."

대감이 속이지 못하고 말했다.

"그것은 네 말이 맞다. 사람마다 길흉(吉凶)과 영욕(榮辱)이 각각 때가 있는데 이 아이의 상을 각별히 논해 보거라."

관상녀가 길동을 그윽하게 보다가 거짓으로 놀라는 체하거늘, 대감이 이상하게 여겨 그 까닭을 물어도 입을 다물고 말이 없었다. 대감이 말하였다.

"길흉을 털끝만치도 숨기지 말고 보이는 대로 말하여 나의 의혹을 없게 하라."

관상녀가 대답했다.

"이 말씀을 바로 드리면 대감께서 놀라실까 걱정입니다."

대감이 말했다.

"옛날 곽분양(郭汾陽)[6] 같은 사람도 길한 때가 있고 흉한 때가 있었으니 무슨 여러 말이 필요한가? 관상법에 보이는 대로 숨기지 말고 말하라."

관상녀가 마지못하여 길동을 내보낸 후에 조용히 아뢰었다.

"공자에게 장차 일어날 일은 여러 말씀 그만두고 성공하면 군왕이 될 것이요, 실패하면 감히 헤아리지 못할 재앙이 있을 것입니다."

대감이 크게 놀라서 아무 말을 못하다가 이윽고 진정이 된 후에 관상녀에게 후하게 상을 내려 주고 말했다.

"이 같은 말을 삼가 입 밖에 내지 말라."

---

6) 중국 당나라 숙종 때의 충신 곽자의. 부귀와 공명 등 오복을 다 갖춰 팔자가 좋은 사람의 예로 쓰임.

엄히 분부하고 말했다.

"길동이 늙도록 바깥출입을 못하게 하리라."

관상녀가 대답하여 말했다.

"왕후장상의 씨가 어찌 따로 있겠습니까?"

대감이 누누이 당부하니, 관상녀가 손을 모으고 명령을 따를 것을 약속하고는 나갔다.

대감이 이 말을 들은 후 마음으로 크게 근심하여 한 가지 생각에만 골몰하였다.

'이놈이 본래 평범한 놈이 아니니, 또 천생(賤生)임을 한탄하여 만일 분에 넘치는 마음을 먹으면, 대대로 나라에 충성하고 은혜에 보답하였던 일이 쓸 데 없어지고 큰 화(禍)가 우리 가문에 미칠 것이로다. 미리 저를 없애어 가문에 닥칠 화를 덜고자 하나 차마 인정에 못할 일이로구나.'

생각이 이렇다 보니 좋게 넘어갈 도리가 없었다. 마음에 병이 들어 먹어도 맛이 없고 잠을 자도 편안하지가 않았다. 초낭이 눈치를 살피다가 틈을 타서 여쭈었다.

"관상녀의 말대로 길동이 왕의 기운을 타고 나서 만약 분에 넘치는 짓을 저지르게 되면, 가문에 닥칠 화를 감히 헤아릴 수 없을 것입니다. 저의 어리석은 소견으로는 조금 꺼려지더라도 큰일을 생각하여 길동을 미리 없애는 것이 좋지 않을까 하나이다."

대감이 크게 꾸짖어 말했다.

"이런 말은 경솔히 할 바가 아닌데, 네 어찌 입을 조심하지 못하느냐? 도무지 내 집 가문의 운명은 절대 네 알 바가 아니다."

초낭이 황공하여 다시는 말을 못하고, 내당에 들어가 부인과 대감의 장자에게 여쭈었다.

"대감이 관상녀의 말씀을 들으신 후로 아무리 생각해도 어찌할 도리가 없어 제대로 드시지도 못하고 주무시지도 못하더니 마음에 병환이 나셨습니다. 소인이 일전에 이러이러한 말씀을 아뢰었더니 꾸중을 하시는 바람에 다시 여쭙지 못하였습니다. 소인이 대감의 마음을 이리저리 살펴보니 대감께서도 길동을 미리 없애고자 하시나 차마 실행에 옮기시질 못하는 것 같습니다. 제 미련한 소견으로는 길동을 먼저 없앤 후에 대감께 아뢰면 이미 저질러진 일이라 대감께서도 어찌할 수 없으므로 근심을 아주 잊을까 합니다."

부인이 눈살을 찌푸리며 말했다.

"일은 그러하겠지만 인정과 도리에 어긋나니 차마 할 바가 아니니다."

초낭이 다시 여쭈었다.

"이 일은 여러 가지로 관계가 있으니, 첫째는 국가를 위함이요, 둘째는 대감의 환후를 위함이요, 셋째는 홍 씨 가문을 위함입니다. 여타의 작은 사정으로 우유부단(優柔不斷)하여 여러 가지 큰일을 생각지 아니하시다가, 장차 후회막급할 일이 생기면 어찌합니까?"

온갖 방법으로 부인과 대감의 장자를 달래니, 마지 못하여 허락하였다. 초낭이 속으로 희희낙락하며 나와 특자[7]라는 자객을 청하여 자초지종 이야기를 다 전하고는, 은화(銀貨)를 듬

뿍 주고 오늘 밤에 길동을 해치기로 약속을 정하였다. 다시 내당에 들어가 부인 앞에 그 사실을 여쭈니, 부인이 듣고 발을 구르며 못내 애닯고 아깝게 여겼다.

이때 길동의 나이가 열한 살이었다. 기골이 장대하고, 용맹이 뛰어나며, 시서백가어(詩書百家語)[8]를 공부하여 모르는 것이 없었다. 그러나 대감이 바깥출입을 막은 이후로 홀로 별당에 거처하며 손오(孫吳)의 병서(兵書)[9]를 읽고 그 이치에 통달하여 귀신도 감히 헤아리지 못하는 술법이며, 천지조화를 품어 풍운(風雲)을 마음대로 부리며, 육정육갑(六丁六甲)[10]의 신장을 부려 신출귀몰하는 술법에 통달하니 세상에 두려운 것이 없었다.

이날 밤 삼경(三更)[11] 무렵 길동이 막 책상을 치우고 잠자리에 들려는데, 문득 창 밖에서 까마귀가 세 번 울고 서쪽으로 날아갔다. 길동이 놀라며 의혹을 풀이했다.

"까마귀가 세 번 '객자와 객자와'[12] 하고 서쪽으로 날아가니 분명 자객이 올 조짐이다. 어떤 사람이 나를 해치려고 하는가? 아무튼 몸을 보호할 대책을 세워야겠구나."

방 안에 여덟 가지 진(陣)을 치고 각각 방위를 바꾸었다. 남

---

7) 경판 24장본에서 자객의 이름은 '특재'임.

8) 시경과 서경 등 유교에서 말하는 온갖 종류의 서적, 모든 학문.

9) 중국의 병법가인 손자(孫子)와 오자(吳子)의 병법서.

10) 둔갑술을 할 때 부르는 신장(神將).

11) 밤 11~1시.

12) 까마귀 울음소리.

방의 이허중(離虛中)[13]은 북방의 감중련(坎中連)[14]에 옮기고, 동방 진하련(震下連)[15]은 서방 태상절(兌上絶)[16]에 옮기고, 건방[17]의 건삼련(乾三連)[18]은 손방[19] 손하절(巽下絶)[20]에 옮기고, 곤방[21]의 곤삼절(坤三絶)[22]은 간방[23] 간상련(艮上連)[24]에 옮긴 후, 그 가운데 풍운(風雲)을 넣어 조화무궁(造化無窮)하게 벌여 놓고 때를 기다렸다.

이때 특자는 비수를 들고 길동이 거처하는 별당에 가서 몸을 숨기고 길동이 잠들기를 기다리고 있는데, 난데없이 까마귀가 창 밖에 와서 울고 가기에 속으로 크게 의심하여 말했다.

"이 짐승이 무엇을 알기에 천기(天機)를 누설하는가? 길동은 실로 평범한 사람이 아니구나. 반드시 뒷날 크게 쓰이리라."

그냥 돌아가려고 하다가 돈에 대한 욕심이 생겨 제 몸 생각을 못하였다. 차츰 시간이 흐른 후에 특자가 몸을 날려 방 안

---

13) 팔괘 중 이괘(離卦)의 형상.
14) 팔괘 중 감괘(坎卦)의 형상.
15) 팔괘 중 진괘(震卦)의 형상.
16) 팔괘 중 태괘(兌卦)의 형상.
17) 서북간에 위치함.
18) 팔괘 중 건괘(乾卦)의 형상.
19) 동남간에 위치함.
20) 팔괘 중 손괘(巽卦)의 형상.
21) 서남간에 위치함.
22) 팔괘 중 곤괘(坤卦)의 형상.
23) 동북간에 위치함.
24) 팔괘 중 간괘(艮卦)의 형상.

으로 들어가니 길동은 간 데 없고, 한 줄기 거센 바람이 일어나더니 천둥과 벼락이 천지를 뒤흔들고 구름과 안개가 자욱하여 방향을 구별할 수가 없었다. 좌우를 살펴보니 산봉우리와 골짜기가 첩첩이 에워싸고, 큰 바다에서 물이 흘러넘쳐 정신을 차릴 수가 없었다. 특자가 속으로 생각하였다.

'내가 아까 분명 방 안으로 들어왔는데 산은 웬 산이며 물은 웬 물인가?'

특자가 갈 곳을 몰라하였다. 문득 옥피리 소리가 들려와서 살펴 보니, 푸른 옷을 입은 한 소년이 백학(白鶴)을 타고 공중을 날아다니며 불러 말했다.

"너는 어떠한 사람인데 이 깊은 밤에 비수를 들고 누구를 해치고자 하느냐?"

특자가 대답하였다.

"네가 분명 길동이로구나. 나는 네 부형(父兄)의 명령을 받아 너를 죽이러 왔다."

특자가 비수를 들어 던졌다. 갑자기 길동이 사라지고 음산한 바람이 크게 불면서 벼락이 땅을 흔들고 하늘에는 살기(殺氣)만 가득 찼다. 속으로 크게 겁이 나서 칼을 찾으며 말했다.

"내가 남의 재물을 욕심내다가 죽을 지경에 빠졌으니 누굴 원망하고 누굴 탓하겠는가."

특자가 길게 탄식하는데, 이윽고 길동이 칼을 들고 공중에서 외쳐 말했다.

"하찮은 사내는 들으라. 네가 재물을 탐하여 죄 없는 사람을 살해하고자 했으니 지금 너를 살려 주면 뒷날 죄 없는 사람이 수없이 상하리라. 어찌 살려 보내겠는가?"

특자가 애걸하며 말했다.

"사실 이것은 소인의 죄가 아니라 공자댁 초낭자가 꾸민 짓입니다. 바라건대 가련한 목숨을 살려 주셔서 앞으로 잘못을 고치게 해 주십시오."

길동이 더욱 분을 이기지 못하여 말했다.

"너의 악행이 하늘에 사무쳐 오늘날 내 손을 빌려 악한 무리를 없애게 하는 것이다."

말을 끝내고 나서 특자의 목을 쳐 버리고, 신장을 호령하여 동대문 밖의 관상녀를 잡아다가 죄를 하나하나 들추어 내며 말했다.

"너 요망한 년이 재상가에 출입하며 사람의 목숨을 해치니 네 죄를 네가 아느냐?."

관상녀가 제 집에서 자다가 바람과 구름에 휩싸여 끝없이 어디로 가는 줄도 모르다가, 문득 길동이 꾸짖는 소리를 듣고 애걸하며 말했다.

"이는 다 소녀의 죄가 아니오라 초낭자가 가르쳐 준 대로 한 것뿐이니, 바라건대 너그러운 마음으로 죄를 용서하여 주십시오."

길동이 말하였다.

"초낭자는 나의 의붓어미여서 그 죄를 논할 수도 없지만 너 같은 악종을 내 어찌 살려 두겠는가. 너를 죽여 뒷사람들에게 경계토록 하겠다."

칼을 들어 머리를 베어 특자의 주검 있는 쪽으로 던졌다.

분한 마음을 참지 못하여 바로 대감 앞에 나아가 이 변괴를 아뢰고 초낭을 베려 하다가, 홀연 생각하기를 '남이 나를 저버릴지언정 어찌 내가 남을 저버리겠는가.' 또 '내가 잠깐의 울분으로 어찌 인륜(人倫)을 끊겠는가.' 하고, 바로 대감 침소에 나아가 뜰아래 엎드렸다. 이때 대감이 잠에서 깨어 문 밖에 인기척이 나는 것을 이상히 여겨 창을 열고 보니, 길동이 뜰아래 엎드렸거늘 불러 말했다.

"지금 밤이 이미 깊었거늘 네 어찌 자지 아니하고 무슨 까닭으로 이러느냐?"

길동이 눈물을 흘리고 슬피 울면서 대답했다.

"집안에 흉한 사건이 있어서 목숨을 구하려 떠나고자 하여 대감께 하직 인사를 올리려고 왔습니다."

대감이 놀라서 헤아려 '필시 무슨 곡절이 있구나.' 하고 생각했다.

"무슨 일인지는 날이 새면 알 것이니, 급히 돌아가 자고 분부를 기다려라."

길동이 땅에 엎드려 아뢰었다.

"소인은 이제 집을 떠나가오니 대감께서는 부디 몸 편안히 계십시오. 소인이 다시 뵈올 기약이 참으로 아득합니다."

대감이 생각하니, 길동은 평범한 사람이 아니어서 만류하여도 듣지 않으리라 짐작하고 말하였다.

"네가 이제 집을 떠나면 어디로 가느냐?"

길동이 엎드려 아뢰었다.

"목숨을 구하고자 하늘과 땅을 집 삼아 도망가는 것이니

어찌 정한 곳이 있겠습니까? 더욱이 평생의 원한이 가슴에 맺혔거늘 풀어 버릴 날이 없어 더욱 서럽습니다."

대감이 위로하여 말했다.

"오늘로부터 네 소원을 풀어 줄 테니, 너는 나가서 사방을 돌아다니더라도 부디 죄를 지어 부형에게 근심을 끼치지 말고 빨리 돌아와 나의 마음을 위로하라. 여러 말 아니할 것이니 부디 겸손하게 생각하여라."

길동이 일어나 다시 절하고 아뢰었다.

"아버지께서 오늘 저의 오랜 소원을 풀어 주시니 이제 죽어도 여한이 없습니다. 황공하여 몸둘 바를 모르겠으니 바라건

대 아버지께서는 만세무강(萬世無疆)하소서."

이어 하직하고 나와 바로 그 어미의 침실에 들어가 어미에게 말했다.

"소자가 이제 목숨을 구하고자 집을 떠납니다. 어머니는 불효자를 생각지 마시고 계시면 소자 돌아와 뵐 날이 있을 것이니, 달리 염려 마시고 삼가 조심하여 천금같이 귀한 몸을 보살피십시오."

초낭이 꾸며 일어난 일을 처음부터 끝까지 낱낱이 이야기하니, 그 어미가 그 사건을 자세히 들은 후에는 길동을 말리지 못할 것을 알고 탄식하여 말했다.

"네가 이제 나가 잠깐 화를 피하고는 어미 낯을 보아 빨리 돌아와서, 나로 하여금 실망하는 일이 없게 하여라."

어미가 못내 서러워하니, 길동이 수없이 위로하며 눈물을 닦으며 하직하고, 문밖에 나서니 이 넓은 천지(天地) 사이에 한 몸을 허락해 줄 곳이 없었다. 탄식하며 정처 없이 갔다.

이때 부인이 자객을 길동에게 보낸 줄 아시고 밤이 새도록 잠을 이루지 못하고 무수히 탄식하니, 장남 길현[25]이 위로하며 말했다.

"소자도 마지못해 한 일이오니 길동이 죽은 후인들 어찌 한이 없겠습니까? 제 어미를 더욱 후대하여 일생을 편케 하고, 시신을 후하게 장사 지내 애석한 마음을 만분의 일이나 덜까 합니다."

그렇게 밤을 보냈다.

이튿날 새벽, 초낭이 날이 밝도록 별당에서 소식이 없는 것을 이상하게 여겨 사람을 보내 알아보니, 길동은 간데없고 목 없는 주검 두 구만 방 안에 거꾸러져 있는데 자세히 보니 특자와 관상녀였다. 초낭이 이 말을 듣고 크게 놀라 급히 내당에 들어가 이 사연을 부인께 알리니, 부인이 크게 놀라 장자 길현을 불러 길동을 찾았으나 끝내 거처를 알지 못하였다. 대감을 청하여 자초지종을 아뢰며 죄를 구하니, 대감이 크게 꾸짖으며 말했다.

25) 경판 24장본에서는 '인형'임.

"집안에 이런 변고가 있었으니 그 화가 장차 끝이 없겠구나. 간밤에 길동이 집을 떠나겠다고 하직을 고하기에 무슨 일인지 몰랐더니, 이 일이 있은 줄 어찌 알았겠는가."

대감이 초낭을 크게 꾸짖으며 말했다.

"네가 열흘 전에 이상한 말을 하여 꾸짖어 물리치고 그 같은 말을 다시는 내지 말라 하였거늘, 네가 끝내 마음을 고치지 못하고 집안에 이렇게 변란을 만드니 죄를 따지자면 죽음을 면하기 어려울 것이다. 어찌 내 눈앞에 두고 보겠는가?"

이어 노복을 불러 두 주검을 남모르게 치우게 하고는, 마음 둘 곳을 몰라 좌불안석(坐不安席)하였다.

4. 활빈당 두령으로, 해인사와 함경 감영을 털다

이때 길동이 집을 떠나 사방으로 돌아다니다가 하루는 어떤 곳에 다다랐는데, 겹겹이 솟은 산봉우리가 하늘에 닿는 듯하고 초목이 무성하여 동서(東西)도 분별할 수 없던 중에, 날이 저물어 햇빛은 사그라들고 인가 또한 없으니 오도 가도 못하는 처지가 되었다. 바야흐로 주저하다가 한 곳을 바라보니 이상한 표주박이 시냇물을 따라 떠내려 오고 있었다. 인가가 있을 것을 짐작하고 시냇물을 따라 몇 리를 들어가니, 산천이 툭 트인 곳에 수백 호의 집들이 즐비해 있었다. 길동이 그 마을로 들어가니, 한 곳에 수백 명의 사람들이 모여 잔치를 열고 노는데 술상과 쟁반이 어지러이 뒹굴고 갖가지 의견들이 난무하여 소란스러웠다.

원래 이 마을은 도적 소굴이었다. 이날 마침 장수를 정하려다 보니 의견이 분분하였다. 길동이 그 사정을 듣고 속으로 헤아렸다.

'내가 갈 곳 없는 처지가 되어 우연히 이곳에 이르게 되었는데, 이는 나로 하여금 하늘이 그렇게 시키신 것이로다. 이내 몸을 도적 소굴에 맡겨 남아의 뜻과 기개를 펴 보리라.'

길동이 무리 가운데 나아가 이름을 밝히며 말했다.

"나는 경성 홍 승상의 아들인데, 사람을 죽이고 목숨을 지키고자 도망하여 사방을 돌아다니다가 오늘날 하늘의 뜻으로 우연히 이곳에 이르렀으니, 내가 푸른 숲의 호걸 중 으뜸 장수가 되는 것이 어떻겠소?"

이때 무리의 모든 사람이 술에 취하여 바야흐로 공론이 매우 어지럽던 중 뜻밖에 난데없는 총각 아이 하나가 들어와 스스로 청하니, 서로 돌아보며 꾸짖어 말했다.

"우리 수백 명이 다 남보다 뛰어난 힘을 가졌으나 지금 두 가지 일을 행할 사람이 없어 미적대며 결정하지 못하고 있는데, 너는 어떠한 아이기에 감히 우리 잔치에 뛰어들어 말이 이렇듯이 괴상망칙하느냐? 목숨을 생각하여 살려 보내 줄 테니 급히 돌아가거라."

등을 밀어 쫓아냈다. 길동은 돌문 밖에 나와 큰 나무를 꺾어 글을 썼다.

> 용이 얕은 물에 잠기어 있으니 물고기와 자라가 쳐들어오고, 범이 깊은 숲을 잃으니 여우와 토끼에게 조롱을 당하는구나. 오래지 아니해서 풍운(風雲)을 얻으면 그 변화를 헤아리기

어려우리로다.

한 군사가 그 글을 베껴서 좌중에 올리니, 윗자리에 앉은 한 사람이 그 글을 보다가 여러 사람에게 청하여 말하였다.

"그 아이 거동이 비범할 뿐 아니라 더욱이 홍 승상의 자제라 하니, 그 녀석을 불러 재주를 시험한 후에 처치해도 해롭지 않을 것이오."

자리의 모든 사람들이 응낙하여 즉시 길동을 불러 자리에 앉히고 말했다.

"지금 우리가 의논할 것이 두 가지다. 하나는 이 앞에 초부석이라 하는 돌이 있는데 무게가 천여 근이라 무리 중에 쉽게 들 사람이 없는 것이고, 둘째는 경상도 합천 해인사에 엄청난 재산이 있는데 수도승이 수천 명이라 그 절을 치고 재물을 빼앗을 모책(謀策)이 없는 것이다. 네 녀석이 이 두 가지를 능히 해내면 오늘부터 장수로 봉하리라."

길동이 이 말을 듣고 웃으며 말했다.

"대장부가 세상에 처함에 있어 마땅히 위로 하늘의 이치에 통달하고, 아래로 땅의 이치를 굽어 살피며, 가운데로 사람의 뜻을 살펴야 할 것이오. 어찌 이만한 일을 겁낼 것인가?"

즉시 팔을 걷고 그곳에 나아가 초부석을 들어 팔 위에 얹고 수십 걸음을 걷다가 다시 그 자리에 놓는데 조금도 힘겨워하는 기색이 없었다. 모든 사람이 크게 칭찬하여 말했다.

"실로 장사로다!"

길동을 윗자리에 앉히고 술을 권하며 장수라 부르며 곳곳에서 길동을 칭찬하고 축하하는 소리가 분분하였다. 길동이 군사를 시켜 백마를 잡아 피를 마시고 맹세하면서 모든 군사들에게 호령하였다.

"우리 수백 명이 오늘부터 생사고락(生死苦樂)을 함께할 것이니, 만일 약속을 배반하고 명령을 어기는 자가 있으면 군법으로 처결하겠다."

모든 군사들이 일시에 명령을 받들고 즐거워했다.

며칠 후 길동이 군사들에게 분부하여 말했다.

"내가 합천 해인사에 가서 보고 모책을 세워 오겠다."

길동이 공부하는 어린 학생의 차림새로 나귀를 타고 하인 몇 명을 데리고 가니, 완연한 재상의 자제 모습이었다. 해인사에 미리 공문을 보내 '경성 홍 승상 댁 자제가 공부하러 갈 것이다.' 하니, 절 안의 모든 중이 그 소식을 듣고 의논하였다.

"재상가 자제가 절에 거처하면 그 힘이 적지 아니하겠다."

한꺼번에 동구 밖으로 나가 맞이하여 문안 인사를 하니, 길동이 흔쾌히 절 안으로 들어가 자리에 앉은 후에 중들을 보고 말했다.

"내가 들으니 이 절이 유명하기로 경성에서도 소문이 높이 나 있어서, 멀다고 생각지 않고 한번 구경도 하고 공부도 할 겸 해서 왔으니, 너희도 괴롭게 생각지 말고 절 안에 머물고 있는 잡인을 전부 내보내라. 내가 아무 고을 관아로 들어가 원님을 보고 백미 이십 석을 보내라 할 것이니, 아무 날 음식을 장만하여라. 내가 너희와 더불어 승려와 속인을 따지지 않고 함께 즐긴 후에 그날부터 공부하겠다."

중들이 황공해하며 명령을 따랐다. 길동이 법당 곳곳으로 다니며 두루 살핀 후에 돌아와 도적 수십 명에게 백미 이십 석을 들려 보내며 일렀다.

"아무 관아에서 보냈다고 말하여라."

중들이 어찌 도적의 흉계를 알겠는가. 행여 분부를 어길까 염려하여 그 백미로 즉시 음식을 장만하고, 한편 절 안에 머물고 있는 잡인도 다 내보냈다. 기약한 날에 길동이 도적들에게 분부하여 말했다.

"이제 해인사에 가 중들을 다 묶을 것이니, 너희들은 근처에 숨어 있다가 한꺼번에 절에 들어와 재물을 샅샅이 뒤져 챙겨 가지고 내가 가르치는 대로 따르되 부디 명령을 어기지 말아라."

장대한 하인 십여 명을 거느리고 해인사로 향하였다.

이때 중들이 동구 밖에 나와 길동 무리를 기다리고 있었다. 길동이 들어가 분부를 내렸다.

"이 절의 중은 노소(老少) 구분 없이 하나도 빠지지 말고 일제히 절 뒤 푸른 계곡으로 모여라. 오늘은 너희와 함께 하루 종일 마음껏 취하고 놀겠다."

중들이 먹고 싶기도 할 뿐 아니라 분부를 어기면 행여 죄가 될까 두려워하여, 한꺼번에 수천 명의 중들이 푸른 계곡으로 모이니 절은 텅 비게 되었다. 길동이 윗자리에 앉고 중들을 차례로 앉힌 후에, 각각 상을 받아 술도 권하며 즐기다가 이윽고 밥상을 들였다. 길동이 소매에서 모래를 꺼내어 입에 넣고 씹으니 돌 깨지는 소리에 중들이 몹시 놀라 정신이 하나도 없

었다. 길동이 크게 화를 내며 말했다.

"내가 너희와 더불어 승려와 속인을 굳이 따지지 않고 즐긴 후에 절에 머물며 공부하려 하였더니, 이 흉악하고 거만한 중놈들이 나를 쉽게 보고 이다지도 음식을 정갈치 못하게 했으니 정말 분하기 짝이 없구나."

데리고 갔던 하인들에게 호령하였다.

"중들을 전부 묶어라."

길동의 재촉이 성화와 같았다. 하인들이 동시에 달려들어 중들을 묶는데 조금이라도 사정이 있겠는가.

이때 도적들이 동구 곳곳에 숨어 있다가 이 기미를 눈치 채고 동시에 달려들어 창고를 열고 수만금의 재물을 제 것 가져가듯이 마소에 싣고 갔다. 그런들 팔다리를 꼼짝도 못하는 중들이 어찌 막아설 수 있었겠는가. 다만 입으로 원통하다 하는 소리만 마을이 무너지는 듯하였다.

이때 목공 한 명이 이 일에 참여하지 않고 절을 지키고 있었는데, 난데없이 도적이 들어와 창고를 열고 제 것 가져가듯이 하므로, 급히 도망쳐 합천 관가로 가서 이 사실을 알렸다. 합천 원님이 크게 놀라 한편 관리를 보내고, 또 한편으로 관군을 꾸려서 도적들을 뒤쫓았다.

모든 도적이 재물을 싣고 마소를 몰아 나서며 멀리 바라보니, 수천 군사가 비바람같이 몰려오는데 마치 티끌이 하늘에 닿은 듯하였다. 도적들이 크게 겁을 먹고 갈 곳을 알지 못하고 도리어 길동을 원망하였다. 길동이 웃으며 말했다.

"너희가 어찌 나의 비밀스러운 계략을 알겠는가? 염려 말고 남쪽 큰길로 가라. 나는 저기 오는 관군을 북쪽의 작은 길로 가게 하겠다."

길동은 법당으로 들어가 중의 장삼(長衫)을 입고, 고깔을 쓰고, 높은 봉우리에 올라 관군을 불러 외쳤다.

"도적이 북쪽 작은 길로 갔으니 이리로 오지 말고 그리로 가 잡으시오."

장삼 소매를 날리며 북쪽 작은 길을 가리키니, 관군이 오다가 남쪽길을 버리고 노승이 가리키는 대로 북쪽 작은 길로 갔다. 길동이 내려와 축지법(縮地法)을 써서 도적을 이끌고 마을로 돌아오니 모든 도적이 크게 칭찬하였다.

이때 합천 원님이 관군을 몰아 도적을 뒤쫓다가 자취도 보지 못하고 돌아오므로 고을 전체가 시끄러웠다. 이 사연을 감영에다 장계(狀啓)[26]를 올려 보고하니, 감사가 듣고 놀라서 각 읍에 관군을 보내 도적을 잡으려 하였으나, 끝내 남은 흔적조차 찾을 수 없어 도리어 분주하기만 하였다.

하루는 길동이 모든 도적을 불러 의논하여 말하였다.

"우리가 비록 푸른 숲에 숨어 도적질을 해서 먹고 살지만 다 이 나라 백성이다. 대를 이어 나라의 물과 흙을 먹으니 만일 위태한 시절을 만나면 마땅히 온갖 위험을 무릅쓰고 임금을 도와야 할 것이니 어찌 병법에 힘쓰지 아니하겠는가? 이제

26) 왕명을 받고 지방에 나가 있는 신하가 관하의 일을 왕에게 보고하던 일이나 문서.

무기를 마련할 방책을 세웠으니, 아무 날 함경 감영 남문 밖 왕릉 근처에다 불 땔 때 쓰는 마른 풀을 운반해 두었다가 삼경(三更)에 불을 놓는데, 능(陵)에 불이 옮겨 붙지 않게 해야 한다. 나는 남은 군사를 거느리고 기다렸다가 감영에 들어가 군기(軍器)와 창고를 털어 오겠다."

약속을 한 후 기약한 날에 군사를 두 초(哨)[27]로 나누어 한 초는 마른풀을 운반하라 하고, 또 한 초는 길동이 거느리고 숨어 있었다. 삼경이 되어 능 있는 근처에서 불길이 하늘로 치솟아 오르자, 길동이 급히 들어가 관문을 두드리며 소리쳤다.

"능에 불이 났으니 급히 불을 꺼 구하십시오."

감사가 잠결에 크게 놀라 나와서 보니 과연 불길이 하늘에 가득 번지고 있었다. 하인을 거느리고 나가며, 한편으로 군사를 불러 모으니 성(城) 안이 마치 물 끓듯 하였다. 백성도 다 능으로 가고 성 안은 텅 비어 노약자만 남았다. 길동이 도적들을 거느리고 한꺼번에 달려들어 창고의 곡식과 무기를 훔쳐 가지고, 축지법을 써서 순식간에 마을로 돌아왔다.

이때 감사가 불을 끄고 돌아오니 창고의 곡식을 지키던 군사가 아뢰었다.

"도적이 들어와 창고를 열고 군기와 곡식을 훔쳐 갔습니다."

감사가 크게 놀라 사방으로 군사를 풀어 도적들을 찾았지만 흔적도 없었다. 변괴(變怪)인 것을 알고 이 사실을 나라에

---

27) 옛날 군대 편제의 하나.

보고하였다.

이날 밤에 길동이 마을로 돌아와 잔치를 베풀고 즐기며 말했다.

“우리가 이제는 백성의 재물은 추호도 건드리지 말고, 각 읍 수령과 방백(方伯)들이 백성에게서 착취한 재물을 빼앗아 혹 불쌍한 백성을 구제할 것이니, 이 무리의 이름을 ‘활빈당(活貧黨)’이라 하리라.”

이어 또 말했다.

“함경 감영에서 군기와 곡식을 잃고 우리 종적은 알지 못하므로 그사이에 애매한 사람이 많이 다칠 것이다. 내 몸이 지은 죄를 애매한 백성에게 돌려보내면 사람은 비록 알지 못할지라도 천벌이 두렵지 아니하겠는가?”

길동이 즉시 감영 북문에 써 붙였다.

창고의 곡식과 군기를 훔친 이는 활빈당 장수 홍길동이라.

5. 포도대장을 혼내다

하루는 길동이 생각하였다.

'내 팔자가 무상하여 집에서 도망나와 몸을 숲속 도적 소굴에 의지하게 되었으나 본심이 아니다. 입신양명(立身揚名)하여 위로 임금을 도와 백성을 구하고 부모에게 영화를 드려야 할 것이나, 남의 천대를 분히 여겨 이 지경에 이르렀으니 차라리 이를 기회로 삼아 큰 이름을 얻어 후세에 전하리라.'

허수아비 일곱을 만들어 각각 군사 오십 명씩을 붙여 팔도에 나누어 보냈다. 다 각기 혼(魂)과 넋이 있어 조화가 무궁하니, 군사들이 서로 의심하여 어느 도로 가는 것이 진짜 길동인지를 몰랐다. 각각 팔도를 누비며 나쁜 사람의 재물을 빼앗아 불쌍한 사람에게 나눠 주고, 고을 수령의 뇌물을 탈취하고, 창고를 열어 곤궁한 백성을 도와주었다. 그러니 곳곳마다 한바탕 소동이 일어나고 군사가 잠을 설쳐 가며 창고를 지키는데도 길동이 수단을 한 번 부리면 비바람이 크게 일어나고 구름과 안개 자욱하여 천지를 분별하지 못하니, 그 지키는 군사는 손을 묶인 듯이 제지할 수 없었다. 팔도에서 난(亂)을 일으키되 명백히 외쳐 말했다.

"활빈당 장수 홍길동이다."

온 천하에 이름을 내놓고 돌아다녀도 누가 그 종적을 잡으리오. 팔도 감사가 한꺼번에 공문을 올려 임금께서 보시니 그 내용이 각각 이러하였다.

> 홍길동이라는 큰 도적이 비구름을 부릴 줄 알아 각 읍에서 소란을 일으키고 있습니다. 어떤 날은 이러이러한 고을의 군기를 훔치고, 또 어떤 때는 아무 고을의 창고 곡식을 탈취하였으나, 이 도적의 자취를 잡지 못하니 황공한 사연을 우러러 고합니다.

임금께서 보시고 크게 놀라서 각도의 공문 날짜를 자세히 검토하시니, 길동이 소란을 일으킨 날이 모두 같은 달 같은 날이었다. 임금께서 크게 근심하시는 한편 여러 고을에 분부를 내리셨다.

"사대부든 일반 백성이든 누구를 막론하고 만일 이 도적을 잡으면 천금의 상을 내리겠노라."

팔도에 어사를 내리어 민심을 수습하고 이 도적을 잡으라 명하셨다.

이후로 길동은 고관들이 타는 쌍가마를 타고 다니며 수령에게 죄를 물어 마음대로 쫓아내거나, 창고를 활짝 열어 가난한 백성들을 구제하고, 죄인을 잡아 다스리며, 감옥을 열어 죄 없는 사람을 내보내며 다녔다. 각 읍에서는 끝내 그 종적을 모르고 도리어 분주하여 온 나라가 흉흉하였다. 임금께서 크게 화를 내며 말씀하셨다.

"어떤 용맹스러운 놈이 같은 날에 팔도를 다니며 이같이 난리를 일으키는가? 나라를 위하여 이놈을 잡을 자가 없으니 매우 한심하도다!"

계단 아래 한 사람이 나서며 아뢰었다.

"신이 비록 재주는 없사오나 한 무리의 병사를 주시면 홍길동이란 큰 도적을 잡아 전하의 근심을 덜어 드리겠습니다."

모두가 보니 이는 곧 포도대장 이업[28]이었다. 임금께서 기특하게 여겨 정예 군사 일천 명을 주시니, 이업은 곧바로 임금께 하직 인사를 올리고 그날 즉시 출발하였다. 과천을 지나서는 각각 군사를 나누어 떠나 보내며 약속을 정하였다.

---

28) 경판 24장본에서는 '이흡'임.

"너희는 이러이러한 곳을 지나 아무 날 문경으로 모여라."

이업 자신은 변장한 차림새로 며칠 후에 한 곳에 이르렀다. 날이 장차 저물어 주점에 들어 쉬었다. 이윽고 어떤 소년이 나귀를 타고 여러 동자(童子)를 거느리고 들어와 자리에 앉은 후에, 이름과 사는 곳을 밝히고 서로 이야기를 나누더니, 그 소년이 탄식하며 말했다.

"넓은 하늘 아래 왕의 땅 아닌 곳이 없고, 온 땅의 백성 중 왕의 신하 아닌 사람이 없다 하였소. 지금 큰 도적 홍길동이 팔도에서 소란을 일으켜 민심을 어수선하게 하므로, 임금께서 크게 노하셔서 팔도 방방곡곡에 공문을 내려 잡아들이라 하셨으나 끝내 잡지 못하니, 분통한 마음은 온 나라 사람이 같을 것이오. 나 같은 사람도 약간이나마 용맹스러운 힘이 있어 이 도적을 잡아 나라의 근심을 덜고자 하나, 힘이 넉넉지 못하고 뒤를 도울 사람이 없어 참으로 한스러울 뿐이오."

이업이 그 소년의 모양을 보고 또 말을 들어 보니, 진실로 의리와 용기가 있는 남자였다. 속으로 존경하는 마음이 우러나와 나아가 손을 잡고 말했다.

"장하다, 이 말이여! 충성과 의리를 겸한 사람이로다! 내가 비록 변변치 못한 재주이지만 죽음을 각오하고 그대의 뒤를 도울 것이니 나와 함께 이 도적을 잡는 것이 어떻겠는가?"

그 소년이 또한 감사의 뜻을 나타내며 말했다.

"그대 말씀이 그러하다면 이제 나와 함께 가서 재주를 시험하고 홍길동이 거처하는 데를 찾아보리라."

이업이 응낙하고 그 소년을 따라 함께 깊은 산중으로 들어

가는데, 그 소년이 몸을 솟구쳐 층층절벽 위에 올라앉으며 말했다.

"그대가 있는 힘을 다하여 나를 차면 그 용력(勇力)을 알 수 있을 것이오."

이업이 있는 힘껏 다하여 그 소년을 찼는데, 그 소년이 돌아 앉으며 말했다.

"장사로다! 이만하면 홍길동 잡기를 염려하지 않아도 되겠구려! 그 도적이 지금 이 산중에 있으니 내가 먼저 들어가 살펴보고 올 것이오. 그대는 이곳에서 내가 돌아오기를 기다리시오."

이업이 허락하고 그곳에 앉아 기다리는데, 이윽고 모습이 기괴한 군사 수십 명이 다 누런 두건을 쓰고 오며 외쳤다.

"네가 포도대장 이업이냐! 우리는 염라대왕 명을 받아 너를 잡으러 왔노라."

일시에 달려들어 쇠사슬로 묶어 데려가니, 이업이 너무 놀라 넋을 잃고 지하인지, 인간 세상인지 모르고 끌려갔다.

눈 깜짝할 사이에 한 곳에 다다랐는데 어렴풋이 보이는 기와집이 궁궐 같았다. 이업을 잡아 뜰아래 꿇어 앉히니 전상(殿上)에서 죄를 따지며 꾸짖는 소리가 들렸다.

"네가 감히 활빈당 장수 홍길동을 우습게 보고, 스스로 나서서 잡으려고 했단 말인가? 홍 장군은 하늘의 명을 받아 팔도를 다니며 탐관오리와 비리로 이로움을 취하는 놈들의 재물을 빼앗아 불쌍한 백성을 도왔다. 너희 놈이 나라를 속이고 임금에게 거짓으로 고하여 옳은 사람을 해치고자 하니, 저승에서 너같이 간사한 무리를 잡아다가 다른 사람을 경계코자 하니 원망하지 말라."

하고, 황건역사(黃巾力士)[29]에게 명령하였다.

"이업을 잡아 저승에 보내서 영원히 세상으로 나오지 못하게 하라."

이업이 머리를 땅에 두드리고 잘못을 빌며 말했다.

"과연 홍 장군이 각 읍에 다니며 소란을 일으켜 민심을 어수선하게 하므로 임금께서 크게 노하셨습니다. 신하된 도리에 앉아 있지 못하고 홍 장군을 잡으라는 명령을 받들려고 나왔사오니 죄 없는 목숨을 살려 주십시오."

수없이 애걸하니, 주위 사람들과 전상의 길동이 그가 하는 짓을 보고 크게 웃었다. 군사를 시켜 이업을 풀어 주고 전상에 앉혀 술을 권하며 말했다.

"그대 머리를 들어 나를 보라. 나는 곧 주점에서 만났던 사람이요, 그 사람은 홍길동이다. 그대 같은 이는 수만 명이라도 나를 잡지 못할 것이다. 그대를 유인하여 이리로 데려온 것은 우리의 위엄을 보이기 위함이요, 앞으로 그대와 같이 분수에 넘는 짓을 하는 사람이 있을 경우 그대가 말리게끔 하기 위해서이다."

또 두어 사람을 잡아들여 뜰 아래 무릎을 꿇리고 죄를 따지며 말했다.

"너희 모두를 베어야 마땅하겠지만, 이미 이업을 살려서 돌

29) 신장(神將)의 하나. 힘이 셈.

려보내기로 했으니 너희도 살려 보내 주겠다. 돌아가 앞으로 다시는 홍 장군 잡을 생각도 하지 말라."

이업이 그제야 그 사람인 줄 알았으나 부끄러워 아무 말도 못하고 머리를 숙이고 잠자코 있었다. 이윽고 앉아서 잠깐 졸았는데, 문득 깨어 보니 팔다리를 움직일 수도 없고 아무것도 볼 수 없었다. 죽을 힘을 다해 벗어나 보니 가죽 부대에 들어가 있었다. 그 앞에 또 가죽 부대 둘이 달려 있어 끌러 보니 어젯밤에 함께 잡혀 갔던 사람이요, 문경으로 보낸 군사였다. 이업이 어이가 없어 웃으며 물었다.

"나는 어떤 소년에게 속아 이러이러하였는데, 너희는 어떻게 그렇게 되었느냐?"

그 군사들이 서로 웃으며 말했다.

"소인들은 아무 주점에서 잠을 자고 있었는데 어찌하여 이곳에 이른지는 알지도 못하겠습니다."

사방을 살펴보니 서울의 북악산(北嶽山)이었다. 이업이 말했다.

"허망한 일이로다! 삼가 입 밖에 내지 말라."

6. 여덟 길동이 붙잡히다

이때 길동의 수단이 귀신같아 팔도를 누비고 다녀도 아무도 알아보는 사람이 없었다. 수령의 간악한 죄를 적발해 어사로 출도하여 먼저 처벌하고 난 후에 임금께 아뢰고, 각 읍에서 서울로 올려 보내는 뇌물을 낱낱이 탈취하니, 서울의 많은 관리들이 몹시 궁색해졌다. 혹은 초헌(軺軒)[30]을 타고 서울의 큰 길을 오고 가며 소란을 일으키니, 위아래 백성이 서로 의심하고 이상하게 여기는 일이 많아 온 나라가 시끄러웠다. 임금께서 크게 근심하시니 우승상이 아뢰었다.

"신이 듣자오니 도적 홍길동은 전 승상 홍 모의 서자라 하옵니다. 이제 홍 모를 가두시고, 그 형 이조판서 길현을 경상

---

30) 종2품 이상의 벼슬아치가 타는 수레.

감사로 임명하셔서, 기한을 정하여 그 서제(庶弟) 길동을 잡아 바치라 하오면, 제아무리 불충(不忠)하고 무도(無道)한 놈이라도 그 부형의 낯을 보아 스스로 잡힐 것이옵니다."

임금께서 이 말을 들으시고 즉시 홍문을 금부에 가두라 하시고, 승지를 시켜 길현을 불러들이셨다.

이때 홍 승상이 길동이 한번 떠난 후로 소식이 없어 거처도 모른 채 뒷날 무슨 일이 있을까 염려하고 있었다. 뜻밖에 길동이 나라 도적이 되어 이렇듯 소란을 일으키므로, 놀란 마음에 어찌할 줄을 몰랐는데, 이 사연을 미리 나라에 아뢰기도 어렵고 모르는 체 앉아 있기도 어려워 오로지 그 생각만 하다가 병을 얻어 자리에 눕고 일어나지 못하게 되었다.

장자 길현이 이조판서로 있다가 부친의 병세가 무거워지자 말미를 청하여 집에 돌아왔다. 띠도 끄르지 아니하고 병수발을 들다가 조정에 나아가지 아니한 지 이미 한 달이 넘게 되었다. 조정의 형편을 알지 못하였는데, 문득 법관이 나와 왕의 명령을 전하고 승상을 감옥에 가두고 판서를 불러들이니 온 집안이 허둥지둥 경황이 없었다.

판서가 대궐로 나가 죄를 빌고 처벌을 기다리니, 임금께서 말씀하셨다.

"경의 서제 길동이 나라 도적이 되어 분수에 넘는 짓을 이렇게 하니, 그 죄를 따지자면 마땅히 온 가족 모두를 처벌해야 할 것이나, 잠시 시간을 줄 것이니 당장 경상도에 내려가 길동을 잡아 홍 씨 가문의 우환을 없애도록 하라."

길현이 땅에 엎드려 아뢰었다.

"천한 동생이 일찍이 사람을 죽이고 도망친 후 종적을 몰랐는데 이렇듯 큰 죄를 지으니 신의 죄가 목을 베여도 마땅할 따름이옵니다. 신의 아비는 나이 팔십에 천한 자식이 나라 도적이 된 까닭에 병이 나서 사경을 헤매고 있으니, 엎드려 바라옵건대 전하께서 하해(河海) 같은 은덕을 베푸셔서 신의 아비로 하여금 집에 돌아가 병을 치료하게 하시면 신이 내려가서 서제 길동을 잡아 전하께 바치겠사옵니다."

임금께서 그 효성에 감동하셔서 홍 모는 집으로 보내어 병을 치료하라 하시고, 길현은 경상 감사에 임명하여 길동을 잡아올 기한을 정하여 주셨다. 판서는 임금의 은혜에 수없이 절하고는 경상도에 내려와 각 읍에 공문을 내려 방방곡곡에 방을 써 붙여 길동을 찾으니, 그 글이 이러하였다.

> 무릇 사람이 하늘과 땅 사이에 나면 오륜(五倫)이 있으니, 오륜 중에 임금과 아버지가 으뜸이니라. 사람이 되고 오륜을 버리면 사람이 아니라 하였는데, 지금 너는 지혜와 식견이 보통 사람들보다 뛰어남에도 이를 모르니 어찌 애닯지 아니하리오? 우리 가문이 대를 이어 나라의 은혜를 입어 자자손손(子子孫孫) 녹(祿)을 받으니, 지극한 마음으로 충성을 다해 보답하고자 하였는데, 우리 대에 와서 너로 말미암아 나라의 명을 거역함이 장차 어디까지 미칠지 모르니 참으로 한심할 뿐이다. 나라를 어지럽히는 신하와 불충불효하는 반역자가 어느 시대인들 없겠느냐마는 우리 가문에서 날 줄은 진실로 뜻밖의 일이로다. 너의 죄목에 대해 전하께서 진노하시니 마땅히 극형에 처해

질 것이나, 망극한 성은을 베푸셔서 네 죄를 더하지 아니하시고 나에게 너를 잡으라 명하시니 도리어 황공하기 그지없다. 백발이 성성한 늙은 아비가 너 때문에 밤낮으로 걱정하시던 중에 네가 이렇듯 난리를 쳐서 나라에 죄를 지으니, 놀라신 마음에 병이 나서 이제 드러누워 장차 일어나지 못하게 되셨다. 아버지께서 만일 너로 인하여 세상을 버리시면, 너는 살아서도 반역의 죄를 짓는 것이고 죽어 지하에 가서도 천추만대(千秋萬代)에 불충불효한 죄를 남기는 것이다. 또한 뒤에 남은 우리 가문은 원통치 아니하겠는가? 너는 어찌 넉넉한 소견으로 이를 생각지 못하느냐? 네가 이 죄명을 가지고 세상을 살아간들, 사람은 비록 용서한다 할지라도 사리가 분명한 하늘의 벌은 조금도 사정을 봐주지 않을 것이다. 이제 마땅히 하늘의 명을 받들어 조정의 처분을 기다릴 뿐이지 또 어찌하겠는가? 너는 일찍 돌아오기를 바라노라.

감사는 부임한 후에 공무를 중지하고, 전하의 근심과 아버지의 병세를 염려하여 걱정으로 날을 보내며 행여 길동이 올까 바랐다.

하루는 하인이 아뢰었다.

"어떤 소년이 밖에 와 뵙기를 청합니다."

즉시 맞아들이니 그 사람이 계단 위에 엎드려 죄를 청하였다. 감사가 이상하게 여겨 그 까닭을 물으니 대답하였다.

"형님은 어찌 아우 길동을 모르십니까?"

감사는 몹시 놀라고 기뻐서 나가 길동의 손을 잡아 이끌고 방에 들어와 주변 사람들을 물리치고 한숨지으며 말했다.

"이 철없는 아이야. 네가 어려서 집을 떠난 후에 이제야 만나니 반가운 마음이 도리어 슬프구나! 너는 저러한 풍채와 재주로 어찌 이렇듯 못되고 발칙한 일을 즐겨하여 부형의 은혜와 사랑을 끊게 하느냐? 시골의 어리석은 백성도 임금에게 충성하고, 아비에게 효도할 줄 안다. 너는 타고난 본성이 총명하고 재주가 높아 무릇 사람들과 크게 다르니 마땅히 더욱 충효를 우러러 받들어야 할 사람인데, 몸을 그른 데 버려서 평범한 사람들보다 더 충효하지 못하니 어찌 한심치 아니하겠는가?

그 부형되는 사람이 그같이 식견이 높고 명석한 자제를 두었다 하여 속으로 즐거워하고 있었는데 도리어 부형에게 근심을 끼치느냐? 네가 지금 충성과 의리를 택해 죽을 곳에 가더라도 그 부형이 싫어하는 마음이 있을 건데, 하물며 나라의 명을 어겨 그 죄로 죽게 되니 그 부형의 마음이야 다시 어떠하다 하겠는가! 나랏법이 사정이 없으니 아무리 구원코자 하여도 어찌 못하니 너를 위하여 서러워한들 무슨 효험이 있으랴? 너는 부형의 낯을 보아 달게 죽기를 각오하고 왔을 것이나 나는 두렵고 슬픈 마음이 너를 보지 않았을 때보다 더하구나! 너는 네가 지은 죄니 하늘과 사람을 원망치 못하여도, 아버지와 나는 눈 앞의 너를 죽이게 됨을 다만 운명만 탓할 뿐이다. 네 어찌 이를 깨닫지 못하고 이렇듯 분수를 넘는 죄를 지었느냐? 천년을 거슬러 올라가 보아도 생사(生死)의 이별이 오늘 밤에 비하지 못할 것이로다!"

길동이 눈물을 흘리고 울면서 말했다.

"이 못난 동생 길동이 본래 부형의 훈계를 듣지 않으려 한 것이 아닙니다. 팔자가 기박하여 천하게 태어난 것도 평생 한이었는데 집안에 시기하는 사람까지 있어 그를 피하여 정처없이 다니다가, 천만 뜻밖에 몸이 도적 소굴에 빠져 잠시 생계를 맡겼더니 죄명이 이에 미치었습니다. 내일 이 아우를 잡은 경위를 보고하고, 저를 묶어서 나라에 바치십시오."

이야기를 나누며 날을 새웠다. 새벽에 감사가 길동을 쇠사슬로 묶어서 보내는데, 참담한 얼굴에 눈물이 하염없이 흘렀다.

이때 팔도에서 다 제각기 길동을 잡았노라 보고하는 글을 나라에 올리니, 사람마다 의혹에 차서 분주하게 길을 가득 메우고 구경하는데 그 수를 알지 못할 정도였다. 임금께서 친히 나오셔서 여덟 길동을 심문하시는데, 여덟 길동이 서로 다투어 말했다.

"네가 무슨 길동이냐? 내가 진짜 길동이로다."

서로 팔을 뽐내며 한데 어우러져 뒹구니 도리어 한바탕 구경거리였다. 조정에 가득한 신하들과 좌우 나장(羅將)[31]도 진짜와 가짜를 구분할 수 없었다. 여러 신하들이 아뢰었다.

"자식을 아비보다 더 잘 아는 사람은 없다 하오니, 이제 홍 아무개를 불러들여 그 서자 길동을 찾아내라 하옵소서."

임금께서 옳다 여기셔서 즉시 홍 아무개를 부르시니 승상이 명을 받고 나와 땅에 엎드렸다. 임금께서 말씀하셨다.

"경이 일찍이 한 길동을 두었다 했는데 이제 여덟이 되었으니 이게 어떤 연고인가? 경이 자세히 가려 이 심문하는 자리를 혼란케 하지 말라."

승상이 눈물을 흘리며 아뢰었다.

"신이 행실을 바르게 하지 못하여 천한 첩을 가까이한 죄로 천한 자식을 두어 전하의 근심이 되옵고 조정이 시끄러우니, 신의 죄가 만 번 죽어도 마땅하옵니다."

승상은 하얗게 센 수염에 눈물을 거듭 흘리며 길동을 꾸짖

31) 의금부에 속하여 죄인을 문초할 때 매질하는 일과 귀양 가는 죄인을 압송하는 일을 맡아 보던 관리.

어 말했다.

"네 아무리 불충불효한 놈이라도 위로 성상(聖上)께서 친히 나와 계시고, 아래로 아비가 있거늘, 바로 임금을 모신 앞에서 군부(君父)를 속여 농락하니 그 죄가 흉측하기 이루 말할 수 없구나. 빨리 천명을 받들어 형벌을 받아라. 만일 그러지 아니하면, 네 눈앞에서 내가 먼저 죽어 성상의 크게 분노하신 마음을 만분의 일이라도 덜어야겠다."

그러고는 임금께 아뢰었다.

"신의 천한 자식 길동은 왼편 다리에 붉은 점이 일곱 개 있사오니 이를 증거로 적발하옵소서."

여덟 길동이 동시에 다리를 걷고 서로 자랑하였다. 승상이 진짜와 가짜를 가리지 못하고, 근심스럽고 두려운 마음을 이기지 못하여 기절하거늘, 임금께서 놀라셔서 급히 주위에 명하여 구하려고 해도 살려 낼 길이 없었다. 여덟 길동이 각자 주머니 속에서 대추 같은 알약 두 개씩을 꺼내어 서로 다투어 승상의 입에 넣으니 잠시 후에 살아났다. 여덟 길동이 울며 아뢰었다.

"신의 팔자가 무상하여 홍 아무개의 천한 종의 배를 빌려 태어났사옵니다. 아비와 형을 마음대로 부르지 못하고, 게다가 집안에 시기하는 자가 있어 견디지 못하고 몸을 산림에 의지하여 초목과 함께 늙자 하였더니, 하늘이 밉게 여겨서 도적 무리에 빠지게 되었사옵니다. 일찍이 백성의 재물은 털끝 만큼도 뺏은 적이 없고, 수령의 뇌물과 불의(不義)한 놈의 재물을 빼앗아 먹고, 간혹 나라 곡식을 도적하기는 했으나 임금과 아비가 한몸이니 자식이 아비 것을 좀 먹었다고 도적이라 하겠사옵니까? 어린 자식이 어미 젖 먹는 것과 마찬가지이옵니다. 이는 조정의 소인들이 전하의 슬기로움을 가려 거짓으로 고한 죄지, 신의 죄는 아니옵니다."

임금께서 크게 노하셔서 꾸짖어 말씀하셨다.

"네가 까닭 없는 재물은 빼앗지 아니했다 하면, 합천 해인사 중을 속이고 그 재물을 도적하고, 또 능(陵)에 불을 지르고 무기를 도적하니, 이만큼 큰 죄가 또 어디 있느냐?"

길동 등이 땅에 엎드려 아뢰었다.

"불도(佛道)라 하는 것이 세상을 속이고 백성을 혹하게 하여, 땅을 갈지 아니하고 백성의 곡식을 빼앗으며, 베도 짜지 아니하고 백성의 의복을 속여 입으며, 부모로부터 물려받은 머리털과 피부를 훼손하여 오랑캐 모양을 숭상하며, 임금과 아비를 버리고 세금을 내지 않으니 이보다 더 불의(不義)한 일이 없사옵니다. 군기를 가져간 이유는 신(臣) 등이 산중에 있으면서 병법을 익히다가 만일 난세가 오면 화살과 돌을 무릅쓰고 임금을 도와 태평을 이루고자 함이오며, 불을 놓되 능이 있는 곳에는 불길이 가지 않게 하였사옵니다. 신의 아비가 대대로 나라의 녹(祿)을 받고 충성을 다해 나라에 보답하여 만분의 일이라도 갚지 못할까 염려하거늘, 신이 어찌 외람되게 분에 넘는 마음을 두겠사옵니까? 죄를 따져도 죽음까지 이르지는 않을 텐데, 전하께서 조정의 신하들이 헐뜯는 소리만 들으시고 이렇듯 크게 노하시니 신이 형벌을 기다리지 아니하고 먼저 스스로 죽사오니 노여움을 더시기 바라옵니다."

여덟 길동이 한데 어우러져 죽었다. 주위에서 이상하게 여겨 자세히 보니 진짜 길동은 간 데 없고 허수아비 일곱뿐이었다. 임금께서 길동의 속임수를 보고 더욱 노하셔서 경상 감사에게 공문을 내려 길동을 잡을 것을 더욱 재촉하셨다.

7. 병조판서에 오르다

이때 경상 감사가 길동을 잡아 올리고 마음 둘 곳이 없어 공무를 중지하고 서울 소식을 기다리고 있었는데, 문득 교지(敎旨)[32]가 내려오기에 북쪽 궁궐을 향하여 네 번 절한 후에 펼쳐 보니, 교지에 이런 글이 적혔다.

길동을 잡지 아니하고 허수아비를 보내어 형부(刑部)를 혼란케 했으니, 이는 망령된 수작으로 임금을 속인 죄에 해당할 것이다. 아직은 죄를 따지지 않을 것이니 십 일 내로 길동을 잡으라.

---

32) 임금의 명령을 적은 글.

그 글 뜻이 아주 엄격하였다. 감사가 황공하여 어찌할 바를 모르다가 사방에 명령하여 길동을 찾았다.

하루는 달이 환하게 뜬 밤에 난간에 기대고 있는데, 선화당(宣化堂)[33] 대들보 위에서 한 소년이 내려와 엎드려 절을 하기에 자세히 보니 곧 길동이었다. 감사가 꾸짖어 말했다.

"너는 왜 갈수록 죄를 키워 구태여 가문에 화를 끼치고자 하느냐? 지금 나라에서 내린 엄명이 막중하니 너는 나를 원망하지 말고 일찌감치 왕명을 받들어라."

길동이 엎드려 대답하였다.

"형님께서는 염려치 마시고 내일 이 동생을 잡아 보내시되, 장교(將校)[34] 중에 부모와 처자식이 없는 자를 가리어 저를 호송하시면 좋은 묘책이 되겠습니다."

감사가 그 이유를 알고자 하나 길동이 대답하지 않았다. 감사는 길동의 생각을 알지 못해도 장차(將差)[35]를 그 말과 같이 뽑아서 길동을 호송하여 서울로 올려 보냈다. 조정에서는 길동이 잡혀 온다는 말을 듣고 훈련도감의 포수 수백 명을 남대문에 매복시켰다.

"길동이 문 안에 들어 오거든 일시에 총을 쏘아 잡으라."

분부하였다.

이때 길동이 비바람같이 잡혀 오고 있었는데, 어찌 이 기미를 알아채지 못하겠는가. 동작리를 지나며 '비우 자' 셋을 써

---

33) 각 도의 관찰사가 사무를 보던 정당(正堂).

34) 조선 시대 각 군영과 지방 관아에 근무하는 하급 군관.

35) 고을 원이나 감사가 심부름 보내는 사람.

공중에 날리며 왔다. 길동이 남대문 안에 들어오니 좌우의 포수가 일시에 총을 쏘는데, 총구에 물이 가득하여 할 수 없이 계획을 이루지 못하였다. 길동이 대궐문 밖에 이르러 호송해 온 장차를 돌아보고 말했다.

"너희가 나를 호송하여 이곳까지 왔으니 그 죄를 물어도 죽지는 않을 것이다."

길동이 몸을 날려 수레 아래로 내려가 느릿느릿 걸어갔다. 오군문(五軍門)[36]을 지키는 기병(騎兵)들이 말을 달려 길동을 쏘려 하였으나, 길동은 한양으로 가 버리고 말을 아무리 채찍

질한들 축지(縮地)하는 법을 모르니 어찌하겠는가. 성안의 모든 백성도 그 신기한 수단을 헤아릴 수 없었다. 이날 사대문에 이런 글이 나 붙었다.

홍길동의 평생 소원이 병조판서이오니 전하께서 하해 같은 은택으로 소신에게 병조판서의 직을 내려 주시면 신이 스스로

36) 오군영. 조선 시대 다섯 군영. 훈련도감, 총융청, 수어청, 어영청, 금위영을 이름.

잡히겠사옵니다.

이 사연을 조정에서 의논하는데, 어떤 사람은

"길동의 원을 풀어 주어 백성의 마음을 다독거려 주자."

하고, 또 어떤 사람은

"길동은 무도불충(無道不忠)한 도적으로 나라에 조그만 공로 하나 세운 것 없이 새로이 만민을 소동케 하고 성상(聖上)께 근심이나 끼치는 놈인데 어찌 일국의 병조판서 자리를 주겠소?"

하여 의논이 분분하여 결단을 내리지 못했다.

하루는 길동이 동대문 밖의 깊숙하고 구석진 곳으로 가서 육갑신장(六甲神將)을 호령하였다.

"군진의 형세를 이루고 싸울 채비를 하라."

이윽고 두 장교가 공중에서 내려와 몸을 굽혀 인사하고 좌우에 서니, 난데없는 천병만마(千兵萬馬)가 어느 곳에서 오는지는 모르지만 일시에 진을 이루었다. 진 한가운데 황금단(黃金壇)을 삼 층으로 쌓아 올려 길동을 단상에 모시니, 잘 정돈된 군대의 위용은 눈부시고 위엄은 추상같았다. 길동이 황건역사에게 호령하였다.

"조정에서 길동을 헐뜯고 중상하는 자의 심복(心腹)을 잡아들이라."

신장이 명령을 듣고 한참 후에 십여 명을 쇠사슬로 묶어 잡아 오니, 마치 소리개가 병아리 채 오는 모양 같았다. 단 아래에 꿇어 앉히고 죄를 따져 말했다.

"너희는 조정의 좀이 되어 나라를 속이고 구태여 홍길동 장군을 해치고자 하니 그 죄가 마땅히 베어야 할 것이나 목숨이 불쌍하여 용서하겠다."

각각 군대에서 때리는 곤장(棍杖)으로 삼십 대씩 쳐서 내치니 겨우 죽기를 면하였다. 길동이 또 한 신장에게 분부하여 말했다.

"내 몸이 조정에 자리를 잡아 법을 맡았으면 먼저 불법(佛法)을 없애고 각도 사찰을 헐어 없애려 하였는데, 이제 오래지 아니하여 조선국을 떠나야 할 것 같다. 그러나 부모국이라 만리타국에 있어도 잊지 못할 것이다. 지금부터 각 절로 가 혹세무민(惑世誣民)[37]하는 중놈들을 일제히 잡아 오너라. 재상가의 자식이 세를 등에 업고 괴롭고 힘든 백성을 속여 재물을 빼앗고, 옳지 못한 일을 많이 하면서 마음은 교만하기 이를 데 없으나 궁궐이 깊어 임금의 은총이 구석진 곳까지 미치지 못하고, 간신이 나라의 좀이 되어 성상의 총명을 가리니 매우 한심한 일이 허다하구나. 장안의 호당지도(湖當之徒)[38]를 낱낱이 잡아들이라."

신장이 명을 듣고 공중으로 날아가더니, 이윽고 중놈 백여 명과 서울 젊은이 십여 인을 잡아들였다. 길동이 위엄을 갖추고 호령하는 소리를 높여 각각 죄를 따져 말했다.

"너희가 다시는 세상을 보지 못하게 할 터이지만, 내 몸이

---

37) 세상을 어지럽히고 백성을 미혹하게 하여 속임.

38) 호당의 무리. 호당은 독서당(讀書堂)의 별칭. 조선 시대 젊은 문관 중 문학에 뛰어난 이를 선발하여 공부하도록 했던 서재.

나라의 명을 받아 국법을 수행하는 것이 아니기에 잠시 유예할 터이니, 앞으로도 만일 고치지 아니하면 너희가 비록 수만 리 밖에 있어도 잡아다가 베리라."

엄한 벌을 한 번만 내리고는 진영 문밖에 내쳤다. 길동이 소와 양을 잡아 군사를 먹여 위로하고, 진용을 정비하여 시끄럽게 떠들지 못하게 금지시키니, 멀리 푸른 하늘에는 흰 해가 고요하고, 팔진(八鎭)에서 일어나는 풍운(風雲)에는 호령이 엄숙하였다. 길동이 술을 내어 반쯤 취한 후에 칼을 잡아 춤을 추니, 칼빛이 번쩍번쩍 햇빛을 희롱하고, 소매는 팔랑팔랑 공중에 날리는구나. 날이 저물었다. 진영의 기세를 다 북돋운 후에 신장을 각각 돌려보내고, 길동은 몸을 날려 활빈당 처소로 돌아왔다.

이후로 다시 길동을 잡으라는 영이 급하게 내렸으나 그 종적을 보지 못하였다. 길동은 도적을 보내어 팔도에서 장안으로 가는 뇌물을 빼앗아 먹으며, 불쌍한 백성이 있으면 창고 곡식을 내어 먹여 살리니, 신출귀몰하는 재주를 사람은 헤아리지 못하였다. 임금께서 근심하셔서 탄식하며 말씀하셨다.

"이놈의 재주는 인력으로 잡지 못하겠구나. 민심이 이렇듯 요동하고 그 재주가 기특하도다. 차라리 그 재주를 취하여 조정에 두어야겠다."

병조판서 직책을 내어 걸고 길동을 부르시니, 길동이 가마를 타고 하인 수십 명을 거느리고 동대문으로 들어왔다. 병조 하인이 호위하여 대궐 아래에 이르니 길동이 엄숙히 절하고 아뢰었다.

"천은이 망극하여 분에 넘치는 은혜로 대사마(大司馬)[39]에 오르니, 망극한 신의 마음이 성은을 만분의 일도 갚지 못할까 황공하옵니다."

길동이 돌아갔다. 이후로는 길동이 다시 소란을 일으키는 일이 없었다. 임금은 각도에 길동을 잡으라고 내린 명을 거두셨다.

삼 년 후에 임금께서 달밤을 맞아 내시들을 거느리고 달빛을 구경하시는데, 하늘에서 한 신선이 오색구름을 타고 내려와 땅에 엎드렸다. 임금께서 놀라서 물으셨다.

"귀인이 누추한 곳에 내려와 무슨 허물을 이르고자 합니까?"

그 사람이 아뢰어 말했다.

"소신은 전임 병조판서 홍길동이옵니다."

임금께서 놀라 길동의 손을 잡고 말씀하셨다.

"그대 그동안 어디를 갔었느냐?"

길동이 아뢰어 말했다.

"산중에 있었는데 이제는 조선을 떠나 다시 전하 뵈올 날이 없으므로 하직 인사차 왔사옵니다. 전하의 넓으신 덕택에 벼 삼천 석만 주시면 전하의 넓으신 덕택에 수천 명의 목숨이 살아나겠사오니, 성은을 바라나이다."

임금께서 허락하시고 말씀하셨다.

"네 고개를 들라. 얼굴을 보고자 하노라."

길동이 얼굴을 들고 눈은 뜨지 아니하며 말했다.

---

39) 병조판서의 별칭.

"신이 눈을 뜨면 놀라실까 하여 뜨지 아니하나이다."

길동이 임금을 한참 동안 모시다가 구름을 타고 가면서 하직하며 말했다.

"전하 덕분에 벼 삼천 석을 얻으니 성은이 갈수록 망극하옵니다. 벼를 내일 서강(西江)[40]으로 운반하여 주옵소서."

그러고는 갔다. 임금께서 공중을 향하여 이윽히 바라보시며 길동의 재주를 못내 아까워하시고, 이튿날 대동미(大同米) 담당관에게 하교하셨다.

"벼 삼천 석을 서강으로 운반하라."

조정의 신하들이 그 까닭을 알지 못하였다. 벼를 서강으로 운반하니 강 위에서 배 두 척이 떠오더니 벼 삼천 석을 싣고 갔다. 길동이 대궐을 향하여 네 번 절하고 하직하였는데, 어디로 가는지 아무도 몰랐다.

40) 한수 5강의 하나. 한수 5강은 뚝섬강, 노량강, 용산강, 마포강, 서강을 가리킴.

8. 제도로 옮기고, 을동을 죽이다

이날 길동이 삼천 명의 도적 군사를 거느려 망망대해로 떠났다. 성도[41]라 하는 섬 가운데에 이르러 창고를 짓고, 궁궐을 지어 안정을 꾀하고, 군사로 하여금 농업에 힘쓰게 하고, 각국에 왕래하여 물건을 서로 교환하며, 무예를 숭상하여 병법을 가르치니, 삼 년 안에 무기와 군량이 산같이 쌓이고, 군사가 강하여 대적할 상대가 없었다.

하루는 길동이 군사들에게 분부하여 말했다.

"나는 망당산에 들어가 화살촉에 바를 약을 캐어 오겠다."

길을 떠나 낙천현에 이르니, 그 땅에 만석꾼 부자가 있는데 이름이 백용이었다. 아들은 없고 일찍이 딸 하나를 두었는데,

41) 이후로는 모두 '제도'로 나옴. 경판 24장본에서도 '제도'로 나옴.

덕과 용모를 함께 갖추어 그 아름다운 모습에 부끄러워 물고기는 물속으로 잠기고 기러기는 땅에 내려앉을 정도이며, 달을 가리고 꽃을 수줍게 만들 정도였다. 옛 책을 섭렵하여 이백과 두보의 문장을 지을 줄 알았으며, 미모는 장강(莊姜)[42]을 비웃고, 사덕(四德)[43]은 태사(太姒)[44]를 본받아 한마디 말과 한 가지 행동에도 예절이 있으니, 그 부모가 지극히 사랑하여 아름다운 사위를 구하였다. 나이가 열여덟에 이를 때, 하루는 비바람이 크게 일어나 지척을 분별하지 못하고 천둥번개가 진동하더니, 백 소저(小姐)가 온데간데없이 사라졌다. 백용 부부가 놀라고 두려워 거금을 들여 사방으로 찾아도 남은 흔적이 없었다. 백용이 실성한 사람이 되어 거리로 다니며 방을 붙였다.

아무라도 내 자식의 거처를 알려 주면 사위를 삼고 재산도 반을 나눠 주겠다.

이때 길동이 망당산에 들어가 약을 캐다가 날이 저문 후에 방황하며 어디로 가야 할지를 모르다가, 문득 한 곳을 바라보니 불빛이 비치며 여러 사람이 떠드는 소리가 나므로, 반가워 그곳으로 찾아가니 수백여 명의 무리가 모여 뛰놀며 즐기고

42) 중국 춘추시대 위나라 장공의 부인으로 미인으로 유명함.
43) 부녀자가 갖출 네 가지 덕. 언·덕·공·용(言·德·功·容).
44) 중국 주나라 문왕의 부인이며 무왕의 어머니로 행실이 올바르고 덕이 두터웠음.

있었다. 자세히 보니 사람은 아니요, 짐승이로되 모양은 사람 같았다. 수상한 마음에 몸을 감추고 그 거동을 살피니, 원래 이 짐승의 이름은 을동[45]이었다. 길동이 가만히 활을 잡아 그 윗자리에 앉은 장수를 쏘니 가슴에 똑바로 맞았다. 을동이 크게 놀라 소리를 지르고 달아나므로, 길동이 바로 쫓아 잡고자 하다가 밤이 이미 깊어 소나무를 의지하여 밤을 지냈다. 이튿날 새벽에 살펴보니 그 짐승이 피를 흘렸기에, 피 흔적을 따라 몇 리를 들어가니 큰 집이 있는데 아주 웅장하였다.

문을 두드리니 군사가 나와 길동을 보고 말했다.

"그대는 어떠한 사람이기에 이곳에 왔느냐?"

길동이 대답하였다.

"나는 조선국 사람으로 이 산중에 약을 캐러 왔다가 길을 잃고 이곳에 왔소."

그 짐승이 반기는 기색으로 말했다.

"그대는 의술에 대해 잘 아시오? 우리 대왕이 새로 미인을 얻고 어제 잔치하며 즐기던 중에, 난데없는 화살이 날아와 우리 대왕의 가슴을 맞혀 지금 죽을 지경에 이르렀소. 오늘날 다행이 그대를 만났으니 만일 의술을 알거든 우리 대왕의 병세를 회복시켜 주시오."

길동이 대답했다.

"내 비록 편작(扁鵲)[46]의 재주는 없지만 웬만한 병은 의심

---

45) 경판 24장본에서는 '울동'임.

46) 중국 전국시대의 명의.

치 않고 고치오."

그 군사가 크게 기뻐하며 안으로 들어갔다. 이윽고 청하므로 길동이 들어가 앉은 후에 그 우두머리 짐승이 신음하며 말했다.

"제 목숨이 조석(朝夕)을 이어가지 못하고 있었는데 하늘과 신령님의 도움으로 선생을 만났으니 선약(仙藥)을 가르쳐 남은 목숨을 구해 주십시오."

길동이 그 상처를 살피고 말했다.

"이는 어렵지 않은 병이오. 내게 좋은 약이 있으니 한번 먹으면 비단 상처에 이로울 뿐 아니라, 온갖 병이 깨끗이 없어지고 영원히 죽지 않을 것이오."

을동이 크게 기뻐하며 말했다.

"제가 스스로 몸을 삼가지 못하여 이렇게 병을 얻어 목숨이 다해서 황천(黃泉)으로 돌아가게 되는 줄 알았는데 하늘이 도우사 명의를 만났으니, 선생은 급히 선약(仙藥)을 시험해 주십시오."

길동이 비단 주머니를 열고 약 한 봉지를 꺼내어 술에 타주니 그 짐승이 받아 마셨다. 이윽고 몸을 뒤척이며 소리를 크게 질러 말했다.

"내가 너하고 원수진 일이 없는데 무슨 일로 나를 해하여 죽이려 하느냐?"

자기 동생들을 불러 말했다.

"천만 뜻밖에 흉적을 만나 목숨이 끊어지게 되었으니 너희들은 이놈을 놓치지 말고 나의 원수를 갚으라."

이어 죽으니, 모든 을동이 한꺼번에 칼을 들고 달려 나와 꾸짖어 말했다.

"내 형을 무슨 죄로 죽이느냐? 내 칼을 받아라."

길동이 비웃으며 말했다.

"제 수명이 그뿐이다. 내가 어찌 죽였겠는가?"

을동이 크게 화를 내며 칼을 들고 길동을 치려 하므로 길동이 대적하려 해도 손에 작은 칼 하나 없어 위급한 처지였기에 몸을 날려 공중으로 달아나니, 을동이 본래 수만 년 묵은 요귀다 보니 풍운(風雲)을 부리고 조화가 무궁하였다. 무수히

많은 요귀들이 바람을 타고 올라오니, 길동이 할 수 없이 육정 육갑을 불렀다. 문득 공중으로부터 수많은 신장이 내려와 모든 을동을 묶어 땅에 꿇리니, 길동이 그놈이 잡았던 칼을 빼앗아 수많은 을동을 다 베고, 바로 들어가 여자 세 명을 죽이려 하니, 그 여자들이 울면서 말했다.

"첩들은 요귀가 아닙니다. 불행히도 요귀에게 잡혀 와 죽고자 하였으나 틈을 얻지 못하여 죽지 못하였습니다."

길동이 그 여자의 이름을 물으니, 하나는 낙천현 백용의 딸이요, 또 두 여자는 정 씨와 통 씨 두 사람의 딸이었다. 길동이 세 여자를 찾아왔기에 백용은 너무나 기쁘고 흐뭇하여 큰 돈을 들여 잔치를 베풀고 마을 사람들을 모아 놓고 홍길동을 사위로 삼으니, 사람마다 칭찬하는 소리가 진동하였다. 또 정씨와 통 씨 두 사람도 길동을 청하여 말했다.

"은혜를 갚을 길이 없으니 각각 딸로써 시첩(侍妾)[47]을 삼으시길 허락합니다."

길동이 나이 이십이 되도록 부부 생활의 즐거움을 모르다가 하루 아침에 세 부인을 만나 가까이 두니 사랑하는 정이 너무나 두터워 어디 비할 데가 없었다. 백용 부부도 못내 사랑스러워했다. 따라서 길동이 세 부인과 백용 부부까지 일가친척을 다 거느리고 제도로 들어가니, 모든 군사가 강변에 나와 맞아 먼길에 평안히 다녀오신 것을 위로하고, 호위하여 제도로 들어와 큰 잔치를 베풀고 즐겼다.

47) 시중을 드는 첩.

9. 아버지의 죽음

세월이 흘러 제도에 들어온 지 거의 삼 년이 되었다.

하루는 길동이 달빛을 사랑하여 달 아래 서성이다가 문득 별자리를 살피니, 아버지가 돌아가실 줄 알고 길게 통곡하니, 백 씨가 물었다.

"낭군께서는 평생 슬퍼하는 일이 없더니 오늘 무슨 일로 눈물을 흘리십니까?"

길동이 탄식하며 말했다.

"나는 천지간 불효자요. 나는 원래 이곳 사람이 아니고 조선국 홍 승상의 천첩 소생이요. 집안의 천대가 심하고 조정에도 참여치 못하므로, 장부의 답답한 심정을 참지 못하여 부모를 하직하고 이곳에 와 은신하였지만, 부모의 안부를 염려하고 걱정하였는데, 오늘 별자리를 살피니 아버지의 수명이 다해 조만간 세상을 뜨실 것이오. 내 몸이 만 리 밖에 있어 미처 거기에 도달하지 못해 생전에 아버지를 뵙지 못하게 되니 그것을 슬퍼하오."

백 씨가 듣고 속으로 탄복하며 말했다.

'그 근본을 감추지 아니하니 장부로다!'

거듭거듭 위로하였다.

이때 길동이 군사를 거느리고 일봉산에 들어가 산의 형세를 살펴 명당을 정하고, 날을 가려 공사를 시작하여 좌우 산골짜기와 묘를 마치 능과 같이 하고 돌아와 모든 군사를 불러놓고 말했다.

"몇 월 며칠 큰 배 한 척을 준비하여 조선 서강에 와 기다려라."

하고,

"부모님을 모셔 올 것이니 미리 알아 준비하라."

모든 군사가 명령을 듣고 물러가 일을 시작했다. 이날 길동이 백 씨와 정 씨 통 씨 두 사람을 하직하고 작은 배 한 척을 재촉하여 조선으로 향하였다.

각설(却說)[48], 이때 승상이 나이 구십에 갑자기 병을 얻어 구월 보름날에 더욱 위중해져 부인과 장자 길현을 불러 말했다.

"내 나이 구십이니 이제 죽는다고 해도 무슨 한이 있겠느냐마는, 길동이 비록 천첩 소생이나 또한 나의 피붙이다. 한번 집을 나간 후로 생사를 알지 못하고 내 임종도 상면치 못하니

---

48) 고전소설의 상투어. 이야기를 전환할 때 씀.

어찌 슬프지 아니하겠는가. 나 죽은 후에라도 길동의 어미를 대접하여 편케 하며, 부디 지난 잘못을 생각하여 만일 길동이 들어오거든 천비 소생으로 여기지 말고 동복형제(同腹兄弟)[49] 같이 하여 부모의 유언을 저버리지 말라."

길동의 어미를 불러

"가까이 앉으라."

하며 손을 잡고 눈물을 흘리며 말했다.

"내 너를 잊지 못함은, 길동이 나간 후에 소식이 끊어져 살았는지 죽었는지 몰라 내 마음에도 이같이 그리움이 간절한데 네 마음이야 어찌 헤아릴 수 있겠는가. 길동은 평범한 인물이 아니니, 만일 살아 있으면 너를 저버릴 리가 없을 것이다. 부디 몸을 가볍게 버리지 말고 소중히 보살펴 잘 지내라. 내 황천에 돌아가도 눈을 감지 못하리라."

이어 돌아가니, 부인이 기절하고 주변 사람들이 다 망극하여 곡소리가 진동하였다. 길현이 슬픈 마음을 누르지 못하여 눈물을 비 오듯 흘리며, 부인을 붙들어 위로하여 진정시킨 후에 초상의 여러 절차를 예로써 극진히 차렸다. 길동의 어미가 더욱 슬퍼하니 그 모습이 딱하고 불쌍하여 차마 보지 못하였다. 이어 졸곡(卒哭)[50] 후에 명산의 좋은 묏자리를 구하여 안장하려고, 곳곳에 사람을 보내 여러 지관(地官)을 데리고 묏자리를 사방으로 구하는데 마땅한 곳이 없어 근심하였다.

---

49) 같은 어머니에게서 태어난 형제.

50) 삼우제 뒤에 지내는 제사. 사람이 죽은 지 석 달 만에 오는 첫 정일(丁日)이나 해일(亥日)에 지냄.

이때 길동이 서강에 다다라 배에서 내려 승상댁에 이르러 바로 승상 영위(靈位)[51] 앞에 들어가 엎드려 통곡하니, 상주가 자세히 보니 바로 곧 길동이었다. 대성통곡 후에 길동을 데리고 바로 내당에 들어가 부인에게 고하니, 부인이 크게 놀라 기뻐하며 길동의 손을 잡고 눈물을 흘리며 말했다.

"네가 어려서 집을 떠나 이제야 들어오니 지난 일을 생각하면 오히려 부끄럽구나. 그런데 너는 그사이 삼사 년간 종적을

51) 상가에서 모시는 혼백이나 가주(假主)의 신위.

아주 끊고 어디로 갔더냐? 대감이 임종시 말씀이 이러이러하시고 너를 잊지 못하며 돌아가셨으니 어찌 원통치 아니하겠는가?"

이어 그 어미를 불렀다. 그 어미가 길동이 온 줄 알고 급히 들어와 모자가 서로 대하니 흐르는 눈물을 금치 못하였다. 길동이 부인과 어미를 위로한 후 형을 보고 말하였다.

"제가 그동안 산중에 은거하여 지리에 뜻을 두고 익혀 대감의 말년유택(末年幽宅)[52]을 정한 곳이 있습니다. 잘 모르겠지만 이미 점쳐 둔 자리가 있습니까?"

그 형이 이 말을 듣고 더욱 반겨 아직 정하지 못했음을 이야기하고, 모든 사람이 모여 밤이 새도록 회포를 풀었다.

이튿날 길동이 그 형을 모시고 한 곳에 이르러 가리키며 말했다.

"이곳이 제가 정한 땅이옵니다."

길현이 사방을 살펴보니, 겹겹이 쌓인 돌산이 험악하고, 잇따라 늘어선 옛무덤이 수없이 많으므로 속으로 불만스러워 말했다.

"동생의 높은 소견은 알지 못하지만 내 마음은 이곳에 모실 생각이 없으니 점을 쳐 다른 땅을 알아보라."

길동이 거짓으로 탄식하며 말했다.

"이 땅이 비록 이러하오나 여러 대에 걸쳐 장수와 재상을 낼 땅인데 형님 마음에 들지 않으니 안타까울 뿐입니다."

---

52) 무덤.

도끼를 들어 몇 척을 깨뜨리니, 오색 기운이 일며 청학 한 쌍이 날아갔다. 그 형이 이 거동을 보고 크게 뉘우쳐 길동의 손을 잡고 말했다.

"어리석은 형의 소견 탓에 이루 말할 수 없이 좋은 묏자리를 잃었으니 어찌 애닯지 아니하겠는가? 바라건대 다른 땅은 없느냐?"

길동이 말했다.

"이곳 말고 한 곳이 있긴 하나 길이 수천 리라 그것이 염려되옵니다."

길현이 말했다.

"이제 수만 리라도 부모의 백골이 평안할 곳이 있으면 그 멀고 가까움을 따지지 않겠다."

길동이 함께 집에 돌아와 그 이야기를 하니, 부인이 못내 안타까워했다. 날을 가리어 대감 영위를 모시고 섬으로 향할 때, 길동이 부인에게 여쭈었다.

"소자가 돌아와 모자의 정을 다 펴지 못하옵고, 또 대감 영위에 조석공양(朝夕供養)[53]을 하기 어려우니 이번 길에 어미와 함께하면 좋을까 합니다."

부인이 허락했다.

그날 출발하여 서강에 다다르니 여러 군사들이 큰 배 한 척을 대기시켜 놓고 기다리고 있었다. 상여를 배에 모신 후에 짐 부리는 종들을 다 보내고 그 형과 어미를 모시고 만경창파(萬

53) 아침저녁으로 웃어른이나 영위에 음식을 올림.

頃蒼波)[54]로 떠나가니 어디로 향하는지 알 수 없었다. 며칠 후 섬에 이르러 상여를 대청마루 위에 모시고, 날을 가려 일봉산에 올라 장례를 치렀는데, 묏자리를 만드는 일이 마치 능묘를 꾸미는 듯했다. 그 형이 너무 분에 넘친다 싶어 놀라니, 길동이 말했다.

"형님은 너무 의심치 마십시오. 이곳은 조선 사람이 출입하는 곳이 아니며 그 자식 되는 자가 부모를 후하게 장사 지내도 죄 될 것이 없습니다."

안장을 끝낸 후에 섬 가운데로 돌아와 수개월을 머물렀다. 그 형이 고향으로 돌아가고자 하므로 길동이 길 떠날 채비를 차려 이별을 고하면서 말했다.

"형님을 다시 볼 날이 막막합니다. 어미는 이미 이곳에 왔으니 모자의 정리(情理)에 차마 떠나지 못하며, 형님은 대감을 생전에 모셨으니 더 한이 될 것이 없을 것입니다. 아버님 제사는 제가 받들어 불효의 죄를 만분의 일이나 덜까 합니다."

함께 산소에 올라 하직하고 내려와 길현이 길동의 어미와 백 씨를 이별하는데, 서로 다시 만날 것을 약속하고는 못내 애틋하게 여겼다. 작은 배 한 척을 재촉하여 고국으로 향하기 전, 길동의 손을 잡고 말했다.

"슬프다! 이별이 오래겠구나. 아우는 나의 사정을 살펴 생전에 대감 산소를 다시 보게 하라."

하염없이 눈물을 흘려 옷깃을 적시었다. 길동이 또한 눈물

54) 한없이 넓고 넓은 바다.

흘리며 말했다.

“형님은 고국에 돌아가 부인을 모시고 만세무강하소서. 다시 모일 기약을 정하지 못하니, 남북 수천 리에 나뉘어서 강금(姜衾)의 이불[55]은 차게 식고, 척령(鶺鴒)[56]의 나래는 고단할 뿐입니다. 속절없이 북으로 가는 기러기를 탄식하며, 동으로 흐르는 물을 바라볼 따름이니, 살아서는 떨어져 있다가 죽어서는 아주 이별하게 되었으니 그 심정이야 서로 한가지일 것입니다. 아무리 굳은 의지인들 차마 견딜 수 있겠습니까?”

두 줄 눈물이 말소리를 쫓아 떨어지니, 진실로 상심만 가득찬 한마디였다. 이들 때문에 강물이 소리를 그치고, 떠가는 구름이 머무는 듯하니 차마 서로 떠나지 못하였다. 마지못해 위로하고 배를 띄워, 몇 개월 만에 길현이 고국에 돌아와 모부인을 만나고, 산소 사연이며 그동안 있었던 일들을 낱낱이 이야기하니, 부인도 못내 애닯아하였다.

---

55) 중국 후한의 강굉이 동생인 중해, 계강와 같이 덮은 이불. 형제가 이불을 같이 덮고 자며 화목하게 어머니를 섬김을 뜻함.

56) 할미새. 형제간에 우애가 두터워 어려움에 함께 잘 대처함을 상징함.

10. 율도국 정벌

각설, 길동이 그 형과 이별한 후에 군사들에게 권하여 농업에 힘쓰고 군법을 준수하면서 그럭저럭 삼년상을 지내니, 양식은 넉넉하고 수만 군졸은 무예와 말달리고 걷는 데 있어 천하에 최강이었다.

근처에 한 나라가 있으니 이름은 율도국이었다. 중국을 섬기지 아니하고 수십 대를 자손 대대로 이어 오며 널리 덕으로 다스리니, 나라가 태평하고 백성이 넉넉하였다. 길동이 군사들과 의논하며 말했다.

"우리가 어찌 이 섬만 지키며 세월을 보내겠는가? 이제 율도국을 치고자 하니 각각 소견이 어떠한가?"

모든 사람이 즐겨 원하지 않는 사람이 없었다. 즉시 날을 잡아 군사를 일으키는데, 세 명의 호걸로 선봉을 세우고, 김인

수로 후군장을 삼고, 길동은 스스로 대원수가 되어 중영을 지휘하니, 기병이 오천이요, 보병이 이만이었다. 징과 북, 군사 들 함성에 강산이 흔들리고, 깃발이며 칼과 창은 해와 달을 가리웠다. 군사들을 새촉하여 율도국으로 향하니, 누구도 당해 낼 자가 없어 기꺼이 환영하여 성문을 열고 항복하였다. 수개월 동안에 칠십여 성을 평정하니 그 위엄이 온 나라에 진동하였다. 도성 오십 리 밖에 진을 치고 율도 왕에게 격문(檄文)을 전하니 그 내용이 이러했다.

의병장 홍길동은 삼가 글월을 율도 왕 좌하(座下)[57]에 드리오니, 나라는 한 사람이 오래 지키지 못하는 것이오. 이런 까닭으로 은나라의 시조 성탕은 하나라의 걸왕을 치고 주나라의 시조 무왕은 은나라의 주왕를 쫓아냈으니, 다 백성을 위하여 어지러운 시대를 평정했던 것이오. 이제 의병 이십만을 거느려 칠십여 성을 항복시키고 이에 이르렀으니, 왕은 대세를 능히 감당할 만하면 자웅을 겨루어 보고, 세력이 딸리면 일찍 항복하여 하늘의 명을 받으시오.

다시 위로하여 말했다.

백성을 위하여 쉬 항복하면 한 지방의 벼슬을 맡겨 그대의

57) '앉는 자리의 아래'라는 뜻으로, 편지에서 윗사람이나 친구를 높여 그의 호칭이나 이름 아래에 쓰는 말.

사직(社稷)을 망하게 하지는 않겠소.

이때 율도 왕은 뜻밖에 이름없는 도적이 나타나 칠십여 주를 항복받았는데 향하는 곳마다 대적도 못해 보고 도성까지 침범당하는 지경에 이르렀다. 비록 지혜 있는 신하라도 아무 대책도 내놓지 못하는 데다가 문득 격문까지 들어오니, 조정의 모든 신하가 어쩔 줄 모르고 장안이 흔들렸다. 여러 신하가 의논하여 말했다.

"이제 도적의 대세를 감당하지 못할 것입니다. 싸우지 말고 도성을 굳게 지키면서 기병을 보내어 그 군수품과 군량을 나르는 길을 막으면, 적병이 나와서 싸움도 못하고 또 물러갈 길도 없을 것이니, 몇 달이 못 되어 적장의 머리를 성문에 달 수 있을 것입니다."

의논이 분분한데, 수문장이 급히 고하여 아뢰었다.

"적병이 벌써 도성 십 리 밖에 진을 쳤습니다."

율도 왕이 크게 분노하며 정병 십만을 뽑아 친히 대장이 되고 삼군을 재촉하여 호수를 막아 진을 쳤다.

이때 길동이 지형을 살핀 후에 여러 장수와 의논하여 말했다.

"내일 오시(午時)[58]면 율도 왕을 사로잡을 것이니 군령을 어기지 말라."

여러 장수를 나누어 보내면서, 세 호걸을 불러 말했다.

---

58) 낮 11시~1시.

"그대는 군사 오천을 거느려 양관 남쪽에 매복하였다가 호령을 기다려 이리이리하라."

후군장 김인수를 불러 말했다.

"그대는 군사 이만을 거느려 양관 우편에 매복하였다가 호령을 기다려 이리이리하라."

또 좌선봉 맹춘을 불러 말했다.

"그대는 용맹스러운 기병 오천을 거느리고 율왕과 싸우다가 거짓으로 패하여 왕을 유인하여 양관으로 달아나라. 병사들이 뒤쫓아 양관 어귀에 들어오거든 이리이리하라."

이어 그에게 대장의 깃발과 백모황월(白矛黃鉞)[59]을 주었다.

이튿날 새벽에 맹춘이 병영의 문을 크게 열고 대장 깃발을 앞에 세우고 외쳤다.

"무도한 율도 왕이 감히 천명(天命)에 항거하니 감히 나와 대적할 재주가 있거든 빨리 나와 자웅을 겨루자."

적진의 문으로 세차게 달려들며 힘과 재주를 뽐내니, 적진의 선봉 한석이 그 소리에 응해 말을 달려 나오며 외쳤다.

"너희는 어떠한 도적으로 임금의 위엄도 모르고 태평 시절을 분란케 하느냐? 오늘 너희를 사로잡아 민심을 편안케 하리라."

말을 마치자 두 장수가 맞서서 싸웠는데, 몇 합 겨루지도 않았는데 맹춘의 칼이 빛나며 한석의 머리를 베었다. 맹춘이 한석의 머리를 들고 좌충우돌하며 말했다.

---

59) 희게 빛나는 창과 누렇게 빛나는 도끼.

"율도 왕은 죄 없는 장졸을 다치게 하지 말고 빨리 나와 항복하여 남은 목숨을 구하라."

율도 왕은 선봉이 패하는 것을 보고 분함을 이기지 못하여, 녹색 도포와 구름무늬 갑옷을 입고 구리로 만든 투구를 쓰고, 왼손에 방천극(方天戟)[60]을 들고 천리마를 재촉하여 진영 앞에 나서며 외쳤다.

"적장은 잔말 말고 나의 창을 받으라."

급히 맹춘을 택하여 싸우니, 십여 합에 맹춘이 패하여 말머리를 돌려 양관으로 향하니 율도 왕이 꾸짖어 말했다.

"적장은 달아나지 말고 말에서 내려 항복하라."

왕이 말을 재촉하여 맹춘을 따라 양관으로 가는데, 적장이 골짜기 어귀로 들어가며 무기를 버리고 산골짜기로 달아났다. 율도 왕이 무슨 나쁜 계략이 있는가 의심하다가 말했다.

"네가 비록 간사한 꾀를 부린들 내가 어찌 겁내겠는가?"

군사를 호령하여 급히 뒤따랐다.

이때 길동이 지휘대에서 율도 왕이 양관 어귀에 들어가는 것을 보고, 신병(神兵) 오천을 호령하여 대군과 합세하여 양관 어귀에 팔진(八陣)을 쳐 왕이 돌아갈 길을 막았다. 율도 왕이 적장을 쫓아 골짜기에 들어오자 포(砲)를 쏘는 소리 나며 사방에 숨어 있던 군사들이 합세하니 그 세력이 마치 풍우(風雨) 같았다. 율도 왕이 그제야 꾀에 빠진 줄 알았으나 힘이 딸려 군사를 되돌려 나오니, 양관 어귀 즈음에 길동의 큰 부대

60) 언월도나 창 모양으로 만든 무기.

가 길을 막아 진을 치고 있는데, 항복하라 하는 소리가 천지를 진동시켰다. 율도 왕이 힘을 다하여 진의 문을 헤치고 들어가는데, 갑자기 비바람이 크게 불고 천둥 번개가 진동하며 가까운 거리도 못 알아보니, 군사들이 크게 어지러워 어디로 가야 할지를 몰랐다. 길동이 신병을 호령하여 적장과 군졸을 일시에 결박하였다. 율도 왕이 어쩔 줄 모르고 크게 놀라 급히 헤쳐 나가려 하였지만 팔진을 어떻게 벗어나겠는가? 말 한 필 창 한 자루로 동서(東西)도 모르고 이리저리 달리니, 길동이 여러 장수를 호령하여 결박하라 하는 소리가 서릿발 같았다. 율도 왕이 사방을 살펴보니 따르는 군사 하나 없고 스스로 벗어나지 못할 줄 알고는 분함을 이기지 못하여 스스로 목숨을 끊었다.

길동이 삼군(三軍)을 거느려 승전고(勝戰鼓)를 울리며 본진으로 돌아와 음식을 베풀어 군사를 위로한 후에, 왕의 예를 갖춰 율도 왕을 장사하고 삼군을 재촉하여 도성을 에워쌌다. 율도 왕의 장자가 흉한 소식을 듣고 하늘을 우러러 탄식하며 자결하니, 모든 신하가 어쩔 수 없이 율도국의 새수(璽綬)[61]를 받들어 항복하였다. 길동이 대군을 몰아 도성에 들어가 백성들을 평정하고 위로하며, 율도 왕의 아들 또한 왕의 예를 갖춰 장사 지냈다. 각 읍에 큰 사면을 내리고 죄인을 다 석방하며, 창고를 열어 배고픈 백성을 먹이니, 온 나라에 그 덕을 치하하지 않는 이가 없었다.

---

61) 임금의 도장.

날을 택하여 왕위에 오르고, 아버지 홍 승상을 추존(追尊)[62]하여 태조대왕이라 하고 능 이름을 현덕능이라 하며, 그 모친을 왕대비에 봉했다. 백용은 부원군에 봉하고, 백 씨는 중전왕비에 봉하고, 정 씨 통 씨 두 사람은 정숙비에 봉하였다. 세 호걸은 병조판서 대장군으로 봉하여 병마를 총독하게 하고, 김인수는 청주 절도사로 삼고, 맹춘은 부원수에 임명하고, 남은 여러 장수들에게 차례로 상을 내려 주니 한 사람도 원통하다 말하는 이 없었다. 새 왕이 왕위에 오른 후에 시절이 태평하여 풍년이 들고, 나라와 백성이 편안하여 사방에 일이 없고, 임금이 베푼 덕이 온 나라에 퍼져 길거리에 물건이 떨어져 있어도 주워 가는 이가 없었다.

태평으로 세월을 보내더니, 수십 년 후에 대왕대비가 승하(昇遐)하시니 그해 일흔셋이었다. 왕이 못내 슬퍼하여 예를 갖춰 장례를 지내니, 그 효성에 신하와 백성들이 감동하였다. 대왕대비 또한 현덕릉에 안장하였다. 왕이 아들 셋 딸 둘을 두니 장자 항이 제 아버지의 풍채와 태도를 지닌 터라, 신하와 백성 모두 산봉우리같이 우러렀다. 왕이 장자를 태자에 봉하고 여러 고을에 사면을 크게 내린 후 태평연(太平宴)을 베풀고 즐기니, 왕의 나이 일흔둘이었다. 술을 내어 반쯤 취한 후에 칼을 잡고 춤추며 이렇게 노래하였다.

칼을 잡고 오른편에 비스듬히 기대니 남쪽에 큰 바다는 몇

62) 왕위에 오르지 못하고 죽은 이에게 왕의 칭호를 올림.

만 리 밖인가.

대붕(大鵬)[63]이 날아가니
회오리바람이 이는구나.
춤추는 소매는 바람을 따라 휘날리니
해 돋는 동쪽과 해 지는 서쪽이로다.
어지러운 세상을 쓸어버리고 태평을 이루었으니
상서로운 구름이 일어나고 상서로운 별이 비치는도다.
용맹한 장수가 사방을 지키고 있음이여!
도적이 국경을 엿볼 리가 없도다.

이날 왕위를 태자에게 전하고 다시 각 읍에 큰 사면을 내렸다.

도성 삼십 리 밖에 월영산이 있는데, 예로부터 신선이 득도한 자취를 가끔 볼 수 있었다. 갈홍(葛洪)[64]이 연단(煉丹)[65]하던 부엌이 있고, 마고(麻姑)[66]가 승천하던 바위도 있어, 기이한 화초(花草)와 한가로운 구름이 항상 머무는 곳이었다. 왕이 그 산수를 사랑하고 적송자(赤松子)[67]를 따라 놀고자 하여, 그 산중에 삼간누각(三間樓閣)을 지어 백 씨 중전과 더불

---

63) 하루에 구만 리를 날아간다는 상상 속의 큰 새.

64) 중국 동진의 도사. 연단술(煉丹術)에 조예가 깊었음.

65) 옛날 중국에서 도사가 진사(辰砂)로 황금이나 약 같은 것을 만들었다고 하는 일종의 연금술.

66) 중국 설화에 나오는 선녀. 새 발톱같이 긴 손톱을 가지고 있었다 함.

67) 중국 고대 신선의 이름.

어 거처하며, 곡식을 일절 물리치고 천지정기(天地精氣)를 마셔 신선이 되는 도를 배웠다. 태자가 왕위에 올라 한 달에 세 번씩 거동하여 부왕과 어머니에게 문안 인사를 올렸다.

하루는 천둥번개가 천지를 흔들고 오색구름이 월영산을 둘렀다. 이윽고 천둥 소리 그치고 천지가 환하게 밝아지며 선학(仙鶴) 소리가 자자하더니, 대왕과 중전이 간 곳이 묘연하였다. 왕이 급히 월영산에 올라가 보니 종적이 막연하여, 그 슬픈 마음을 이기지 못하고 공중을 향하여 절절이 목 놓아 울었다. 대왕의 두 신위를 현능에 거짓 장사를 지내니, 사람들이 다 일러 말했다.

"우리 대왕은 선도(仙道)를 닦아 백일승천(白日昇天)[68] 하셨다."

왕이 백성을 사랑하여 덕으로 베푸니 온 나라가 태평하여, 풍년이 들어 태평한 세월을 즐기는 노래가 곳곳에서 울려 퍼지니, 성군의 자손이 대대로 이어받아 태평스러운 나날을 보냈다.

조선 홍 승상 댁 대부인이 말년에 돌아가니, 장자 길현이 예절을 극진히 하여 선산의 남은 기슭에 장례하고 삼년상을 지낸 후, 조정에 벼슬을 얻었다. 처음 벼슬은 한림학사에 대간(臺諫)[69]을 겸하고, 연속으로 승진하여 병조정랑에서 홍문관 교리와 수찬을 겸하고, 연달아 승진하여 승상까지 지냈다.

---

68) 정성스럽게 도를 닦아 육신을 가진 채로 신선이 되어 대낮에 하늘로 올라감.

69) 벼슬 이름. 조선 시대에 대간과 간관을 아울러 이르던 말.

이렇듯 복이 터져 삼정승과 육판서를 지내니 그 영화가 온 나라에 으뜸이나, 매일 부모의 산소를 생각하고 동생을 보고 싶어 하는 마음이지만, 남북에 길이 갈리어 슬퍼해 마지 않았다.

아름답구나! 길동이 행한 일들이여! 자신이 원한 것을 흔쾌하게 이룬 장부로다. 비록 천한 어미 몸에서 태어났으나 가슴에 쌓인 원한을 풀어 버리고, 효성과 우애를 다 갖춰 한 몸의 운수를 당당히 이루었으니, 만고(萬古)에 희한한 일이기에 후세 사람에게 알리는 바이다.

홍길동전

경판 24장본

1. 길동의 탄생

화설(話說)[1],

조선조 세종대왕 시절에 한 재상이 있었으니, 성은 홍이요 이름은 아무개였다. 대대로 유명한 가문의 자손으로 어린 나이에 과거에 급제하여 벼슬이 이조판서에 이르니, 그 명성이 조정에 으뜸이요 충효를 겸비하기로 그 이름이 온 나라에 진동하였다. 일찍이 두 아들을 두었는데, 한 아들은 이름이 인형이니 정실 유 씨 소생이요, 또 한 아들은 이름이 길동이니 몸종 춘섬의 소생이었다.

공이 길동을 낳기 전에 꿈을 꾸었다. 갑자기 천둥 번개가 진동하고 청룡이 수염을 거꾸로 하고 공에게 달려들거늘, 놀

1) 고전소설의 상투어. 이야기를 처음 시작할 때 씀.

라서 깨어 보니 한바탕 꿈이었다. 공이 마음속으로 크게 기뻐하며 생각했다.

'내 이제 용꿈을 얻었으니 반드시 귀한 자식을 낳으리라.'

즉시 내당으로 들어가니 부인 유씨가 일어나 맞이하거늘, 공이 흐뭇한 마음으로 그 고운 손을 이끌어 사랑을 나누고자 하였으나, 부인이 정색을 하고 말하였다.

"상공께서 그 체면과 위상이 높으시거늘 어리고 경박한 사람의 비루한 짓을 하고자 하시니, 저는 따르지 않겠습니다."

그러고는 손을 뿌리치고 나가 버렸다.

공이 매우 무안하고 분한 기운을 참지 못하여 바깥채로 나와 부인의 어리석음을 한탄하였다. 마침 몸종 춘섬이 차를 올리거늘, 고요한 분위기를 틈타 춘섬을 이끌고 곁방으로 들어가서 사랑을 나누니, 이때 춘섬의 나이 열여덟 살이었다. 춘섬이 한번 몸을 허락한 후로는 문밖으로 나가지 아니하고 다른 사람을 사귈 뜻이 없으니, 공이 기특하게 여겨 첩으로 삼았다. 과연 그달부터 태기가 있어 열 달 만에 옥동자를 낳으니, 기골이 비범하여 정녕 영웅호걸의 기상이었다. 공이 한편으로는 기뻐하나 정실부인에게서 태어나지 못함을 한탄하였다.

2. 아버지를 아버지라고 부르지 못하다

길동이 점점 자라서 여덟 살이 되니, 총명함이 보통 사람을 능가하여 하나를 들으면 백을 알았다. 공이 더욱 사랑하고 귀중하게 여겼지만 근본이 천한지라, 길동이 아버지를 아버지라고 형을 형이라고 부르면 곧 꾸짖어 못하게 하였다. 길동은 열 살이 넘도록 감히 아버지와 형을 부르지 못하고, 하인들에게마저 천대받는 것을 뼈에 사무치도록 원통하게 여겨 마음을 바로잡지 못하였다.

어느 가을 구월 보름날, 달빛은 밝게 비치고 맑은 바람은 쓸쓸하게 불어와서 사람의 마음을 울적하게 했다. 길동이 서당에서 글을 읽다가 문득 책상을 밀치고 탄식하며 말했다.

"대장부가 세상에 나서 공맹을 본받지 못하면 차라리 병법을 외워, 대장군의 인장을 허리춤에 비스듬히 차고 동과 서로 정벌하여, 나라에 큰 공을 세우고 이름을 만대에 빛내는 것이 장부로서 흔쾌히 할 일이다. 나는 어찌하여 한 몸이 외롭고, 아버지와 형이 있건만 아버지와 형이라고 부르지도 못하니 심장이 터질 것 같구나. 어찌 원통하지 아니하리오!"

말을 마치고 뜰에 내려가서 검술을 공부하였다. 마침 공이 또한 달빛을 구경하다가 길동이 배회하는 것을 보고 즉시 불러 물었다.

"너는 무슨 흥이 있어서 밤이 깊도록 자지 아니 하느냐?"

길동이 공경하며 대답했다.

"소인이 마침 달빛을 사랑하기 때문입니다. 하늘이 만물을 만드실 때 그중 오직 사람이 귀합니다만, 소인에게는 귀함이 없으니, 어찌 사람이라 하겠습니까?"

공이 그 말뜻을 짐작했지만, 짐짓 책망하여 말했다.

"네 무슨 말을 하는 것이냐?"

길동이 거듭 절하고 말씀드렸다.

"소인이 평생 서러워하는 바는, 소인도 대감의 정기를 받아 당당한 남자가 되었으니, 아버님이 낳으시고 어머님이 기르신 은혜가 깊은데, 그 아버지를 아버지라 못하고 그 형을 형이라 못하니, 어찌 사람이라 하겠습니까?"

길동이 눈물을 흘려 적삼을 적셨다. 공이 다 듣고 나서 비록 길동이 불쌍하지만, 그 뜻을 위로하면 마음이 방자해질 것을 염려하여 크게 꾸짖었다.

"재상 집안에 천한 종의 몸에서 태어난 자식이 너뿐이 아니거늘, 네 어찌 방자함이 이와 같으냐? 앞으로 이런 말을 또다시 하면 내 정녕 너를 눈앞에 두고 보지 않겠느니라."

길동이 감히 한마디도 더 고하지 못하고 다만 엎드려 눈물을 흘릴 뿐이었다. 공이 물러가라 명령하니, 길동이 방으로 돌아와 한없이 슬퍼하였다. 길동이 본래 재주가 뛰어나고 마음 씀씀이가 넓은데도, 마음을 진정시키지 못하여 밤이면 잠을 이루지 못하였다.

하루는 길동이 어미 방에 가서 울며 말했다.

"소자가 어머니와 함께 전생의 인연이 두터워 지금 세상에서 모자(母子)가 되었으니 그 은혜가 망극합니다. 그러나 소자의 팔자가 기박하여 천한 몸이 되었으니 품은 한이 깊습니다. 장부가 세상을 살면서 남의 천대를 받고 살 수는 없는 것이라, 소자는 제 기운을 억제하지 못하여 어머니 슬하를 떠나려 하니, 엎드려 바라건대 어머니는 소자를 염려하지 마시고 귀하신 몸을 잘 돌보십시오."

길동의 어미가 듣고 나서 크게 놀라며 말했다.

"재상 집안에 천한 종의 몸에서 태어난 자식이 너뿐이 아니거늘, 어찌 마음을 좁게 먹어 어미의 애간장을 태우느냐?"

길동이 대답했다.

"옛날 장충의 아들 길산(吉山)[2]은 천한 소생이로되, 열세 살에 그 어미를 이별하고 운봉산으로 들어가 도를 닦아서 아름다운 이름을 후세에 전하였으니, 소자도 그를 본받아 세상을

2) 장길산. 17세기 도적떼의 우두머리. 『홍길동전』이 세종대왕 시절을 배경으로 하고 있기 때문에, 길동이 17세기에 활약한 장길산을 흠모하는 것은 시간적 오류임.

벗어나려 합니다. 어머니는 안심하시고 뒷날을 기다리십시오. 근래 곡산 어미의 행색을 보니 상공의 총애를 잃을까 걱정하여 우리 모자를 원수처럼 여기고 있습니다. 잘못하면 큰 화를 입을까 하니, 어머니는 소자가 나가는 것을 염려치 마십시오."

이에 그 어미가 또 슬퍼하였다.

3. 자객을 죽이고 집을 떠나다

원래 곡산 어미는 곡산 출신의 기생으로 상공의 애첩이 되었는데, 이름은 초란이었다. 아주 교만하고 방자하여 자기 마음에 들지 않는 사람은 공에게 모함하니, 이것 때문에 집안에 폐단이 끊이질 않았다. 자기는 아들이 없고 춘섬은 길동을 낳은 데다 상공이 늘 길동을 귀하게 여기는 것을 마음속으로 불쾌하게 여겨 길동을 없애 버리려고 일을 꾀하였다.

하루는 흉계를 생각해 내어 무녀를 청하여 말했다.

"내 한 몸 평안하게 살려면 길동을 없애는 수밖에 없다. 만일 나의 소원을 이루어 준다면 그 은혜를 후하게 갚겠다."

무녀가 그 말을 듣고 기뻐하며 대답했다.

"지금 흥인문(興仁門)[3]밖에 관상을 아주 잘 보는 여자가 있는데, 사람의 상을 한 번 보면 앞날과 뒷날의 길흉을 안다 합니다. 이 사람을 청하여 그 소원을 자세히 이르고, 상공께 소개하여 앞뒤의 일을 마치 눈앞에서 본 것처럼 고하게 하십시오. 상공이 반드시 크게 혹하셔서 그 아이를 없애고자 하실 것이니, 그때를 타서 이리이리하면 어찌 묘한 계책이 아니겠습니까?"

초란이 크게 기뻐하여 먼저 은돈 쉰 냥을 주며 관상녀를 불러 오라고 하니, 무녀가 하직하고 갔다.

이튿날 공이 안채로 들어와 부인과 함께 길동의 비범함을 칭찬하면서 다만 천하게 태어난 것을 안타까이 여겼다. 그런데 문득 한 여자가 들어와서 마루 아래에서 문안드리자 공이 이상하게 여겨 물었다.

"그대는 뭐 하는 여자고, 여기는 왜 왔는가?"

그 여자가 대답했다.

"소인은 관상을 보는 사람인데, 우연히 상공댁에 이르렀습니다."

공이 이 말을 듣고 길동의 장래를 알고 싶어서 즉시 길동을 불러 보이니, 관상녀가 찬찬히 들여다보다가 놀라며 말했다.

"이 공자의 상을 보니 천고의 영웅이요 일대의 호걸입니다. 다만 그 신분이 낮으니 다른 염려는 없을 듯합니다."

하고는 말을 더 하려다가 주저하거늘, 공과 부인이 매우 의아하게 여겨 말했다.

"무슨 말인지 바른대로 이르라."

---

3) 동대문.

관상녀가 마지못한 체하며 주위 사람들을 내보내고 말했다.

"공자의 상을 보니, 가슴속에 조화가 무궁하고 미간에 산천 정기가 영롱하오니 진실로 왕후의 기상입니다. 공자가 장성하면 장차 가문을 멸망시킬 화를 가져올 것이니 상공은 깊이 생각하십시오."

공이 말을 듣고 너무 놀라 한동안 말을 못하더니 마음을 진정시키고 말했다.

"사람의 팔자는 피하기 어려운 것이니, 너는 이 말을 누설하지 말라."

당부하고 약간의 은돈을 줘서 보냈다.

그 후로 공은 길동을 산속 정자에 머무르게 하고 행동 하나하나를 엄격하게 감시했다. 길동이 이 일을 당하고 보니 더욱 서러웠지만 어찌할 수 없어 병법서 『육도삼략(六韜三略)』[4]과 천문지리를 공부하였는데, 공이 이 일을 알고 크게 근심하여 말했다.

"이놈이 본디 재주가 있으니, 만일 제 분수에 넘치는 뜻을 품으면 관상녀의 말과 같으리니, 이를 장차 어찌하리오?"

이때 초란이 무녀와 관상녀와 몰래 짜서 공의 마음을 이렇듯 놀라게 해 놓고는, 길동을 없애고자 많은 돈을 써서 자객을 구하니 그 이름이 특재였다. 초란은 앞뒤의 일을 자세히 특재에게 일러 준 다음, 공에게 가서 말했다.

4) 중국의 병법서. 육도는 문도, 무도, 용도, 호도, 표도, 견도이고, 삼략은 상략, 중략, 하략임.

"며칠 전에 왔던 관상녀는 사람의 일을 귀신같이 알아맞힌다 하니, 길동의 장래를 어찌 처치하시렵니까? 천첩도 놀랍고 두려우니, 일찍 길동을 없애 버리는 것이 나을 듯합니다."

공이 이 말을 듣고 눈썹을 찡그리면서 말했다.

"이 일은 내 손바닥 안에 있으니, 너는 번거롭게 굴지 말라."

공이 그렇게 물리치기는 했지만, 마음이 자연히 심란하여 밤이면 잠을 이루지 못하더니 결국은 병이 나고 말았다. 부인과 좌랑(佐郞)[5] 인형이 크게 근심하여 어찌할 줄 모르는데, 초란이 곁에 있다가 말했다.

"상공의 병환이 깊어지신 것은 다 길동이 있기 때문입니다. 저의 천한 소견으로는 길동을 죽여 없애면 상공의 병환도 쾌차하실 뿐 아니라 가문도 보존될 것인데, 어찌 이를 생각지 않으시는지요?"

부인이 말했다.

"아무리 그렇다고 하나 천륜이 지극히 중한데 차마 어찌 그런 짓을 하겠는가?"

초란이 말했다.

"들으니 특재라는 자객이 있는데, 사람 죽이기를 주머니 속의 물건 잡듯이 쉽게 한다고 합니다. 그에게 거금을 주고 밤에 몰래 들어가서 길동을 죽이도록 하면, 상공이 아시더라도 할 수 없을 것이니, 부인은 재삼 생각하세요."

부인과 좌랑 인형이 눈물을 흘리며 말했다.

---

5) 조선 시대 정6품 벼슬.

"이것은 차마 사람이 못할 짓이나, 첫째는 나라를 위함이요, 둘째는 상공을 위함이요, 셋째는 홍 씨 가문을 보존하기 위함이라. 너의 계교대로 하라."

초란이 크게 기뻐하여 다시 특재를 불러 이 말을 자세히 이르고, 오늘 밤에 급히 해치우라 하니, 특재가 응낙하고 밤이 되기를 기다렸다.

차설(且說)[6], 길동은 그 원통한 일을 생각하면 잠시도 머물고 싶지 않았지만, 상공의 명령이 하도 엄해 어찌할 도리는 없고 밤마다 잠을 이루지 못하였다. 그날 밤 촛불을 밝히고 『주역(周易)』을 골똘히 읽고 있는데, 갑자기 까마귀가 세 번 울고 지나가기에 길동이 이상하게 여기고 혼자말로 중얼거렸다.

"이 짐승은 본디 밤을 꺼리거늘, 지금 울고 가니 매우 불길하도다."

길동이 잠깐 팔괘를 벌여 점을 쳐 보고는 크게 놀라 책상을 물리치고 둔갑법을 써서 그 동정을 살피고 있었다. 사경(四更)[7]에 한 사람이 비수를 들고 천천히 방문을 열고 들어왔다. 길동이 급히 몸을 감추고 주문을 외우니, 갑자기 한 줄기 음산한 바람이 일어나면서, 집은 간 데 없고 첩첩산중의 풍경이 장엄하였다. 특재가 크게 놀라서 길동의 조화가 신기하다는 것을 깨닫고 비수를 감추며 피하고자 했으나, 문득 길이 끊어지고 층층절벽이 가로막아 오도 가도 못하는 신세가 되었다.

6) 고전소설의 상투어. 이야기를 전환할 때 씀.
7) 밤 1시~3시.

사방으로 방황하다가 문득 피리 소리가 들려 정신을 차려서 살펴보니, 한 소년이 나귀를 타고 오며 피리를 불다가 특재를 보고 크게 꾸짖었다.

"너는 무엇 때문에 나를 죽이려 하느냐? 죄 없는 사람을 해치면 어찌 천벌을 받지 않겠는가?"

소년이 주문을 외우자, 갑자기 한바탕 검은 구름이 일어나면서 큰비가 퍼붓듯이 쏟아지고 모래와 돌멩이가 날리거늘, 특재가 정신을 가다듬고 살펴보니 길동이었다. 비록 그 재주를 신기하게 여기나,

'어찌 나를 대적하리오.'

하고 달려들며 크게 소리쳤다.

"너는 죽어도 나를 원망하지 말라. 초란이 무녀와 관상녀와 더불어 상공과 의논하고 너를 죽이려 하는 것이니, 어찌 나를 원망하리오."

특재가 칼을 들고 달려들자 길동이 분노를 참지 못하여 요술로 특재의 칼을 빼앗아 들고 크게 꾸짖어 말했다.

"네가 재물을 탐해서 사람 죽이기를 좋아하니, 너같이 무도한 놈은 죽여서 후환을 없애리라."

길동이 한 번 칼을 들어 치자 특재의 머리가 방 가운데 떨어졌다. 길동이 분노를 이기지 못하여 그 밤에 바로 관상녀를 잡아와 특재가 죽은 방에 들이치고 꾸짖었다.

"너는 나와 무슨 원수를 졌기에 초란과 함께 나를 죽이려 하느냐?"

길동이 칼로 베니 어찌 가련하지 아니하리오.

이때 길동이 두 사람을 죽이고 밤하늘을 살펴보니, 은하수는 서쪽으로 기울어지고 달빛은 희미하여 슬픈 마음을 더하였다. 분노를 참지 못하여 초란마저 죽이려고 하다가, 상공이 사랑하는 여자라는 것을 깨닫고 칼을 내던졌다. 멀리 달아나서 살길을 찾아야겠다는 마음을 먹고, 바로 상공의 침소로 가서 하직을 고하려 하였다. 마침 공도 창밖에 인기척이 있는 것을 이상하게 여기고 창을 열어 보니 곧 길동이었다. 공이 길동을 가까이 불러 물었다.

"밤이 깊었거늘 네 어찌 자지 아니하고 이리 방황하느냐?"

길동이 땅에 엎드려 대답하였다.

"소인이 일찍이 부모님께서 낳아 길러 주신 은혜를 만분의 일이나마 갚을까 하였더니, 집안에 의롭지 못한 사람이 있어 상공께 참소하고 소인을 죽이려고 하였습니다. 겨우 목숨은 건졌으나 상공을 모실 길이 없으니 오늘 상공께 하직을 고합니다."

공이 크게 놀라며 물었다.

"네 무슨 변고가 있어 어린아이가 집을 버리고, 또 어디로 가려 하느냐?"

길동이 대답했다.

"날이 밝으면 자연히 아실 것입니다. 소인의 신세는 뜬구름과 같으니, 상공께서 버린 자식이 어찌 미리 갈 곳을 정해 두겠습니까?"

두 줄기 눈물이 쏟아져서 말을 잇지 못하거늘, 공이 그 모습을 보고 측은하게 여겨 타일러 말했다.

"나도 너의 품은 한을 짐작하니, 오늘부터는 아버지를 아버지라 부르고 형을 형이라 부르는 것을 허락하겠다."

길동이 다시 절을 하며 말했다.

"소자의 가슴 절절한 한을 아버지께서 풀어 주시니 죽어도 여한이 없습니다. 엎드려 바라건대 아버지께서는 만수무강하소서."

길동이 다시 마지막 절을 올리며 하직하니, 공이 붙들지 못하고 다만 무사하기를 당부하였다. 길동이 또 어미의 침소로 가서 이별을 고하여 말했다.

"소자 지금 슬하를 떠나나 다시 모실 날이 있으리니, 어머니는 그사이 귀한 몸을 잘 보살피십시오."

춘섬이 이 말을 듣고 무슨 변고가 있는 것을 짐작하나, 떠나려는 아들을 보고 손을 잡으며 통곡하여 말했다.

"네 정녕 어디로 가려 하느냐? 한집에 있어도 서로 멀리 떨어져 있어서 늘 그리웠는데, 이제 너를 정처 없이 보내고 어찌 잊으리오. 너는 곧 돌아와서 우리 모자 다시 만나기를 바란다."

길동이 다시 절하고 나와 문을 나서니, 구름 낀 먼 산이 첩첩이 늘어섰고, 정처 없이 길을 떠나니 그 모습이 어찌 가련하지 않겠는가.

차설, 특재가 아무 소식이 없자 초란이 의아하게 생각하여 사정을 알아보니, 길동은 간데없고 특재와 관상녀의 시체만 방에 있었다. 초란이 혼비백산하여 급히 부인에게 알리니, 부인이 크게 놀라서 좌랑 인형을 불러 이 일을 이야기하고 상공에게도 알렸다. 공이 크게 놀라 얼굴이 하얗게 변하며 말했다.

"길동이 밤에 와서 슬피 하직하기에 매우 이상하다 여겼더니, 과연 이런 일이 있었구나."

좌랑 인형이 감히 숨기지 못하고 초란의 그동안 한 일을 말하니, 공이 더욱 노하여 초란을 내치는 한편, 살그머니 시체를 없애고 종들을 불러 이 일을 발설하지 말라고 당부하였다.

4. 활빈당 두령으로, 해인사와 함경 감영을 털다

각설, 길동이 부모를 이별하고 문을 나서서 정처없이 떠돌다가 어느 경치 좋은 곳에 닿았다. 민가를 찾아서 점점 들어가니 큰 바위 밑에 석문이 닫혔거늘, 가만히 그 문을 열고 들어가니 넓게 펼쳐진 땅에 수백 호의 인가가 즐비했다. 많은 사람이 모여 잔치를 하며 즐기고 있었는데, 이곳은 도적 소굴이었다. 사람들이 문득 길동을 보고 그 사람됨이 만만치 않음을 알고 반겨 물었다.

"그대는 어떤 사람이기에 이곳을 찾아왔는가? 이곳에는 영웅들이 모여 있으나 아직 우두머리를 정하지 못하였으니, 그대가 만일 용맹스러운 힘이 있어 참여하고자 하면 저 돌을 들어보라."

길동이 이 말을 듣고 다행스럽게 여겨 절을 하고 말했다.

"나는 경성 홍 판서의 천첩 소생 길동인데, 집안의 천대를 받기 싫어서 세상을 정처 없이 다녔소. 우연히 이곳에 들어와서 호걸들이 동료가 되자고 하니 대단히 감사하거니와, 장부가 어찌 저만한 돌 들기를 근심하겠소."

길동이 그 돌을 들어 수십 보를 걷다가 던지니 그 돌 무게가 천 근이었다. 여러 도적이 한꺼번에 칭찬하며 말했다.

"과연 장사로다. 우리 수천 명 중에 이 돌을 들 자가 없었는데, 오늘날 하늘이 도우셔서 장군을 주셨도다."

도적들이 길동을 윗자리에 앉힌 다음 술을 차례로 권하고, 백마를 죽여 그 피로 맹세하며 언약을 굳게 하니, 많은 사람이 동시에 응낙하고 하루 종일 즐기며 놀았다. 이후로 길동이 여러 사람과 더불어 무예를 연습하여 몇 달 안에 군법을 엄중하게 정비하였다.

하루는 여러 사람이 말했다.

"우리가 벌써부터 합천 해인사를 쳐서 그 재물을 빼앗으려 했는데, 지략이 부족하여 행동으로 옮기지 못하였더니, 이제 장군의 의향은 어떠하십니까?"

길동이 웃으며 말했다.

"내 장차 군사를 일으키리니, 그대들은 내 지휘를 따르라."

길동은 푸른 도포에 검은 띠를 두르고는 나귀를 타고 부하 몇 사람을 데리고 나가면서 말했다.

"내 그 절에 가서 동정을 살피고 오리라."

그 모습이 과연 재상가의 자제였다. 길동이 그 절에 들어가더니 먼저 주지승을 불러 말했다.

“나는 경성 홍 판서 댁 자제다. 이 절에서 글공부를 하려고 왔는데, 내일 백미 스무 석을 보낼 것이니 음식을 정갈하게 차리면 너희들과 함께 먹으리라.”

그러고는 절 안을 두루 살펴보며 후일을 기약하고 동구 밖으로 나가니, 중들이 기뻐하였다. 길동이 돌아와 백미 수십 석을 보내고 여러 부하를 불러 놓고 말했다.

“내가 아무 날에 그 절에 가서 이리이리하리니, 그대들은 뒤를 따라와서 이리이리하라.”

그날을 기다려 부하 수십 명을 데리고 해인사에 이르니, 중들이 맞이하여 들어갔다. 길동이 노승을 불러 묻기를,

“내가 보낸 쌀로 음식하기가 부족하지 아니하던가?”

노승이 대답했다.

“어찌 모자라겠습니까? 너무 황공하고 감사할 뿐입니다.”

길동이 윗자리에 앉고 중들을 모두 청하여 각기 상을 받게 하고, 먼저 술을 마시며 차례로 권하니, 모든 중이 황공하고 감사해 마지않았다. 길동이 상을 받고 먹다가 슬그머니 모래를 입에 넣고 깨무니 그 소리가 매우 컸다. 중들이 듣고 깜짝 놀라며 용서를 빌었지만 길동이 일부러 꾸짖어 말했다.

“너희들이 어찌 음식을 이다지도 정갈하지 못하게 했는가? 이것은 틀림없이 나를 깔보고 업신여겨 한 짓이라.”

부하에게 명령하여 중들을 모두 한 줄로 묶어 앉히니, 중들이 겁을 먹고 어찌할 줄을 몰랐다. 이윽고 도적 수백 명이 한꺼번에 달려들어 모든 재물을 다 제 것인 양 가져가니, 중들

이 소리만 지르며 쳐다볼 따름이었다. 마침 그때 절에서 불이나 때고 밥이나 짓던 일꾼이 나갔다가 돌아오는 길에 이 일을 보고 즉시 관가에 알렸다. 합천 수령이 듣고 관군을 출동시켜 도적들을 잡아오라 하였는데, 관군 수백 명이 도적의 뒤를 쫓다가 문득 보니, 한 중이 소나무 겨우살이로 만든 모자를 쓰고 장삼을 입은 채 산에 올라서서 이렇게 외쳤다.

"도적이 저 북쪽 오솔길로 갔으니 빨리 가서 잡으시오."

관군들은 그 절 중이 가르쳐 주는 줄로만 알고 비바람같이 북쪽 오솔길로 찾아갔다가 날이 저무는 바람에 잡지도 못하고 돌아갔다.

길동이 부하들을 남쪽 큰길로 보내고 홀로 중의 옷을 입고 관군을 속인 뒤 무사히 도적 소굴로 돌아오니, 이미 부하들이 뺏어온 재물을 챙겨서 갖다 놓은 후였다. 도적들이 모두 나와 반기며 감사해하거늘 길동이 웃으며 말했다.

"장부가 이만한 재주도 없이 어찌 여러 사람의 우두머리가 되겠는가?"

이후로 길동은 스스로 호를 활빈당(活貧黨)이라 짓고 조선 팔도를 다니며 각 읍 수령이 의롭지 못하게 모은 재물은 빼앗고, 지극히 가난하고 의지할 곳 없는 사람은 도와주었다. 백성을 해치지 아니하고 나라에 속한 재물은 추호도 건드리지 않았다. 이윽고 도적들이 길동의 뜻한 바를 알고 따랐다.

하루는 길동이 사람들을 모아 놓고 의논을 하였다.

"지금 함경 감사가 탐관오리로 유명한지라, 기름 짜내듯 백성의 재물을 착취하여 백성이 다 견디지 못한다 한다. 우리가 그냥 둘 수 없으니 그대들은 나의 지휘대로 하라."

아무 날 밤 약속을 잡아 한 명씩 따로따로 흩어져 들어가서는 남문 밖에 불을 질렀다. 함경 감사가 크게 놀라서 불을 끄라 하니, 관속이며 백성이 한꺼번에 달려 나와 불을 끄는 와중에 길동의 수백 도적이 일제히 성 안으로 밀고 들어왔다. 창고를 열고 돈과 곡식과 무기를 찾아내어 북문으로 달아나니, 성 안이 요란하여 마치 물이 끓는 듯하였다. 함경 감사는 뜻밖의 변을 당하여 어찌할 줄을 모르다가, 날이 밝은 후 살펴보니 창고 안에 있던 무기와 돈과 곡식이 다 없어져 버렸다. 함경 감사가 놀라고 기가 막혀 그 도적 잡기에 온 힘을 기울이던 차, 홀연히 북문에 방이 나붙었다.

> 아무 날 돈과 곡식을 도적질한 자는 활빈당의 우두머리 홍길동이라.

하기에 함경 감사가 군사를 출동하여 그 도적을 잡으려고 하였다.

5. 포도대장을 혼내다

차설, 길동은 부하들과 더불어 돈과 곡식을 많이 도적질하였는데, 행여 길에서 잡힐까 염려하여 둔갑법과 축지법을 써서 처소로 돌아올 쯤에 막 날이 새려 하곤 하였다.

하루는 길동이 여러 사람들을 모아 놓고 의논하며 말했다.

"우리가 합천 해인사를 쳐서 재물을 빼앗았고, 또 함경 감영을 뒤집어 돈과 곡식을 도적질하였으니 소문이 파다할 것이다. 게다가 내 이름을 써서 감영에 붙였으니 이제 머지않아 잡히기 쉬울 것이다. 그대들은 나의 재주를 보라."

즉시 짚으로 된 허수아비 일곱을 만들어 주문을 외우고 혼백을 붙였다. 일곱 길동이 동시에 팔을 뽐내며 크게 소리치고 한곳에 모여 어지럽게 장난을 치니, 어느 것이 진짜 길동인지 알 수가 없었다. 팔도에 하나씩 흩어져 각각 사람 수백여 명씩을 거느리고 다니니, 그중에 진짜 길동이 어느 곳에 있는 줄을 알지 못했다.

여덟 길동이 바람과 비를 마음대로 불러오는 술법을 쓰며 팔도에 다녔다. 각 읍에 있는 창고의 곡식을 하룻밤 새 흔적도 없이 가져갔으며, 서울로 올라오는 뇌물 꾸러미도 놓치지 않고 탈취해 갔다. 팔도 각 읍이 소란스러워져서 밤에는 잠들지 못하고 도로에는 행인이 끊기게 되니 이러므로 팔도가 매우 요란해졌다. 감사가 이 일로 장계를 올리니 대강 이런 내용이었다.

> 난데없이 홍길동이란 큰 도적이 나타나서 능히 바람과 구름을 부리는 술법을 부려 각 읍의 재물을 빼앗고 서울로 보내는 물품들을 가로채는 등 행패가 매우 심하옵니다. 그 도적을 잡지 못하오면 장차 어느 지경에 이를 줄을 알 수 없사오니, 바라옵건대 전하께서는 좌우 포도청으로 하여금 잡아들이소서.

임금께서 보시고 크게 놀라 포도대장을 부르시는데, 연이어 팔도에서 장계가 올라왔다. 계속 뜯어 보시니 도적의 이름이 다 홍길동이었고, 돈과 곡식을 잃은 날짜를 보시니 한날한시였다. 임금께서 크게 놀라 말씀하셨다.

"이 도적의 용맹과 술법은 옛날 치우(蚩尤)[8]라도 당하지 못

---

8) 중국의 전설상의 인물. 난리를 일으켜 나라를 어지럽히고 짙은 안개를 일으켜 잡히지 않았다 함.

하리로다. 아무리 신기한 놈인들 어찌 한 몸이 팔도에 다 있어서 한날한시에 도적질을 하리오? 이는 보통 도적이 아니므로 잡기 어려울 것이니, 좌우 포도대장이 군사를 이끌고 가서 그 도적을 잡으라."

이때 우포도대장 이흡이 아뢰었다.

"신이 비록 재주 없사오나 그 도적을 잡아오겠으니, 전하는 근심하지 마소서. 어찌 좌우 포도대장이 함께 출병을 하겠사옵니까?"

임금께서 옳게 여겨 급히 떠나라 재촉하시니, 이흡이 하직한 후 수많은 관졸을 거느리고 출발하였다. 각각 흩어져서 아무 날 문경으로 모이기로 약속하고, 이흡은 포졸 서너 명을 데리고 복장을 변장한 채로 다녔다.

하루는 날이 저물어 이흡이 주점을 찾아가서 쉬고 있는데, 갑자기 한 소년이 나귀를 타고 들어와서 인사를 하였다. 포도대장이 답례하니, 그 소년이 문득 한숨을 쉬며 말했다.

"온 천하가 임금의 땅이 아닌 곳이 없고 온 백성이 임금의 신하가 아닌 자가 없다고 하니, 소생이 비록 시골에 있으나 나라를 위하여 근심하고 있습니다."

포도대장이 일부러 놀라는 척하며 물었다.

"그게 무슨 말이오?"

소년이 답했다.

"지금 홍길동이라는 도적이 팔도로 다니며 소란을 일으켜 인심이 동요하고 있으니, 이놈을 잡아서 없애지 못하는 것이 어찌 분하지 않겠습니까?"

포도대장이 이 말을 듣고 말했다.

"그대가 기골이 장대하고 말하는 것이 충직하니, 나와 함께 그 도적을 잡는 것이 어떻겠는가?"

소년이 답했다.

"내가 벌써부터 잡고 싶었으나 용기와 힘을 가진 사람을 얻지 못해 어찌할 수 없었소. 이제 그대를 만났으니 진정 다행한 일이겠지마는, 내 그대의 재주를 알지 못하니 조용한 곳으로 가서 시험을 해 봅시다."

함께 가다가 한 곳에 이르러 소년이 높은 바위 위에 올라앉으며 말했다.

"그대는 있는 힘을 다해 두 발로 나를 차서 떨어뜨려 보시오."

벼랑 끝에 나아가 앉거늘, 포도대장이 생각하였다.

'제아무리 힘이 세다 한들 내가 한 번 차면 어찌 떨어지지 않으리오.'

온 힘을 다하여 두 발로 힘껏 차니, 소년이 갑자기 돌아앉으며 말했다.

"그대는 정말 장사입니다. 내 여러 사람을 시험해 보았지만 나를 움직이게 한 자가 없었는데, 그대에게 차이니 오장이 울린 듯하였습니다. 나를 따라오면 길동을 잡을 것입니다."

앞장 서서 첩첩산중으로 들어가거늘, 포도대장이 생각하였다.

'나도 힘을 자랑할 만한데, 오늘 저 소년의 힘을 보니 어찌 놀라지 않겠는가! 그러나 이곳까지 왔으니 설마 저 소년 혼자

서 길동을 잡는 것을 보고 있을 수만 있겠는가.'

계속 따라가자 그 소년이 문득 돌아서며 말했다.

"이곳이 길동의 소굴입니다. 내가 먼저 들어가서 살펴볼 것이니 그대는 여기서 기다리십시오."

포도대장이 속으로 의심이 되었으나, 빨리 잡아 오라고 당부하고 앉아 있었다. 얼마 후 갑자기 산골짜기를 따라 수십 명의 군졸이 요란하게 소리를 지르며 내려왔다. 포도대장이 크게 놀라서 피하려고 하는데 점점 다가와 포도대장을 묶으며 꾸짖어 말했다.

"네가 포도대장 이흡이냐? 우리가 염라대왕의 명령을 받아서 너를 잡으러 왔다."

쇠사슬로 목을 옭아매어 비바람처럼 몰아가니, 포도대장은 혼이 빠져서 어찌할 줄을 몰랐다. 한 곳에 이르러 소리를 지르며 꿇어 앉히거늘, 포도대장은 그제서야 정신을 가다듬고 둘러 보았다. 궁궐이 광대한데 수많은 황건역사(黃巾力士)들이 좌우에 쭉 서 있고, 전상(殿上)에 한 임금이 앉아서 성난 목소리로 말했다.

"너같이 변변치 못한 놈이 어찌 홍 장군을 잡으려고 하는가? 너를 잡아서 지옥에 가두리라."

포도대장이 겨우 정신을 차려 말했다.

"소인은 인간 세상의 보잘것없는 사람이옵니다. 죄도 없이 잡혀 왔으니 살려 보내 주시기를 바라옵니다."

몹시 애걸하자, 전상에서 웃음소리가 나며 누군가 꾸짖어 말하였다,

"이 사람아! 나를 자세히 보라. 내가 바로 활빈당 우두머리 홍길동이라. 그대가 나를 잡으려 한다기에 그대의 용맹과 힘을 알아보고자 어제 내가 푸른 도포를 입은 소년으로 변장하여 그대를 이곳으로 유인한 것이니, 여기서 나의 위엄을 보여주고자 한다."

말을 끝낸 후 부하들을 시켜 포도대장의 결박을 풀고 대청마루에 앉혀 술을 권하며 말하였다.

"그대는 부질없이 다니지 말고 빨리 돌아가라. 나를 만났다고 하면 반드시 죄를 추궁당할 것이니, 부디 발설하지 말라."

다시 술을 부어 권하며 부하들에게 내보내라고 명하였다.

'이것이 꿈인가 생시인가? 어찌하여 이리 왔을까?'

포도대장이 생각해 봤지만 도저히 알 수가 없었다. 길동의 조화를 신기하게 생각하며 일어나 가려고 하는데, 갑자기 사지를 움직일 수가 없었다. 이상하게 여겨 정신을 차리고 살펴보니 가죽 부대에 들어 있었다. 간신히 나와 보니 자루 세 개가 나무에 걸렸는데, 차례로 내려 열어 보니 처음 떠날 때 데리고 왔던 부하들이었다. 서로 물었다.

"이것이 어찌 된 일인가? 우리가 떠날 적에 문경에서 모이자고 하였는데, 어찌 이곳으로 왔는가?"

두루 살펴보니, 거기는 딴 곳도 아니고 바로 도성의 북쪽 북악산이었다. 네 사람이 어이없어서 도성을 굽어보다가 이흡이 부하에게 물었다.

"너는 어찌하여 이곳으로 왔느냐?"

세 사람이 답했다.

“소인 등은 주점에서 자고 있었는데, 갑자기 바람과 구름에 휩싸여 이리 왔으니, 무슨 까닭인지 모르겠습니다.”

포도대장이 말했다.

“이 일이 너무 허무맹랑하니 남에게 알리지 말라. 길동의 재주는 이루 헤아릴 수 없으니 어찌 사람의 힘으로 잡을 수 있겠는가? 그러나 우리가 이대로 도성으로 들어가면 결코 죄를 면하지 못할 것이니, 몇 달을 기다렸다가 들어가자.”

그러고는 내려왔다.

6. 여덟 길동이 붙잡히다

이때 임금께서 팔도에 공문을 보내어 길동을 잡아들이라고 하셨는데, 길동의 변화를 감히 예측하기 힘들었다. 수레를 타고 도성의 큰 길로 왕래하거나, 혹은 각 읍에다 미리 공문을 보내 놓고 쌍가마를 타고 나타나기도 하며, 혹은 암행어사로 가장하여 각 읍 수령 중 탐관오리를 먼저 베고 나중에 장계를 올리되 '가짜 어사 홍길동의 계문(啓聞)[9]'이라고 하니, 임금께서 더욱 진노하여 말씀하셨다.

"이놈이 각 도로 다니면서 이 난리를 일으키는데도 아무도 잡지 못하니, 이를 장차 어떻게 하겠는가?"

삼정승과 육판서를 모아서 의논하는데, 계속 올라오는 것이

---

9) 신하가 글로 임금에게 아뢰는 일.

모두가 팔도에서 홍길동이 난리를 일으켰다는 장계였다. 임금께서 차례로 보시고 크게 근심하셔서 좌우를 돌아보며 물으셨다.

"이놈이 아마 사람이 아니고 귀신이라 이 폐단을 끼치는 것 같소. 조정의 관리들 중에 누가 그 근본을 짐작하겠는가?"

한 사람이 나아와서 아뢰었다.

"홍길동은 전임 이조판서 홍 모의 서자요, 병조좌랑 홍인형의 배다른 동생이오니, 지금 그 부자를 잡아와서 친히 문초하시면 자연히 알게 되실 것이옵니다."

임금께서 더욱 노하여 말씀하셨다.

"그 말을 어찌 이제야 하는가?"

즉시 홍 아무개를 의금부에 잡아 가두고, 먼저 인형을 잡아들여 직접 문초하셨다. 임금께서 진노하셔서 책상을 내리치며 말씀하셨다.

"길동이란 도적이 너의 배다른 동생이라고 하니, 어찌 미리 단속하지 않고 그냥 두어 나라의 큰 재앙이 되게 하였느냐? 네가 만일 길동을 잡아들이지 아니하면, 네 부자의 충효를 돌아보지 않을 것이니, 빨리 잡아들여 조선에 큰 변고가 없게 하라."

인형이 황공하여 관을 벗고 머리를 조아리며 말했다.

"신에게 천한 아우가 있어 일찍이 사람을 죽이고 달아난 지 수 년이 지났사온데 그 생사를 알지 못하고 있사옵니다. 그 일로 인해 신의 늙은 아비도 병이 위중한 나머지 목숨이 곧 끊어질 지경에 이르렀사옵니다. 길동이 감히 생각도 못할 무도한 짓을 하여 전하께 근심을 끼쳤으니 신의 죄가 만 번 죽어도 애석하지 않사옵니다. 엎드려 바라옵건대, 전하께서는 자비로운 은혜를 내려서 신의 아비의 죄를 사하여 주시고 집으로 돌아가 몸조리를 하도록 허락해 주신다면, 신이 죽기를 각오하고 길동을 잡아 저희 부자의 죄를 씻을까 하옵니다."

임금께서 다 듣고 감동하셔서, 즉시 홍 모를 사면하시고 인형에게 경상 감사를 제수하시며 말씀하셨다.

"경이 만일 감사의 지위와 병력이 없으면 길동을 잡지 못할 것이다. 일 년 기한을 정하여 줄 테니 빨리 잡아들이라."

인형이 거듭 성은에 감사하고 임금께 하직하였다. 바로 그날 길을 떠나 감영에 도착하여 감사로 부임하고 각 읍에 방을 붙이니, 이는 길동을 달래는 방이었다.

사람이 세상에 태어나면 오륜(五倫)이 으뜸이요, 오륜이 있으니 인의예지(仁義禮智)가 분명하거늘, 이것을 알지 못하고 임금과 부모의 명을 거역하여 불충불효하게 되면, 어찌 세상이 용납하겠는가. 우리 아우 길동은 이런 일을 알 것이니 스스로 형을 찾아와서 사로잡히라. 너로 말미암아 아버지께서는 뼛속 깊이 병이 드시고, 임금께서 크게 근심하시니, 네 죄악이 가득 차고도 넘친다. 그러므로 나를 특별히 감사로 임명하셔서 너를 잡아들이라 하시니, 만일 잡지 못하면 우리 홍 씨 가문이 대대로 쌓은, 맑은 덕행이 하루아침에 사라지리니 어찌 슬프지 않겠는가. 바라건대 아우 길동은 이것을 생각하여 일찍 자수하면 너의 죄도 덜어질 것이요 우리 가문도 보존되리니, 알 수 없도다. 너는 만 번 생각하여 스스로 나타나라.

감사는 이 방을 각 읍에 붙이고 공무(公務)는 일절 손도 대지 않은 채 길동이 자수하기만을 기다렸다.

하루는 한 소년이 나귀를 타고 하인 수십 명을 거느린 채 고을 관영의 문 밖에 와서 뵙기를 청하여 감사가 들어오라 하였다. 소년이 마루 위로 올라가서 배알하거늘, 감사가 눈을 들어 자세히 보니 손꼽아 기다리던 길동이었다. 매우 놀랍고도 기뻐서 주위 사람들을 물리치고 손을 잡고 흐느껴 울면서 말했다.

"길동아! 네가 집을 나간 뒤로 생사를 알지 못하여 아버지께서 병이 들어 도저히 고칠 수 없는 지경에 이르셨다. 너는 갈수록 불효를 끼칠 뿐만 아니라 나라의 큰 근심이 되니, 무슨 마음으로 불충불효를 하며, 도적까지 되어 세상에 비할 데 없는 죄를 짓느냐? 이 때문에 임금께서 진노하셔서 나에게 너를 잡아들이라 명하셨으니, 이는 피치 못할 죄이다. 너는 일찍 도성으로 나아가서 임금님 명령을 순순히 따르도록 하여라."

말을 마치자 눈물이 비 오듯 하거늘, 길동이 머리를 숙이고 말하였다.

"천한 몸이 여기까지 온 것은 아버지와 형의 위태로운 처지를 구하고자 하는 것이니, 어찌 다른 말이 필요하겠습니까? 대감께서 당초에 천한 길동을 위하여 아버지를 아버지라 하고 형을 형이라 부르도록 허락하셨던들 이 지경에 이르렀겠습니까? 지나간 일을 말해 봤자 쓸데없으니, 이제 이 아우를 묶어서 도성으로 올려 보내십시오."

다시 말이 없었다. 이 말을 듣고 감사가 한편으로 슬퍼하며 한편으로는 장계를 지었다. 길동의 목에 칼을 채우고 발에 족쇄를 채워 함거(檻車)[10]에 실어서, 건장한 장교 십여 명을 뽑아 밤낮으로 쉬지 않고 호송하여 가도록 명해 올려 보냈다. 각 읍 백성들이 길동의 재주를 들었는지라, 길동을 잡아 온다는 소식을 듣고 길을 가득 메운 채 구경하였다.

이때 팔도에서 모두 길동을 잡아 올리니, 조정과 도성 사람들은 어찌된 영문인지 알 수가 없었다. 임금께서 놀라셔서 여러 대신들을 모으고 친히 신문(訊問)을 하셨는데, 잡혀 온 여덟 길동이 서로 다투면서 말했다.

"네가 진짜 길동이지 나는 아니다."

서로 싸우니, 어느 것이 진짜 길동인지 분간할 수가 없었다. 임금께서 기이하게 여기시고 즉시 홍 아무개를 불러들여 말씀하셨다.

"자식을 알아보는 데는 아비만 한 이가 없다고 했으니, 저 여덟 명 중에 경의 아들을 찾아내어라."

홍공이 황공하여 머리를 조아리고 죄를 청하며 말하였다.

"신의 천한 자식 길동은 왼쪽 다리에 붉은 혈점이 있사오니, 그것을 보면 알 수 있사옵니다."

또 여덟 길동을 꾸짖어 말했다.

"지척에 임금님이 계시고 아래로 네 아비가 있거늘, 네가 이

10) 죄인을 실어 나르던 수레.

렇게 천고에 없는 죄를 지었으니 죽기를 아까워 말라."

홍공이 피를 토하며 엎어져서 기절하였다. 임금께서 크게 놀라 궁중의 의원에게 구하라고 하시나 아무 차도가 없었다. 여덟 길동이 이를 보고 동시에 눈물을 흘리며 주머니에서 환약 하나씩을 꺼내 홍공의 입에 넣으니, 홍공이 반나절이 지난 후에 정신을 차렸다.

여덟 길동이 임금께 아뢰었다.

"신의 아비가 나라의 은혜를 많이 입었사온데, 신이 어찌 감히 불측한 짓을 하겠사옵니까? 신이 본디 천한 종의 몸에서 태어나서, 그 아비를 아비라 부르지 못하고 그 형을 형이라 부르지 못하오니 평생 한이 맺혀서, 집을 버리고 도적의 무리에 참여하였사옵니다. 그러나 백성은 추호도 건드리지 않았고, 각 읍 수령들이 백성을 들볶아 착취한 재물만 빼앗았사옵니다. 이제 십 년이 지나면 조선을 떠나 갈 곳이 있사오니, 바라옵건대 전하께서는 근심하지 마시고 신을 잡으라는 공문을 거두어 주시옵소서."

말을 마치며 여덟 길동이 한꺼번에 넘어졌는데, 자세히 보니 모두 짚으로 만든 허수아비였다. 임금께서 더욱 놀라시며 진짜 길동을 잡으라는 공문을 다시 팔도에 내리셨다.

7. 병조판서에 오르다

차설, 길동은 허수아비들을 없애고 두루 다니다가 사대문에 방을 붙였다.

요사스러운 신하 홍길동은 아무리 해도 잡히지 않을 것이나, 병조판서 벼슬을 내려 주시면 잡히겠나이다.

임금께서 그 방을 보시고 신하들을 모아서 의논하시니, 신하들이 말했다.

"이제 도적을 잡으려고 하다가 잡지 못하고 도리어 병조판서 벼슬을 내리는 것은 이웃 나라에 얼굴을 못 들 정도로 수치스러운 일이옵니다."

임금께서 옳다고 여기시고 다만 경상 감사에게 길동 잡기를 재촉하셨다. 감사는 임금의 엄명을 받고 두렵고 떨려 어찌 할 줄을 몰랐다.

하루는 길동이 공중에서 내려와 절을 하고 말하였다.

"지금의 아우가 진짜 길동이니, 형님께서는 아무 염려 마시고 아우를 결박하여 도성으로 보내십시오."

감사가 이 말을 듣고 손을 잡은 채 눈물을 흘리면서 말했다.

"이 철없는 아이야, 네가 나와 동기(同氣)이거늘 부형(父兄)의 가르침을 듣지 아니하고 온 나라를 소란스럽게 하니 어찌 애닯지 않겠느냐. 네가 이제 진짜 몸으로 와서 스스로 잡힐 것을 원하니 도리어 기특한 아이로다."

급히 길동의 왼쪽 다리를 보니 과연 붉은 점이 있었다. 즉시 팔다리를 결박하고 함거(轞車)에 태워 건장한 장교 수십 명을 뽑아 철통같이 에워싸고 풍우(風雨)같이 내달려도, 길동의 안색이 조금도 변하지 않았다. 여러 날 만에 도성에 다다랐다. 대궐 문에 이르러 길동이 몸을 한 번 움직이자 쇠사슬이 끊어지며 함거가 부서졌고, 마치 매미가 허물을 벗듯 길동이 공중으로 떠오르며 훌쩍 구름에 묻혀서 가니, 장교와 군사들이 어이없어 공중을 바라보며 넋만 놓고 있을 따름이었다. 할 수 없이 이런 사실을 보고하니, 임금께서 듣고 말씀하셨다.

"천고에 이런 일이 어디 있으리오."

크게 근심하시니, 신하들 중에서 한 사람이 아뢰었다.

"길동의 소원이 병조판서를 한 번 하고 조선을 떠나는 것이라 하오니, 한번 소원을 들어주면 제 스스로 은혜에 감사할 것입니다. 그때를 타서 잡는 것이 좋을까 하나이다."

임금께서 옳다고 여기셔서 즉시 홍길동에게 병조판서 벼슬을 내리시고 사대문에 방을 붙이도록 하셨다.

이때 길동이 이 말을 듣고 즉시 사모관대(紗帽冠帶)에 서대(犀帶)를 두르고 관리가 타는 높은 초헌(軺軒)을 의젓하게 타고서 큰길로 버젓이 들어오며 말했다.

"이제 홍 판서가 성은에 감사하러 온다."

병조의 하급 관리들이 맞이하여 호위하며 대궐 안으로 들어갈 때, 많은 관리들이 의논하였다.

"길동이 오늘 성은에 감사하고 나올 것이니, 도끼와 칼을 잘 쓰는 군사를 매복시켰다가 나오거든 일시에 쳐서 죽이자."

이렇게 약속을 정하였다.

길동이 대궐 안으로 들어가 공손히 절하고 아뢰었다.

"소신의 죄가 깊고도 무거운데 도리어 천은을 입사오니 평생 한을 풀고 돌아갑니다. 이제 전하와 영원히 이별하고자 하니, 바라옵건대 전하께서는 만수무강하시옵소서."

말을 마치자 몸을 공중으로 솟구쳐 구름에 싸여 가니, 그 가는 곳을 알지 못했다. 임금께서 보시고 도리어 탄식하며 말씀하셨다.

"길동의 신기한 재주는 고금(古今)에 드물도다. 길동이 지금 조선을 떠나겠다고 하였으니, 다시는 폐를 끼칠 일이 없을 것이다. 길동이 비록 수상하기는 하나 일단 장부다운 호쾌한 마음을 가졌으니 염려할 필요는 없을 것이다."

팔도에 사면의 글을 내려 길동 잡는 일을 거두셨다.

8. 제도로 옮기고, 울동을 죽이다

각설, 길동은 도적의 소굴로 돌아와서 부하들에게 명령하였다.

"내가 다녀올 곳이 있으니, 너희들은 아무데도 출입하지 말고 내가 돌아오기를 기다리라."

즉시 몸을 솟구쳐 남경으로 향하여 가다가 한 곳에 다다르니, 소위 율도국이란 곳이었다. 사면을 살펴보니 산천이 맑고 빼어나며 사람들이 번성하여 몸을 편안하게 누일 만한 곳이라고 하고 남경으로 들어가 구경한 뒤, 또 제도라고 하는 섬으로 들어가서 두루 다니며 산천도 구경하고 인심도 살폈는데, 오봉산에 이르니 정말 제일 강산이었다. 둘레가 칠백 리요, 기름진 논이 가득하여 살기에 매우 좋아 보였다. 길동은 마음속으로 헤아려 보았다.

'내가 이미 조선을 뜨고자 하였으니, 이곳으로 와서 당분간 숨어 지내다가 큰일을 도모하리라.'

다시 가벼운 걸음으로 원래 살던 도적 소굴로 돌아와서 사람들에게 말했다.

"그대들은 아무 날 양천강 가에 가서 배를 많이 만들어 몇 월 며칠에 도성 한강에서 기다리라. 내가 임금께 청하여 벼 일천 석을 얻어 올 것이니, 약속을 어기지 말라."

각설 길동이 아무 소란도 일으키지 않으므로 홍공은 병이 낫고, 임금께서도 근심없이 지내고 계셨다. 구월 보름께 임금께서 달빛을 받으며 후원을 배회하고 계실 때, 문득 한 줄기 맑은 바람이 일어나며 하늘로부터 옥피리 소리가 청아하게 울렸다. 한 소년이 내려와서 임금께 엎드리거늘, 임금께서 놀라서 물으셨다.

"신선 나라의 동자가 어찌 인간 세상에 내려와, 무슨 말을 하고자 하느냐?"

소년이 엎드려 아뢰었다.

"신은 전임 병조판서 홍길동이옵니다."

임금께서 놀라며 물으셨다.

"네 어찌 깊은 밤에 왔느냐?"

길동이 대답하였다.

"신이 전하를 받들어 긴긴 세월을 모시려 하였으나, 천한 종의 몸에서 태어나 문(文)으로는 홍문관에 진출하는 길이 막혔고, 무(武)로는 선전관 벼슬길이 막혔사옵니다. 신이 사방으로 떠돌면서 관청에 폐해를 끼치고 조정에 죄를 지은 것은, 전하께서 신의 처지를 알아 주시길 바랐던 것이었사옵니다. 이제 신의 소원을 풀어 주셨으니, 전하를 하직하고 조선을 떠나가옵니다. 엎드려 바라옵건대 전하께서는 만수무강하옵소서."

공중으로 떠올라 나는 듯이 가거늘, 임금께서 그 재주를 참으로 칭찬하셨다. 이후로는 길동의 폐단이 없으니, 사방이 태평하였다.

각설, 길동이 조선을 하직하고 남경 땅 제도라는 섬으로 들어가서, 수천 채의 집을 짓고 농사에 힘쓰며 재주를 배워 무기 창고를 짓고 군법을 연습하니, 병사는 잘 훈련되었고 양식은 풍족하였다.

하루는 길동이 화살촉에 바를 약을 구하러 망당산으로 가다가 낙천 땅에 이르렀다. 그곳의 부자 백룡이라는 사람이 딸 하나를 두었는데, 재주가 남달라 부모가 애지중지 여겼다. 어느 날 광풍(狂風)이 크게 불어오더니, 딸이 온 데 간 데 없어졌다. 백룡 부부가 슬퍼하며 많은 돈을 들여 사방으로 찾았으나 종적을 찾을 수 없었다. 부부가 슬퍼하며 말을 퍼뜨렸다.

"아무라도 내 딸을 찾아 주면 재산의 반을 주고 사위로 삼으리라."

길동이 이 말을 듣고 측은한 마음이 들었으나 어찌할 수 없는 일이라, 망당산에 가서 약초를 캐며 깊이 들어가다 보니 어느덧 날이 저물어 주저하고 있었다. 문득 사람 소리가 나며 등불이 밝게 비쳐서 그곳을 찾아가니, 사람처럼 보이지만 사람이 아닌 미물들이 앉아 떠들고 있었다. 원래 이 짐승은 '울동'이라 하는데 여러 해를 묵어 변화가 무궁하였다. 길동이 몸을 감추고 활을 쏘니 그중 우두머리가 맞았는데, 모두 소리를 지르며 달아나 버렸다. 길동이 나무에 의지하여 밤을 새고 다음 날 두루 약초를 캐고 다니는데, 갑자기 괴물 두셋이 길동을 보고 물었다.

"그대는 무슨 일로 이 깊은 곳에 이르렀는가?"

길동이 답했다.

"내가 의술을 알기에 이 산에 들어와서 약초를 캐는 중인데, 그대들을 만나 다행이로다."

미물들이 크게 기뻐하며 말했다.

"우리는 이곳에 산 지 오래되었는데, 우리 왕이 부인을 새로 정하고 지난 밤에 잔치를 하다가 하늘에서 내린 재앙을 맞아서 위중하다. 그대가 명의라고 하니 선약(仙藥)으로 왕의 병을 고치면 큰 상을 받으리라."

길동이 듣고 생각하였다.

'이놈이 어젯밤에 내 화살에 다친 놈이로구나.'

길동이 허락하였다. 그것들이 인도하여 문 앞에 길동을 세워 두고 들어가더니, 이윽고 나와서 청하여 길동이 들어갔다. 곱게 색을 칠한 집은 넓고 아름다운데, 그 가운데 흉악한 것이 누워서 신음하다가 길동을 보고 몸을 움직이면서 말했다.

"내가 우연히 하늘의 재앙을 맞아서 위독한데, 부하의 말을 듣고 그대를 청하였으니, 이것은 하늘이 나를 살리시는 것이라. 그대는 재주를 아끼지 말라."

길동이 감사 인사를 하고 말했다.

"먼저 속을 다스릴 약을 쓰고, 다음으로 외상을 다스릴 약을 쓰는 것이 좋을까 하오."

그것이 응낙하거늘, 길동이 약주머니에서 독약을 꺼내 황급히 따뜻한 물에 타서 먹였다. 우두머리가 한참 만에 외마디 소리를 지르고 죽으니 모든 요괴가 한꺼번에 달려들었다. 길동이 신통술을 부려 요괴들을 몰아치는데, 갑자기 젊은 두 여자가 울며 말했다.

"저희는 요괴가 아니라 세상 사람인데 잡혀 왔으니, 남은 목숨을 구하여 세상으로 나가게 해 주소서."

길동이 백룡의 일을 생각하고 사는 곳을 물어보니, 하나는 백룡의 딸이요, 또 하나는 조철의 딸이었다. 길동이 요괴들을 깨끗이 없애고 두 여자에게 각각 부모를 찾아 주니, 그 부모들이 크게 기뻐하며 그날로 홍생을 사위로 삼았는데, 첫째 부인이 백 소저요, 둘째 부인은 조 소저였다. 길동이 하루아침에 두 아내를 얻고 두 집 가족을 거느려 제도로 가니, 모든 사람이 반기며 축하하였다.

9. 아버지의 죽음

하루는 길동이 밤하늘의 운행을 살피다가 놀라며 눈물을 흘리기에 사람들이 물었다.

"무슨 이유로 슬퍼하십니까?"

길동이 탄식하며 말했다.

"내가 별의 움직임을 보고 부모의 안부를 짐작했는데, 오늘 하늘을 보니 아버지의 병세가 위중하시구나. 그러나 내 몸이 먼 곳에 있어 그곳까지 이르지 못할까 하노라."

모든 사람이 다 같이 슬퍼하였다.

이튿날 길동이 월봉산으로 들어가서 한 군데 좋은 터를 잡고 묏자리를 꾸미는데, 그 앞에 세우는 석물을 나라의 능과 같이 하였다. 큰 배 한 척을 준비하여 부하들에게 조선국 서강 강변에서 기다리라고 하고는, 즉시 머리를 깎고 중으로 위장하여 작은 배를 타고 조선으로 향하였다.

각설, 홍 판서는 홀연히 병을 얻어 위중해지자 부인과 인형을 불러 말했다.

"내가 죽어도 여한이 없는데, 길동의 생사를 알지 못하는 것이 한이로다. 제가 살아 있으면 찾아올 것이니, 적자와 서자를 분별하지 말고 제 어미를 대접하라."

그리고 목숨이 다하였다. 가족들이 망극(罔極)하여 장례를 치르고자 하나, 묏자리를 구하지 못하여 난처하였다.

하루는 문지기가 와서 알렸다.

"어떤 중이 와서 영전에 조문하려고 합니다."

이상하게 여겨 들어오라고 하니, 한 중이 들어와서 목 놓아 통곡하는데, 사람들이 그 이유를 몰라 서로 얼굴만 쳐다보았다. 그 중이 상주에게 한바탕 크게 목 놓아 운 다음 말했다.

"형님은 어찌 아우를 몰라보십니까?"

상주가 자세히 보니 바로 길동이었다. 붙들고 통곡하며 말했다.

"네가 아우가 맞느냐? 그동안 어디에 갔었느냐? 아버지께서 생시에 유언이 간절하셨는데, 이제 오니 어찌 자식된 도리이겠느냐?"

손을 이끌어 내당에 들어가서 모부인을 뵙고 춘섬을 상면케 하였다. 서로 한바탕 통곡한 후에 춘섬이 물었다.

"네 어찌 중이 되어 다니느냐?"

길동이 대답하였다.

"소자 조선을 떠나 머리 깎고 중이 되어 지맥을 살피는 기술을 배웠는데, 이제 아버지를 위하여 좋은 터를 구해 놓았으니, 어머니는 염려하지 마십시오."

인형이 크게 기뻐하며 말하였다.

"너의 재주가 기이하구나. 좋은 터를 얻었으면 무슨 염려 있으리오."

다음 날 운구하여 길동이 제 어미를 데리고 서강 강변에 이르니, 미리 지휘해 놓은 배가 기다리고 있었다. 배에 올라타고 화살같이 저어서 한 곳에 다다르니, 사람들이 수십 척의 배를 대고 기다리고 있었다. 서로 반기며 호위하여 가니 그 광경이 차마 대단하였다. 어느덧 산 위에 다다라 인형이 자세히 보니, 산세가 웅장하였으므로 길동의 지식에 못내 탄복하였다. 산소를 만들고 다 함께 길동의 처소로 돌아와서 길동의 가정을 본 후, 춘섬은 길동이 이제 다 자라 혼인까지 한 것을 칭찬하였다.

여러 날이 지나 인형이 길동과 춘섬을 이별하고 산소를 극진히 모시기를 당부한 후, 산소에 하직하고 길을 떠났다. 본국에 이르러 모부인을 뵙고 전후의 일을 모두 들려주니, 부인이 신기하게 여겼다.

10. 율도국 정벌

각설, 길동이 제사를 극진히 받들어 삼년상을 마쳤다. 모든 영웅을 모아서 무예를 익히며 농업에 힘쓰니 군사는 잘 훈련되고 양식도 풍족하였다. 남쪽에 율도국이라는 나라가 있어, 기름진 들판이 수천 리에 이르고 실로 하늘이 낸 살기 좋은 나라였기에, 길동이 늘 뜻을 두고 있었다. 사람들을 불러 말하였다.

"내 이제 율도국을 치고자 하니 그대들은 진정 최선을 다하라."

그날 진군하였다. 길동이 스스로 선봉장이 되고 마숙으로 후군장을 삼아서, 정예군 오만 명을 거느리고 율도국 철봉산에 도착하여 싸움을 붙었다. 태수 김현충이 난데없는 군사와 말이 도착하는 것을 보고 크게 놀라서 왕에게 보고하는 한편, 한 무리의 군사들을 거느리고 내달아 싸웠다. 길동이 이를 맞이하여 겨뤄 한 번 만에 김현충을 베고, 철봉을 얻어 백성을 다독거렸다. 정철에게 철봉을 지키도록 한 다음, 대군을 지휘하여 바로 도성을 치기로 하고, 격서를 율도국에 보내니 내용인즉 이러하였다.

의병장 홍길동은 글을 율도 왕에게 부치노니, 무릇 임금은 한 사람의 임금이 아니요, 천하 사람의 임금이라. 내 하늘의 명을 받아 군사를 일으켜 먼저 철봉을 무너뜨리고 물밀듯이 들어갈 것이니, 왕은 싸우고자 하거든 싸우고, 그렇지 않다면 일찍 항복하여 살아남기를 도모하라.

왕이 다 읽고 나서 크게 놀라서 말했다.

"우리 나라가 철봉을 굳게 믿었는데 이제 잃었으니 어찌 맞서 싸우리오."

신하들을 거느리고 항복하였다. 길동이 성안으로 들어가 백성을 안심시키고 왕위에 오른 후, 율도 왕을 의령군에 봉하고 마숙과 최철로 좌의정과 우의정을 삼고, 나머지 여러 장수에게도 각각 벼슬을 내리니, 조정에 가득 찬 신하들이 만세를 불러 하례하였다. 왕이 나라를 다스린 지 삼 년 만에 산에는 도적이 없고, 길에 물건이 떨어져도 주워 가지 않으니 가히 태평 세계였다. 왕이 백룡을 불러 말했다.

"내가 조선 임금께 표문(表文)[11]을 올리려고 하는데, 경은 수고를 아끼지 말라."

당부하고 표문과 서찰을 홍 씨 가문으로 부쳤다. 백룡이 조선에 도착하여 먼저 표문을 올리니, 임금께서 표문을 보시고 크게 칭찬하여 말씀하셨다.

"홍길동은 진실로 기이한 인재로다."

임금께서 홍인형을 위로하는 사신으로 삼아 친서를 내리시니, 인형이 사은한 후에 돌아와서 모부인에게 임금의 말씀을 전하니 부인이 또한 동행하려 하였다. 인형이 마지못하여 부인을 모시고 길을 떠나 여러 날 만에 율도국에 이르렀다. 왕이 맞이하여 향연을 베풀고 친서를 받은 다음, 모부인과 인형을 반기며 산소에 제사를 지내고 잔치를 열어 즐겼다. 여러 날이 지나고 모부인 유 씨가 갑자기 병을 얻어 죽으니 아버지의 무덤 옆에 나란히 묻었다. 인형이 왕을 하직하고 본국에 돌아가서 임금께 보고하니, 임금 또한 그 모친상 당한 것을 위로하셨다.

차설, 율도 왕이 삼년상을 마치니 대비가 이어서 세상을 떠났고 역시 아버지의 무덤 옆에 안장한 후 삼년상을 마쳤다. 왕이 삼자 이녀를 낳으니, 장자와 차자는 백 씨 소생이고, 삼자와 차녀는 조 씨 소생이었다.[12] 장자 현으로 세자를 삼고 나머지는 다 군(君)으로 봉하였다. 왕이 나라를 다스린 지 삼십 년 만에 갑자기 병을 얻어 세상을 떠나니 나이 일흔두 살이었다.

---

11) 마음에 품은 생각을 적어 임금에게 올리는 글.

12) 장녀에 대한 설명은 빠져 있음.

왕비가 이어서 죽으니 선능(先陵)에 안장한 후, 세자가 즉위하여 대를 이어 태평 성세를 누렸다.

작품 해설

새로운 사회를 갈망한 의로운 영웅의 일생

『홍길동전』은 최초의 국문소설이자 영웅소설이고 사회소설이다. 이 작품은 연산군 시절 실존 인물인 도적떼의 두령 홍길동을 소재로 하여 당시 사회의 실상을 낱낱이 보여 준다. 이 작품의 지은이가 허균인지에 대해서는 논란이 있었지만, 허균의 작품으로 보는 것이 학계의 다수 의견이다.

허균(許筠, 1569~1618)은 조선이 낳은 천재 중의 천재다. 허균이 탁월한 시문을 지은 것은 그의 뛰어난 자질에 덧붙여 조선 중기 문화적 성취가 그 가문에 집중되었기 때문이다. 허균의 아버지 허엽(許曄)은 화담 서경덕(徐敬德, 1498~1546)의 수제자였고, 삼당시인(三唐詩人)[1]인 손곡 이달, 명필 한석봉, 서

1) 조선 중종과 선조 대에 걸쳐 시명(詩名)을 떨친 세 시인. 백광훈, 최경창,

산대사와 사명대사 등이 자주 그의 집을 드나들었다. 당대 으뜸 학자 및 예술가와 교유한 허균과 그 형제들은 곧 두각을 나타냈다. 허균의 형 허봉(許篈)은 봉당대 최고의 문장가로 이름이 높았고 그의 누이 허난설헌(許蘭雪軒)은 한편으론 호방하고 한편으론 미려한 시를 지었다. 또한 허균은 조선 최고의 감식안을 자랑하는 시 비평가이자 시인이고 또한 소설가였다.

허균의 삶은 파란만장 그 자체다. 20대에 터진 조선과 일본의 7년 전쟁(1592~1598)[2]은 그의 삶을 송두리째 흔들었다. 피난길에 아내 김 씨와 갓 태어난 아들을 잃었고 그 역시 죽을 고비를 여러 차례 넘겼다. 참혹한 전쟁 체험 이후, 그는 새로운 사회를 향한 갈망과 그에 미치지 못하는 현실에 대한 실망 속에서, 광기와 분노와 슬픔과 쾌락과 방랑의 나날을 보냈다. 30대에 보인 여러 기이한 행적 속에서도 그는 '지금, 여기'의 불행으로부터 도피하진 않았다. 특히 그는 뛰어난 외국어 실력을 바탕으로 조선 조정을 대표하여 명나라 사신을 공식적으로 맞아들였다. 그들 앞에서 조선의 시는 물론 당나라와 송나라부터 명나라까지 대표 시인들의 시를 줄줄 외우고 평한 일화는 유명하다. 허난설헌의 시가 일찍부터 명나라의 주목을 받은 것도 이때 허균이 누이의 시를 읊고 전한 데서 비롯된 것이다.

말년에 허균은 현실 정치를 통해 자신의 꿈을 실현하고자

이달을 이름.

2) 임진왜란과 정유재란.

분투했다. 광해군 시절 이이첨 중심의 북인 정권에 합류한 것이다. 허균은 광해군을 도와서 여러 가지 개혁안을 내놓았지만 역모 혐의로 체포되어 처형당한다. 이 갑작스러운 파국에 대해서는 두 가지 입장이 맞서고 있다. 하나는 이이첨과의 권력투쟁에서 밀렸을 뿐 혁명을 준비하지는 않았다는 것이고 또 하나는 혁명을 꿈꾸다가 발각되어 때 이른 최후를 맞이했다는 것이다. 후자의 경우 허균을 도와 혁명을 준비한 세력으로 무륜당(無倫黨)의 서자들이 거론된다.

택당 이식(李植, 1584~1647)은 허균이 『수호전』을 좋아하여 그 등장인물로 별호를 지었으며 허균과 친한 무륜당의 서자들이 『수호전』을 본받아 일을 도모하다가 발각되어 처형되었다고 지적한 바 있다. 무륜당의 서자 중 박치의가 실제로 화적 떼의 두령이 되어 북삼도를 휘젓고 다녔다는 기록이 『광해군일기』에 등장하는 것을 보면, 홍길동이 의적을 이끌면서 탐관오리를 벌하고 백성에게 재물을 나누어 주는 것이 허균의 관념 속에서만 빚어진 일이 아님을 알 수 있다. 『홍길동전』은 허균을 비롯한 무륜당의 서자들의 눈에 비친 조선 사회에 대한 예리한 비판과 새로운 사회를 향한 갈망, 그리고 율도국으로 대표되는 이상향에 대한 그리움 등이 병존하는 작품인 것이다.

『홍길동전』은 홍길동의 일대기이며, 그 삶은 정확하게 '영웅의 일생'에 부합된다. 일찍이 김열규 교수는 Hahn-Rank-Lord Raglan-Campbell의 공통 유형을 통해 『홍길동전』의 공통 유형을 추출하였고[3], 조동일 교수는 주몽, 탈해 등에 이를 구체적으로 적용하여 홍길동의 일대기를 다음과 같이 정리하였다.[4]

1) 고귀한 혈통을 지닌 인물이다.

— 조정 대신의 아들이다.

2) 비정상적으로 잉태되거나 출생한다.

— 서자로 태어난다.

3) 비범한 능력을 타고난다.

— 태몽으로 용꿈을 꾸고, 총명하며, 배우지 않은 도술까지 구사한다.

4) 어려서 죽을 고비에 이른다.

— 자객이 길동을 죽이려 한다.

— 죽을 고비에서 벗어난다.

— 자객을 죽이고 살아난다.

5) 자라서 다시 위기에 부딪힌다.

— 의적을 이끌고 탐관오리를 혼내 준다.

6) 위기를 투쟁으로 극복하고 승리자가 된다.

— 병조판서를 제수받는다. 요괴를 죽인 다음 구출한 여인과 결혼한다. 율도국의 왕이 되고 부귀영화를 누리다가 일생을 마친다.

---

3) 김열규, 『한국민속과 문학연구』(일조각, 1971), 58쪽.

4) 조동일, 「'영웅의 일생'과 홍길동전」, 김동욱 편, 『허균 연구』(새문사, 1981), 20~32쪽.

홍길동의 영웅적인 삶은 가문에서 국가로 확대된다. 그가 영웅적인 활약을 펼칠 때마다 낡은 방법으로는 해결이 불가능한 치명적이고 근본적인 문제들이 부각된다.

홍길동은 "재주가 비상하여 한 말을 들으면 열 말을 알고, 한 번 보면 모르는 것이 없"는 신동이다. 그러나 홍 씨 가문의 틀에서 보자면, 그는 적자가 아닌, 아버지를 아버지라 부르지 못하고 형을 형이라고 부르지 못하는 서자일 뿐이다.

> "대장부가 세상에 나매 공맹(孔孟)의 도학(道學)을 배워, 나가서는 장수가 되고 들어와서는 재상이 되는 것이 도리가 아니겠는가? 대장의 도장을 허리에 차고 대장의 단상에 높이 앉아 천병만마(千兵萬馬)를 지휘하여, 남으로는 초나라를 치고 북으로는 중원을 평정하며 서로는 촉나라를 쳐 업적을 이룬 후에, 얼굴을 기린각(麒麟閣)에 빛내고, 이름을 후세에 전함이 대장부의 떳떳한 일이다. 옛사람이 이르기를 '왕후장상(王侯將相)의 씨가 따로 없다.'고 하였는데 나를 두고 하는 말인가? 세상 사람이 가난하고 천한 자라도 부형(父兄)을 부형이라 하는데, 나만 홀로 그러지 못하니 내 인생이 어찌 이러할까."

홍승상의 첩이 자객을 부려 그를 죽이고자 할 때, 정실부인과 길동의 이복형은 그 사실을 알면서도 묵인한다. 서자가 지닌 비범한 재주 자체가 불경스러운 일로 간주된 것이다. 적자와 서자를 차별한 조선 시대 가문의 폭력성이 생생하게 드러나는 장면이다. 일찍이 아리스토텔레스는 『시학』에서 "가족

사이에 일어나는 비극적 행위, 즉 형제가 형제에게, 아들이 아버지에게, 어머니가 아들에게, 아들이 어머니에게 저지르는 살인이나 이와 비슷한 일이야말로 바로 시인이 추구해야 하는 것"이라고 지적하였다. 가정 비극이야말로 등장인물의 욕망이 밑바닥부터 고스란히 드러나는 이야기다. 가족에게 살해당할 위기에 처한 길동은 자객을 죽이고 집을 떠날 수밖에 없었다.

홍길동은 천 근 바위를 번쩍 드는 괴력과 합천 해인사의 수천 명 승려를 속이고 재물을 앗는 지략을 갖춘 청년이다. 그러나 조선이라는 중세 국가의 틀에서 보자면, 그는 나라를 어지럽히는 한낱 도둑일 뿐이다. 도적질을 하고도 의로움을 강조하는 길동의 언행은 역설적으로 조선이란 나라가 얼마나 의롭지 못한가를 드러낸다. 범죄를 다스려야 할 고을 수령이 부정부패를 일삼고 국가가 그 탐관오리를 처벌하지 못하는 상황에서, 길동이 이끄는 도적떼가 대신 그들을 벌하는 일이 반복된다. 도적떼가 고을 수령을 벌하는 것은 나랏법에 어긋나지만, 백성은 나랏법보다도 의로움을 따르는 길동에게 박수를 보낸다. 한 인간의 영웅다움은 제도나 법에 의해 판단되지 않으며 오로지 의로움에 근거한다.

따라서 『홍길동전』은 홍길동이라는 영웅의 출세만을 다루지 않고, 임진왜란 이후 산적해 있던 조선의 제반 문제를 폭넓게 다룬 사회소설이다. 적서 차별, 탐관오리의 횡포, 승려의 부패, 조정의 무능함 등이 적나라하게 담겼다. 홍길동은 이 문제들을 백성의 입장에서 비판하고 극복하기 위해 노력한다. 홍길동이 만든 '활빈당(活貧黨)'이라는 이름 자체가 백성의 편에 서서 목적의식적으로 삶을 꾸려 나가겠다는 의지의 표현이다.

『홍길동전』에서 율도국은 허균이 꿈꾼 유토피아이기도 하다. 홍길동이 율도국의 왕으로 즉위하여 봉건 체제를 그대로 따른 점을 한계로 지적하는 학자도 있지만, 자주 국방과 자립 경제를 이룬 아름다운 나라임은 아무리 강조해도 지나치지 않다. 소설 『홍길동전』에서 율도국은 나라 밖에 세워졌지만, 현실에서 허균의 마지막 나날은 조선을 율도국으로 만들기 위한 노력으로 점철되지 않았을까.

『홍길동전』은 폭발적인 인기만큼이나 다양한 형태로 출간을 거듭했다. 한글본에서 한문본까지, 필사본에서 판각본을 거쳐 활자본에 이르기까지, 시대를 초월하여 사랑받은 작품이다. 여러 이본 중에서, 완판 36장본과 경판 24장본을 택하여 쉽게 풀어 썼다. 경판 24장본은 판각본 가운데서 가장 오래된 것으로 학계에서 평가되어 왔으며, 완판 36장본은 길동에 대한 태몽이 화려하게 서술되고 진취적인 기상의 노래가 결말부에 삽입되어 있는 등 내용이 풍부하고 묘사가 다채롭다.[5] 소설의 이해를 돕기 위해, 완판본과 경판본 모두 같은 순서로 동일한 소제목을 붙였으며, 『춘향전』에서 극적이고 아름다운 장면으로 이야기를 담아 내어 주목받은 백범영 화백의

5) 송성욱, 「홍길동전 이본신고」, 《관악어문연구》 13(서울대학교 국어국문학과, 1988), 123~125쪽.

한국화를 곁들였다.

1998년 겨울, 졸저 『허균, 최후의 19일』을 쓰기 위해 『홍길동전』과 『성소부부고』를 밤새워 읽던 기억이 새롭다. 의적 소설은 눈 밝은 작가가 사필귀정(事必歸正)이 무너진 시절을 힘겹게 살아 내는 독자에게 선사하는, 한바탕 신나면서 눈물겨운 선물인지도 모르겠다.

2009년 1월
김탁환

작가 연보

1569년(선조 2년)	11월 3일, 한양 건천동에서 초당 허엽의 3남 3녀 중 막내아들로 태어났다. 어머니는 예조 판서 김광철의 딸로 허엽의 후처였다. 허엽은 전처 한 씨와의 사이에 1남 2녀를, 후처 김 씨와의 사이에 2남 1녀를 두었다. 큰형 악록 허성은 전처 한 씨 소생이고, 작은형 하곡 허봉과 누이 난설헌 허초희, 교산 허균은 후처 김 씨 소생이다.
1572년(선조 5년)	허봉이 친시 문과에 급제하였다.
1574년(선조 7년)	김효원의 이조 정랑 천거 문제로 사림파가 서인(심의겸, 박순)과 동인(김효원, 허엽)으로 분열되었다.

허봉이 예조 좌랑이 되었고, 서장관으로 명나라에 다녀왔다.

1575년(선조 8년) 허봉이 이조 좌랑이 되었다.

7월, 심의겸과 김효원의 파당이 논쟁을 하면서 동서당론이 일어났다.(을해 당론(乙亥黨論)) 허엽도 동인의 영수로 깊이 개입하였다.

1576년(선조 9년) 허봉이 홍문관과 예문관의 응교를 역임하였다.

1577년(선조 10년) 건천동에서 상곡으로 이사를 갔다. 이곳에서 임수정, 임현, 최천건 등과 함께 공부하였다. 시를 잘 지어 칭찬을 받았다. 허초희가 김성립과 결혼하였다.

1578년(선조 11년) 『논어』와 『통감』을 읽었다. 허엽으로부터 우리나라의 역사를 배웠다.

1579년(선조 12년) 5월, 허엽이 경상 감사가 되어 내려갔다.

1580년(선조 13년) 『사략(史略)』을 읽었다.

2월 4일, 허엽(1517~1580)이 상주 객관에서 병으로 사망하였다.

12월, 허엽의 『전언왕행록(前言往行錄)』이 간행되었다.

1582년(선조 15년) 『당음(唐音)』을 읽었다.

시인 이달을 처음으로 만났다.

허엽의 신도비가 건립되었다.

1583년(선조 16년) 허봉으로부터 글이 늠름하다는 칭찬을 받았다.

허성이 별시 문과에 급제하였다.

6월, 허봉이 병조판서 이이를 탄핵하다가 창원 부사로 좌천되었고 곧이어 갑산으로 유배되었다.(계미삼찬(癸未三竄))

1585년(선조 18년) 김대섭의 둘째 딸과 결혼하였다.

봄, 한성부에서 치르는 초시에 임현과 함께 급제하였다.

6월, 허봉이 귀양에서 풀려난 후 백운산, 인천, 춘천 등지를 떠돌았다.

1586년(선조 19년) 허봉에게 글을 배우기 위해 처남인 김확과 함께 백운산으로 갔다. 고문을 배웠다. 그곳에서 금각, 심액 등과 사귀었다.

여름, 허봉의 오랜 친구인 사명대사를 만났다.

1588년(선조 21년) 9월, 허봉(1551~1588)이 금강산을 떠돌다가 금화현˙생창역에서 사망하였다.

1589년(선조 22년) 생원시에 급제하였다. 함께 급제한 이이첨을 처음으로 알게 되었다.

3월 19일, 허초희(1563~1589)가 사망하였다.

1590년(선조 23년) 3월, 허성이 서장관이 되어 일본으로 떠났다.

11월, 『난설헌집(蘭雪軒集)』을 엮었다. 유성룡이 서문을 썼다.

1591년(선조 24년) 3월, 통신사 일행이 돌아와서 일본 사정을 보고하였다. 정사 황윤길과 서장관 허성은 전쟁

이 임박했다고 주장했으며, 김성일은 이와 반대되는 의견을 냈다.

1592년(선조 25년) 4월 13일, 임진왜란이 일어났다. 어머니와 부인 김 씨, 딸을 데리고 피난길에 나서서 함경도 단천으로 갔다.

7월, 첫아들을 낳았다. 아내와 아들이 연달아 죽었다.

가을, 강릉으로 옮겨 애일당에서 거처하였다. 교산이란 호를 쓰기 시작했다.

1593년(선조 26년) 10월, 강릉에서 『학산초담(鶴山樵談)』을 지었다.

1594년(선조 27년) 2월 29일, 별시 문과에 급제하였다.

봄, 승문원의 사관으로 요동에 다녀왔다.

여름, 소갈병에 걸려 강릉으로 돌아왔다.

1595년(선조 28년) 허성이 대사간이 되었다.

가을, 부인 김 씨의 묘를 단천에서 강릉으로 이장하였다.

1596년(선조 29년) 강릉 부사였던 정구와 함께 『강릉지(江陵誌)』를 엮었다.

1597년(선조 30년) 김효원의 딸을 재취로 삼았다.

『동정록(東征錄)』을 지어, 그때까지의 전쟁 상황을 사실적으로 기록하였다.

봄, 예문관 검열 겸 춘추 기사관, 세자시강원 설서가 되었다. 3월에 파직당했다.

	4월 2일, 문과 중시에 장원급제하였다. 예조 좌랑이 되었다.
	7월, 원군을 청하는 사신의 수행원으로 명나라에 갔다.
	10월, 병조 좌랑이 되었다.
1598년(선조 31년)	명나라의 문인 오명제에게 『조선시선(朝鮮詩選)』을 엮어 주었고, 『난설헌집』을 명나라에 전파하였다.
	10월 13일, 다시 병조 좌랑이 되었고, 평안도를 다녀왔다.
1599년(선조 32년)	3월 1일, 다시 병조 좌랑이 되었다.
	5월 25일, 황해 도사가 되었다.
	12월 19일, 기생이나 무뢰배와 어울린다는 이유로 황해 도사에서 파직되었다.
1600년(선조 33년)	3월, 부인 김 씨의 묘를 원주로 이장했다.
	7월, 예조 정랑이 되었다.
1601년(선조 34년)	봄, 『태각지(台閣志)』를 엮었다.
	봄, 전라도 지방 향시의 시관이 되어 돌아다녔다.
	6월, 전라도와 충청도의 세금을 운반하는 해운판관이 되었다.
	7월 23일, 부안의 기생인 계생과 사귀었다.
	8월, 친구 임현이 사망하였다. 장례식에 참석하였고 글을 지어 곡하였다.

8월 14일, 진안에서 어머니 김 씨가 사망하였다.
7월~9월, 전라도 일대에서 기생 광산월과 사랑을 나누었다. 어머니의 상중에 기생과 사귀었다고 나중에 비판을 받았다.
12월, 원접사 이정귀의 부름을 받고 상경하였다. 형조 정랑이 되었다.

1602년(선조 35년) 2월 13일, 원접사 이정구의 종사관이 되어 서행길에 올랐다.
윤2월 13일, 병조 정랑이 되었다.
8월 27일, 성균관 사예가 되었다.
10월 1일, 사복 시정이 되었다.

1603년(선조 36년) 여름, 춘추관 편수관을 겸직하였다.
8월, 사복 시정을 그만두고 금강산을 구경한 다음 강릉으로 돌아왔다.

1604년(선조 37년) 7월 27일, 성균관 전적이 되었다. 허성이 예조판서가 되었다.
9월 6일, 수안 군수가 되었다.

1605년(선조 38년) 2월, 허봉의 문집 『하곡집(荷谷集)』을 편찬하였다.
5~6월, 석봉 한호가 수안에 놀러와서 머물렀다.
11월, 불교를 신봉한다고 탄핵을 받아 수안 군수에서 파직당했다.

1606년(선조 39년) 아들 굉이 태어났다.

1월 6일, 의흥위 대호군이 되었다.

1월 21일, 원접사 유근의 종사관이 되어 한양을 출발하였다. 서자 출신으로 오랜 친구인 이재영과 화가 이정 등이 동행하였다.

3월 27일, 『난설헌집』을 주지번에게 주었다.

4월 20일, 『난설헌집』에 대한 주지번의 글을 얻어 왔다.

5월, 허성이 이조판서가 되었다.

12월, 『난설헌집』의 서문을 썼다.

1607년(선조 40년) 허성이 예조판서가 되었다.

3월 23일, 삼척 부사가 되었다.

5월, 고을에 도착한 지 13일 만에 부처를 섬긴다는 이유로 삼척 부사에서 파직되었다.

7월, 내자 시정이 되었다.

12월 9일, 공주 목사가 되었다. 여름, 가을, 겨울 세 차례의 과거 시험에서 모두 장원을 하여 공주 목사가 된 것이다.

겨울, 우리나라의 시를 가려 뽑아 『국조시산(國朝詩刪)』을 엮었다.

1608년(선조 41년, 광해군 즉위년) 4월, 목판본 『난설헌집』을 출간하였다.

8월, 공주 목사에서 파직되었다.

12월, 승문원 판교가 되었다.

1609년(광해군 1년) 2월 15일, 이상의의 종사관이 되어, 이재영과 화가 이징을 데리고 한양을 출발하였다.

6월, 첨지중추부사가 되었다.

9월 6일, 형조 참의가 되었다. 망부인 김 씨에게 숙부인의 직첩이 내렸다.

9월말과 10월초, 원주에 머물렀다.

1610년(광해군 2년) 4월, 천추사가 되었으나 병으로 임무를 맡지 못하다가 탄핵을 받고 의금부에 잡혀갔다.

여름, 내내 아팠다.

10월, 나주 목사가 되었으나 곧 취소되었다.

11월, 과거 시험의 대독관이 되었다. 조카를 부정한 방법으로 합격시켰다는 탄핵을 받고 42일 동안 의금옥에 갇혔다.

12월 29일, 유배가 결정되었다. 전라도 함열로 떠났다.

1611년(광해군 3년) 1월 15일, 함열에 도착하였다.

4월 23일, 문집 『성소부부고(惺所覆瓿藁)』 64권을 엮었다.

11월, 유배지에서 풀러났다.

11월 12일, 한양으로 와서 잠깐 머무르다가 24일에 전라도 부안으로 내려갔다.

1612년(광해군 4년) 서산대사의 『청허당집(淸虛堂集)』, 사명대사의 『사명당집(四溟堂集)』이 간행되었다. 이 문집들의 서문을 모두 허균이 썼다.

8월 9일, 허성(1548~1612)이 사망하였다.

12월에 왜정 진주사가 되었으나 곧 갈렸다.

1613년(광해군 5년) 호남 지방을 두루 다녔다.

5월, 칠서의 옥이 일어났다.(서양갑, 심우영, 박응서, 이경준, 박치의, 박치인, 김경손)

12월, 예조 참의가 되었으나 곧 갈렸다.

1614년(광해군 6년) 2월 15일, 호조 참의가 되었다.

여름, 천추사가 되어 명나라에 다녀왔다.

1615년(광해군 7년) 2월 14일, 승문원부 제조가 되었다.

5월 15일, 문신 정시에서 장원을 하였다.

5월 22일, 동부승지가 되었다.

6월 5일, 가선대부가 되었다.

윤8월 5일, 가정대부가 되었다.

윤8월, 동지겸 진주 부사가 되어 명나라로 떠났다.

1616년(광해군 8년) 4월, 사직 제조가 되었다.

5월 11일, 형조판서가 되었다.

10월 8일, 형조판서에서 파직되었다.

1617년(광해군 9년) 12월 12일, 좌참찬이 되었다.

12월 24일, 26일, 기준격이 허균의 역모를 고발하는 비밀 상소를 올렸다.

12월 27일, 허균이 반박 상소를 올렸다.

1618년(광해군 10년) 1월 7일, 기준격이 상소를 다시 올렸다.

봄, 이달의 문집 『손곡집(蓀谷集)』을 간행하

였다.

윤4월 7일, 허균이 상소를 올렸다.

8월 10일, 남대문에 격문이 나붙었다.

8월 16일, 허균을 체포하였다.

8월 21일, 허균과 기준격을 대면시켜 함께 추국하였다.

8월 24일, 허균, 현응민, 우경방, 하인준, 현응민에 대한 사형이 집행되었다.

홍길동젼
영인본

* 영인본은 행갈이를 오른쪽에서 왼쪽으로 하는 우종서(右縱書)이므로, 250쪽에서 시작해 180쪽에서 끝나는 방식으로 배열했다.

지못ᄒᆞ샤공슌ᄒᆞᆷ을ᄒᆞ여우슈히ᄒᆞᆷ을ᄒᆞ시더라더왕의ᄋᆞ둘
롤현논의허장ᄒᆞᆷ소ᄅᆞᆷ이다시괴롤우리더왕의셜도롤
ᄯᅢᄆᆞᄇᆡ일ᄉᆞᆷ쳐ᄒᆞ시다ᄒᆞ더라왕이ᄇᆡᆨ셩을ᄉᆞ랑ᄒᆞ시ᄃᆡ화
롤심ᄉᆞᆼ니일국이티평ᄒᆞ샤적량ᄀᆞ롤일ᄉᆞ므ᄃᆡ쳔ᄌᆞ신손이
계〻ᄒᆞ여티평을ᄂᆞ리지니〻조셩홍능ᄉᆞᆼ더티부인ᄯᅢ
년의조롤ᄒᆞ시니장ᄌᆞ롤현시ᄯᅢ졀을국잔이ᄒᆞ여셜손여록의
장셰ᄒᆞᆫ놈ᄇᆡᆨ초토롤지보후조졍의징쳔ᄒᆞ여초왕ᄉᆞ의ᄒᆞᆫ
림학ᄉᆞ되ᄂᆞᆫ롤경ᄒᆞᆫ년ᄒᆡ숭ᄌᆞᄒᆞ여병조졍낭의쳐흉몬
교리슈ᄎᆞᆫ을겸ᄒᆞᆫ셜ᄒᆞ여승직ᄒᆞ샤ᄉᆞ상을조지니라이
러ᄒᆞᆫ시ᄲᅢ목ᄒᆞ여승티ᄂᆞᆫ경을거ᄂᆞ니녕화일국의웃듬이
나미일칠ᄉᆞᆷ을셩ᄉᆞᄒᆞᆫᄂᆞᆫ몸쇠을보ᄂᆞᆫ져ᄒᆞ되낭복의ᄭᅩᆺ이갈
이셔그러ᄒᆞ몰ᄆᆞ저아니ᄒᆞ더라미쳐라ᄭᅩᆺ농의ᄒᆡᆼ어ᄉᆞ셔패몰
ᄒᆞᆫ향부로다비록쳔신이나져일을푸러브리ᄂᆞᆫ효측롤잘
졍이ᄒᆞ야산슈롤패믈ᄒᆞ거ᄯᅢᄂᆞᆫ이의희ᄒᆞᆫ〻일쳐그르ᄒᆞ신여
발계ᄒᆞᆫ비러라

복쳐편의로다픙진을쓰러ᄇᆞ리ᄂᆞᆫ티평을일울ᄉᆞᆷ으니경운
이ᄅᆞ러나ᄂᆞᆫ경셩이빗최이ᄂᆞᆫᄯᅩᄃᆞ만쟝이ᄉᆞ반을작궤잇스며
셔도적이지경을엿보리업ᄉᆞᄃᆞᄒᆞ엿더라이날ᄯᅩᆼ왕이기ᄅᆞᆯ티
ᄌᆞ의재졀ᄒᆞ시ᄂᆞᆫ다시ᄭᅢ움의되ᄉᆞᄒᆞ니라도쳐습싱니박귀
월영ᄒᆞ이잇스되셰로붓터셜인듯도ᄒᆞᆫ저ᄎᆞ왕ᄋᆞ이ᄇᆡ무
런을홍의셜ᄉᆞᄒᆞᆫ덕부역이잇ᄂᆞᆫᄯᅡᄂᆞᆫ의ᄉᆞᆼ쳘ᄒᆞᆫ덕ᄇᆡ희이셔
귀이ᄒᆞᆫ화췌와ᄒᆞᆫ구름시항샹ᄇᆡ므ᄂᆞᆫ지라왕이으손
ᄉᆞ를ᄉᆞ랑ᄒᆞᆫ적총ᄌᆞ를굿ᄒᆞᆫ놈ᄂᆞᆫ겨ᄒᆞ야그손즁의ᄉᆞᆷ
고누각을지어빅셰즁졀으로더부러쳐ᄒᆞ시며곡각을소
직물니치ᄂᆞᆫ쳔지경긔을ᄯᅡ셔젼도를빈ᄒᆞᄂᆞᆫ지라ᄐᆡᄌᆞ왕의
셰작ᄒᆞ여일삭의셰번식거동ᄒᆞ야부왕과모비졀의문후
ᄒᆞ시더라일ᄌᆞ은뇌셩벽녁이쳔지진동ᄒᆞ며소셕음무월
영손을두루더니이윽ᄒᆞ야뇌셩이것ᄂᆞᆫ쳔지명낭ᄒᆞ며셜
쌍ᄉᆡᆼ리ᄌᆞᄌᆞᄒᆞᆫ더니디왕모비ᄭᅳᄂᆞᆫ식싱ᄂᆞᆫ지라왕이궁긔월영
손의거동ᄒᆞ셔부ᄌᆞ졀이ᄯᅡ연ᄒᆞᆫ지라ᄯᆞᆷ구ᄒᆞᆫᄯᅡ음을이미

봉ᄒᆞ니 비씨로 중젼 왕비를 봉ᄒᆞ니 졍통 원실노 경숙비를
봉ᄒᆞ니 셤호 결노 ᄃᆡᄉᆞ마 ᄃᆡ쟝군을 봉ᄒᆞ야 병마를 총독게 ᄒᆞ니
강인슈로 쳥쥬졀도ᄉᆞ를 ᄒᆞ이시니 망츈으로 부원슈를 ᄒᆞ이시
니 그 남은 졔쟝은 차례로 샹ᄉᆞᄒᆞ니 ᄒᆞᆫᄉᆞᄅᆞᆷ도 칭원ᄒᆞ리 업더라
샹왕이 등극ᄒᆞᆫ 후의 시화년풍ᄒᆞ니 국ᄐᆡ민안ᄒᆞ여 ᄉᆞ방의 일이
업ᄂᆞᆫ 덕화 ᄃᆡ힝ᄒᆞ여 도불습유ᄒᆞ더라 ᄐᆡ평으로 셰월을 보
ᄂᆡ더니 슈십년 후의 ᄃᆡ왕ᄃᆡ비 승하ᄒᆞ시니 시년 칠십 슈이
라 왕이 못ᄂᆡ 익훼ᄒᆞ여 예졀의 지나ᄂᆞᆫ 효졀이 잇ᄉᆞᆷ을 곰동
ᄒᆞ시더라 현덕능의 안장ᄒᆞ니라 왕이 ᄉᆞᆷᄌᆞ 이녀를 두시니
쟝ᄌᆞ 홍이 네 부의 풍도 잇ᄂᆞᆫ지라 신민이 다 산도 ᄀᆞᆺ치 우럴거
ᄂᆞᆯ 쟝ᄌᆞ로 ᄐᆡᄌᆞ를 봉ᄒᆞ시니 열읍의 ᄃᆡᄉᆞᄒᆞ고 ᄐᆡ평년을 비
셜ᄒᆞᆫ 즐길셔 왕의 시년이 칠십이라 술을 나오와 ᄇᆡ취ᄒᆞᆫ
실 후의 잔을 잡ᄂᆞᆫ 츔츄며 노리ᄒᆞ시다가 ● 잔을 잡ᄂᆞᆫ 두
ᄉᆞ의 비게셔니 남편이 벗빈 뇨더 봉이 나라ᄂᆞ니 부초공이 ᄂᆞ
ᄂᆞᆫ ᄯᅩ 드 츔츄ᄂᆞᆫ 초미 박ᄅᆞᆷ을 作라 뇨ᄒᆞ니 미셔우이 단편 교미

三十三

의졀박ᄒᆞ엿ᄂᆞᆫ지라 을왕이 이ᄉᆞ믈ᄒᆞᆯ쥴 모로ᄂᆞᆫ 크게 놀나여 궁
피혜친들 팔진을 어이 버셔나리오 ᄒᆞᆯ ᄯᆡ 창으로 동셔를 모로
ᄂᆞᆫ 황황ᄒᆞᆫ 더니 길동이 졔장을 호령ᄒᆞ야 결박ᄒᆞ랴 ᄒᆞᄂᆞᆫ 초리 흐
샹 ᄆᆞᆺᄐᆞᆫ지라 을왕이 ᄉᆞ면을 살피니 군ᄉᆞ ᄒᆞ나도 ᄲᆞ로ᄂᆞᆫ 자 업
스미 스ᄉᆞ로 버셔나지 못ᄒᆞᆯ 쥴 알고 ᄂᆞᆫ 바ᄆᆞ 깅을 이기지 못ᄒᆞ야 자결
ᄒᆞᄂᆞᆫ지라 길동이 ᄉᆞᆷ군을 거ᄂᆞ려 승젼ᄒᆞᆫ 을 니여 본진으로 도
라와 군ᄉᆞ를 호궤ᄒᆞ고 의을 도왕을 왕비로 장ᄉᆞᄒᆞ고 ᄉᆞᆷ군을 져
초굴ᄒᆞ야 도셩을 베위ᄊᆞᆺ니 을도왕의 쟝ᄌᆞ 휼변을 드ᄉᆞᆫ 후 ᄂᆞᄅᆞᆯ
우러ᄂᆞᆫ 음식ᄒᆞ며 인ᄒᆞ여 ᄌᆞ결ᄒᆞ니 졔신이 ᄒᆞᆯ일업셔 을국셔
슈를 ᄲᆞ트려 항복ᄒᆞᄂᆞᆫ지라 길동이 ᄃᆡ군을 모라 도셩의 드러
마 ᄇᆡᆨ셩을 진무ᄒᆞᆫ 을왕의 ᄉᆞ톄ᄅᆞᆯ 쇼ᄒᆞᆫ 왕녜로 쟝ᄉᆞᄒᆞᆫ 후 각
읍의 ᄃᆡᄉᆞᄒᆞᆫ 죄인을 다 방송ᄒᆞ며 창ᄂᆞ를 열어 ᄇᆡᆨ셩을 진휼
ᄒᆞ니 일국이 그 덕을 칭하 아니리 업더라 날을 ᄀᆞᆯ희여 왕위에
즉ᄒᆞᆫ 후 ᄉᆞ샹을 츄존ᄒᆞ야 ᄃᆡ조ᄃᆡ왕이라 ᄒᆞᆫ 능호를 현덕
능이라 ᄒᆞ고 모친을 왕ᄃᆡ비를 봉ᄒᆞᆫ ᄇᆡᆨ 용으로 부원군을

이편ᄒᆞ여ᄯᆞᆯ버림을ᄃᆞᆯ녀양관으로향ᄒᆞᄉᆡ율도왕이ᄡᅡ지쳐
왈격쟝은ᄲᅡᆺ지ᄲᆞᆯ은ᄲᆞᆯ게나려항복ᄒᆞ라ᄲᆞᆯ을져ᄌᆞᆨᄒᆞ야ᄆᆞᆷ을
ᄯᅩ라양관으로ᄀᆞ더니젹쟝이ᄭᅮᆯ이키에들며군긔을ᄇᆞ리ᄂᆞᆫ손
곡으로ᄃᆞᆺᄂᆞᆫ지라율도왕이무ᄉᆞᆫ곤계잇ᄂᆞᆫᄀᆞ의심ᄒᆞ다가ᄯᆞᆯ
네비록ᄭᅬ소ᄒᆞᆫᄭᅬ히잇시나너엇지경ᄒᆞ리오ᄒᆞᆫ군ᄉᆞ을호령
ᄒᆞ야궁피ᄯᅩ로더니이쳑의길동이장ᄃᆡ의셔보다가율도왕이
양관어귀에ᄃᆞᆯ믈ᄯᆞᆯ은신병오쳔을호령ᄒᆞ야ᄃᆡ군과항쳬ᄒᆞᆫ
야양관어귀에ᄲᆞᆯ진을쳐도라갈길을막으니라율도왕이젹
쟝을ᄌᆞᆺᄎᆞ골의ᄃᆞᆯ미방포소ᄅᆡ나며ᄉᆞ면복병이ᄒᆞᆷ셰ᄒᆞ여그
셰풍우ᄀᆞᆺᄐᆞᆫ지라율도왕셰여셕진ᄌᆞᆯᄲᆞᆯ은셰금ᄒᆞ여군ᄉᆞ을
도로혀나오더니양관어귀에밋ᄎᆞ니길동의ᄃᆡ병이길을막어
진을치ᄂᆞᆫ항복ᄒᆞ라ᄒᆞᄂᆞᆫ소ᄅᆡ쳔지진동ᄒᆞᄂᆞᆫ지라율왕이ᄉᆞᆷ
을다ᄒᆞ야진문을헤치ᄂᆞᆫ드러ᄀᆞ더니문득풍우ᄃᆡ작ᄒᆞᄂᆞᆫ뇌셩벽
녁이진동ᄒᆞ며지쳑을분별치못ᄒᆞ여군ᄉᆞ크게어지러워길
방을모로더니길동이신병을호령ᄒᆞ여젹쟝과군졸을잇시

쌍파 ᄊᆞ호다가 거즛 ᄑᆡᄒᆞ여 샤 왕을 인도ᄒᆞ여 양관으로 ᄃᆞ라나
다마ᄒᆞ 쇼병 양관에 가 ᄆᆡ복ᄒᆞ엿거든 이리〻〻ᄒᆞ라 ᄒᆞᆫᄃᆡ 쟝긔 쳥ᄒᆞ
ᄇᆡᆨ모 황월을 쥐니라 잇ᄯᆡ 평양의 ᄆᆡᆼ호이 진문을 크게 열
ᄂᆞ ᄃᆡ쟝긔 치ᄅᆞᆯ 진젼의 셰우고 ᄎᆡ셔 ᄆᆡ무도ᄎᆞᆯ을 도ᄫᅡᆼ이 ᄒᆞ히
쳔병을 ᄲᅢ나 ᄒᆞᆫ나 ᄇᆡᆨ을 ᄃᆡ젹ᄒᆞ야 져조의 거든 ᄇᆞᆯ니 나 ᄊᆞ호
을 결ᄃᆞᆫᄒᆞ라 ᄒᆞ며 진문의 친돌ᄒᆞ며 져조ᄅᆞᆯ 비양ᄒᆞ거 젹쳔쳘
복 갑쟝이 능졍ᄒᆞ을 말ᄇᆞᆯ너 희ᄇᆞᆫ어 더ᄒᆞᆫ도 젹으로 쳘위을 모로ᄂᆞᆫ
틔평시졀을 불ᄂᆞᆫ 괘ᄒᆞᄂᆞᆫ 다ᄒᆞ오 ᄂᆡᆫ ᄃᆡ 힘을 셔로 잘하ᄂᆞᆫ 심을 ᄒᆞᆫ
돈ᄒᆞ리라 ᄒᆞᆫᄃᆡ 한필의 상쟝이 ᄎᆡᆨ젼ᄒᆞ야 ᄊᆞ호되 슈합이 못
ᄒᆞ야 믄츈의 괏ㅅ이 빗나며 ᄒᆞᆫ쳑의 머리ᄅᆞᆯ 버혀 들고 좌츙우돌ᄒᆞ
여 ᄌᆡᆼ을 왕은 무죄ᄒᆞᆫ 쟝졸을 샹치 말고 슈히 나 항복ᄒᆞ여 ᄌᆞ명
을 보젼ᄒᆞ라 ᄒᆞ며 ᄉ〻 쟝이 쳔봉 필ᄒᆞ믈 보고 넘긔믈 이긔지 못
ᄒᆞ야 녹풍유양의 ᄌᆞ금 투구을 쓰고 좌슈의 방쳔극을 들고 철
니 ᄯᅢ ᄭᅡᆫ 마을 져촉ᄒᆞ야 진젼의 나셔며 ᄇᆞᆯ결 쟝은 잣말〻ᄂᆞᆫ셔
의 쟝을 ᄲᅡ드라 ᄒᆞᆫᄃᆡ 공피 명ᄒᆞᆷ을 ᄎᆔᄒᆞ여 ᄊᆞ호니 삼십 합의 망ᄒᆞᆫ

더니 조졔신이 아모리 ᄒᆞᆯ 줄 모로ᄂᆞ 장ᄉᆡᆼ이 진동ᄒᆞᄂᆞᆫ지라 졔
ᄉᆡᆼ아ᄉᆞᆫ 논ᄡᆞᆯ이 졔도쳐의 뒤셰ᄅᆞᆯ 당치 못ᄒᆞᆯ지라 ᄊᆞ호지 말ᄂᆞ
도셩을 구지 직킈ᄂᆞ 괴병을 보내여 그치 줄 군량 슈운ᄒᆞᄂᆞᆫ 길
을 ᄭᅳ그면 젹병이 나ᄋᆞ와 ᄊᆞ홈을 엇지 못ᄒᆞᄂᆞ 또 물너갈 길이
업ᄉᆞ오면 슈월이 못ᄒᆞ야 젹쟝의 머리ᄅᆞᆯ 셩문의 ᄃᆞᆯ니이다 의
논이 분운ᄒᆞ더니 슈운장이 ᄒᆞ고 ᄀᆞᆯᄃᆡ 병이 ᄇᆞᆯ셔 도셩 십이
ᄲᅡ지 진을 쳣나이다 울도왕이 되분ᄒᆞ여 졍병 삼만을 조발
ᄒᆞ여 친이 ᄃᆡ쟝이 되야 ᄉᆞᆷ군을 져촉ᄒᆞ야 호슈ᄅᆞᆯ 막어 진을
치니라 이ᄯᅢ 하ᄂᆞᆯ돈이 형징ᄒᆞ여 슈븜ᄒᆞ고 후의 졔쟝 파의 논ᄒᆞᆫ대
ᄊᆞ오시면 울도왕을 셔로잡불거시니 군령을 어긔오지 말나
ᄒᆞᆫ 졔쟝을 ᄇᆞ다 ᄇᆡᆯ ᄒᆞ시 슴호 달을 불너 ᄀᆞᆯ 그ᄃᆡᄂᆞᆫ 군ᄉᆞ 오쳔
을 거ᄂᆞ려 냥판 남편의 복병ᄒᆞ엿다가 호령을 지다려 이리ᄂᆞ
ᄒᆞ라 ᄒᆞᆫ 후 구군장 길인슈ᄅᆞᆯ 불너 ᄀᆞᆯ 그ᄃᆡᄂᆞᆫ 군ᄉᆞ 일만을 거ᄂᆞ
려 냥판 우편의 ᄆᆡ복ᄒᆞ엿다가 호령을 지다려 이리ᄒᆞ라
ᄒᆞ고 또 좌쟝 셜봉미ᄅᆞᆯ 불너 ᄀᆞᆯ 그ᄃᆡᄂᆞᆫ 철긔 오쳔을 거ᄂᆞ려 ᄇᆞᆯ

三十三

리ᄒᆞ엿더라 군ᄉᆞ을 져촉ᄒᆞ여 을도국으로 향ᄒᆞ니 이른바 당
ᄒᆞᆯ사 영셔ᄒᆞᆫ ᄉᆞ호쟝으로 몸을 여러 항복ᄒᆞᄂᆞᆫ지라 슈일지
간의 칠십여셩을 졈ᄒᆞ니 위엄이 일국의 진동ᄒᆞᄂᆞᆫ지라 도
셩의 삼ᄂᆡ 밧긔 진을 치ᄂᆞ 을도왕으게 격셔를 젼ᄒᆞ니 그글의
ᄒᆞ엿시되 [illegible]의 병쟝 홍걸등은 솜ᄀᆞ 글월을 을도왕 좌하의
드리ᄂᆞ니 나라 ᄡᅡ호ᄂᆞᆫ 스근이 오릭 직키지 못ᄒᆞᄂᆞᆫ지라 시ᄂᆞ 고로 셩
탕은 하걸을 치ᄂᆞ 무왕은 샹주을 치시니 다 ᄇᆡᆨ셩을 위ᄒᆞ
야 ᄡᅡ 덕을 펴형ᄒᆞᄂᆞᆫ 바라 이졔 의병이 상ᄡᅡ을 거ᄂᆞ리ᄒᆞ고 샹
여셩을 항복밧ᄂᆞ 이예 이르럿시니 왕은 더셰을 당ᄒᆞᆯ 도죠ᄂᆞᆯ
거든 조ᄉᆞᆼ을 ᄯᅡᆯ 뭇ᄂᆞ 세궁ᄒᆞ거든 일직 항복ᄒᆞ여 쳔명을
슌슈ᄒᆞ라 ᄒᆞᄂᆞ 다시 위로 왈 ᄇᆡᆨ셩을 위ᄒᆞ야 슈히 항셔을 ᄒᆞ이
면 일반 봉쟝으로 ᄉᆞ직을 망케 아니ᄒᆞ리라 ᄒᆞ여더라 이젹
의 을도왕이 보을의 예일 흠ᄒᆞᆷ ᄡᅮ도 젹이 칠십여쥬을 항복
밧으미 ᄒᆞᆷ ᄒᆞ오ᄂᆞᆫ 못ᄊᆡ 당젹지 못ᄒᆞᄂᆞ 도셩을 범ᄒᆞᆷ 뵈 복지
셰이ᄂᆞ 심ᄒᆞ라 도 의ᄒᆞ여 ᄭᅴᄒᆞ지 못ᄒᆞ더니 문득 ᄇᆡ 을 드러

ᄒᆞᆫ 칭운이 ᄯᅢ무ᄂᆞᆫ 듯ᄒᆞ이 ᄎᆞᄯᅢ셔로 셔ᄂᆞᆫ 지보ᄒᆞ엿더라 당인ᄒᆞ
ᄯᅢ셔로 위로ᄒᆞᆫ 비를 셔의 ᄉᆡ왈 ᄲᅡᆺ의 ᄂᆞᆫ 국의 도라와 모부인
게 비ᄒᆞᆫ 션ᄎᆔ소현 이며 젼ᄒᆞ ᄉᆡ ᄲᅡᆯ을 밧ᄀᆞ치결 ᄒᆞᆷ을 셔부인
도 못너 ᄎᆞ셕ᄒᆞ시더라 ᄎᆞ셜 길동이 그 형을 이별ᄒᆞ고 의제군을
길ᄂᆞ야 농형을 심쓰ᄂᆞᆫ 글방을 일ᄉᆞ무며 그러구러 삼년 초
도을 지너미 양식이 넉ᄂᆞᆨᄒᆞᆫ 슈ᄲᅡᆫ 군졸이 무예와 긔보ᄒᆞᆫ
병이 쳔ᄒᆞᆫ의 최강ᄒᆞ더라 근쳐의 ᄒᆞᆫ 나라히 잇스니 일홈은
율도국이라 중국을 셤긔지 아니ᄒᆞᆫ 슈십ᄃᆡ를 젼ᄌᆞ젼손ᄒᆞ
야 덕화 유힝ᄒᆞ니 나라이 태평ᄒᆞᆫ ᄇᆡᆨ셩이 넉넉ᄒᆞ야 ᄂᆞᆯ 길동
이 졔군과 의논 왈 우리 엇지 이 도즁만 직희여 셰월을 보ᄂᆡ리
오 이졔 율도국을 치고져 ᄒᆞᄂᆞ니 각각 소견의 엇더ᄒᆞ뇨 졔인
이 좃겨 원치 아니ᄒᆞ 리 업ᄂᆞᆫ지라 즉시 ᄐᆡᆨ일 출ᄉᆞᄒᆞᆯ새 삼호
걸노 션봉을 삼고 김인슈로 후군장을 삼고 길동이 스ᄉᆞ로 대
원슈 되야 즁군을 총독ᄒᆞ니 긔병이 오쳔이오 보졸이 이만
이라 금고 함셩은 강산이 진동ᄒᆞᆫ 긔치 검극은 일월을 ᄀᆞ

三三

ᄎᆞ마 셔나지 못ᄒᆞ오며 형장은 ᄃᆡᄀᆞᆷ을 셩졀의 모쳬ᄉᆞ오니 ᄒᆞᆫ
홀비령ᄒᆞᄂᆞᆫ지라 ᄉᆞ흥 향화ᄂᆞᆫ 초졔ᄆᆞᆺ들 어불호지 죄을 만분
지일이ᄂᆞ 덜마ᄒᆞᄂᆞ니 다ᄒᆞᆫᄂᆞᆫ ᄒᆞᆷ긔 사초의 울ᄂᆞᆫ 즉ᄒᆞᆫ 나려
와 길동의 모와 ᄲᅵ씨을 이별ᄒᆞ고 서편ᄒᆞ의 다시 맛나믈 망보ᄒᆞᆫ
ᄂᆞᆫ 못ᄂᆡ 셜ᄉᆞᄒᆞᆫ더라 초셜 일쳐을 진촉ᄒᆞ여 ᄂᆞ국으로 ᄒᆡᆼᄒᆞᆯ셔
길동의 존을 장ᄂᆞᆫ ᄡᅡ솔ᄑᆞ다 이별이오랄지라 초계ᄂᆞᆫ 너의 ᄉᆞ
쳔을 ᄲᅡᆯ편 상졀의 ᄃᆡᄆᆞᆷ손 초을 다시 보게 ᄒᆞ라 ᄒᆞ며 ᄒᆞᆼ음 원치
눈믈이 옷깃슬 젹시ᄂᆞᆫ지라 길동이 ᄉᆞ쇼ᄒᆞᆫ ᄂᆞ고 믈 지며 ᄋᆞᆼ갈 ᄒᆡᆼ
장은 ᄂᆞ국의 도라가와 부인을 모시ᄂᆞ 벙 세무간ᄒᆞ옵 초쳐다
시모들 긔약을 졍치 못ᄒᆞ오니 남북슈 쳔리의 벋호와 강금
의 이불이 ᄎᆞᄂᆞ 쳑영의 나리ᄂᆞᆫ 벋ᄒᆞᆫ 민 속졀 영시 북으로 마 벋
괴려 길을 ᄯᅥ ᄉᆡᆨᄒᆞ며 동으로 흐르ᄂᆞᆫ 믈을 바랄 ᄉᆞ름이오니
싱니ᄎᆞ 별을 당ᄒᆞᆫ 와 그 졍회ᄂᆞᆫ 파ᄎᆞᄒᆞᆫ ᄆᆞ지라 아모리 쳘셕
곧장 인들 ᄎᆞ마 결ᄃᆡ 리오 ᄒᆞ며 ᄂᆞ 구쥴 눈믈이 ᄲᅡᆯ 소링을 ᄉᆞᄎᆞ
셔려 징ᄂᆡ 진실노 벋ᄂᆞᆫ 상심ᄒᆞᆫ ᄇᆞ 되라 강슈. 위ᄒᆞᆫ 여초 렁을 쥰

사ᄂᆞᆫ 도ᄅᆞᆯ 오ᄅᆞ고 도ᄅᆞᆯ ᄒᆞᄂᆞᆫ ᄉᆞᄅᆞᆷ 동이 바야 알게 여ᄌᆞ오ᄃᆡ 소ᄌᆞ 도라와
모ᄌᆞ지졍을 다 펴지 못ᄒᆞ옵ᄂᆞᆫ ᄯᅩᄒᆞᆫ ᄃᆡ궐 영위의 조셕공향
이ᄯᅢ 쳐ᄒᆞ오니 어ᄲᅡᄒᆞᆷ과 이번 길의 ᄒᆞᆷ긔ᄒᆞ오면 조흘 ᄆᆞ
ᄒᆞ나니다 부인이 허락ᄒᆞ시거ᄂᆞᆯ 직일 발힝ᄒᆞ여셔 강의 다ᄃᆞ
ᄅᆞ니 졔군이 뎌쳔ᄒᆞᆫ 쳑을 ᄃᆡ후ᄒᆞ엿ᄂᆞᆫ지라 샹구를 ᄇᆡ에 모
신 후의 복ᄯᅡᆫ 노복을 다 모리치ᄂᆞᆫ 그 형쟝과 어미를 모셔 만경
챵파로 써나가 지향을 아지 못ᄒᆞᆯ너라 슈일 후의 도즁의 이
르러 샹구를 쳥산의 모시ᄂᆞᆫ 날을 갈희여 일봉산의 올나 쟝
례를 모실ᄉᆡ 샤역ᄒᆞᄂᆞᆫ 거동이 능노 ᄀᆞᆺᄐᆞᆫ지라 그 형쟝이 너무
ᄎᆞᆷ담ᄒᆞ믈 놉니너 ᄯᅩ 동ᄉᆡᆼ 형쟝은 의심치 말옵소셔 이ᄂᆞᆫ
즌 조션ᄉᆞ람이 ᄎᆞᆷ옵ᄒᆞᄂᆞᆫ ᄂᆞᆫ 쉬 아니ᄒᆞ며 그 ᄌᆞ식 되ᄂᆞᆫ 져 부모
을 소ᄒᆞᆫ 장ᄒᆞ여셔 죄될 거시 엇나이다 ᄒᆞ더라 ᄉᆡᆼ쟝 후의 도즁
의 도라와 슈일 머무더니 그 형이 ᄂᆞᆫ 향을 도라가ᄆᆞᆫ 긔젼ᄒᆞ거ᄂᆞᆯ
길동이 길을 ᄎᆞ리셔 이별을 ᄂᆞᆫᄒᆞ여 왈 형쟝을 다시 보옵기
나리 막년ᄒᆞ온지라 어미ᄂᆞᆫ 이미 이고 되ᄋᆞᆺᄉᆞ오니 모ᄌᆞ졍니의

홍 三十二

회ᄅᆞᆯ빼흐ᄅᆞᆯᄂᆞᆫ헛틋ᄉᆞᆯ길동이그쳡을모시ᄂᆞᆫᄒᆞᆫᄂᆞᆫ되이르러ᄆᆞ
ᄅᆞ쥐ᄡᆞᆯ이ᄭᅩ셔초재의정ᄒᆞᆫᄯᆞ히로초이다절철이ᄉᆞ벋ᄅᆞᆯᄶᆞᆯ
펴보니즁ᄉᆞᄒᆞᆫ서ᄯᅢ이험악ᄒᆞᆫᄂᆞᆫ누ᄉᆞᄒᆞᆫᄂᆞᆫ총이슈성ᄒᆞᆫ지라
셤니의불ᄒᆡᆼᄒᆞ여ᄡᆞᆯ초재의놈흠초결은ᄊᆡ지못ᄒᆞ되니ᄲᅡᆯ음
은이ᄂᆞᆫ되모ᄅᆞᆯ셤ᄯᅥ이엽ᄉᆞ여다른ᄯᆞ산ᄅᆞᆯ겸부ᄒᆞᆫ라길동이거
짓ᄯᅢ삭ᄡᆞᆯ이ᄯᆞ히비록이러ᄒᆞᆫ오나누되쟝상지ᄉᆞ연ᄲᅮᆫ은형
쟝의초결이불ᄒᆡᆼᄒᆞ오니지ᄯᅢ이로이ᄂᆞᆫᄒᆞᆫᄂᆞᆫ도처을드러보유쳐
을표공셔으ᄶᅵᆨ괴슘시일ᄯᅧ청악ᄒᆞᆫ생이나ᄂᆞᆫᄀᆞᄲᅮᆫ지라그형
이ᄉᆞ거동ᄋᆞᆯ보ᄂᆞᆫ크게놀ᄂᆞ쳐ᄒᆞ여길동의흔ᄅᆞᆯ쟝ᄂᆞᆫᄡᆞᆯ수
쳥의초결쳘선되지ᄅᆞᆯ일쳐시여헛지이당지아여ᄒᆞᆫ기ᄯᅩ바
리다시다른ᄯᆞ히엽ᄂᆞᆫ바ᄂᆞᆫ길동이마로되이의처ᄒᆞᆫᄂᆞᆫ지의쳐도
길이슈쳘니라ᄒᆞᆫ도험ᄒᆡᄒᆞ니여다길현이ᄡᆞᆯ이재슈ᄲᅮᆫ리라
도부모의ᄇᆡᆨ쳡이평안ᄒᆞᆫᄂᆞᆫ지잇스별그원근을취ᄉᆞ치아여
ᄒᆞᆫ리라ᄒᆞᆫ되길동이혐ᄀᆡ장의도라와그ᄯᅢ슴을셜우화ᄒᆞ니
부인이못비의ᄯᅢ나ᄒᆞᆫ시더라ᄯᅢᄅᆞᆯ쌀히쳐되곰영악긴을모

맛당ᄒᆞ니의령쳐근심ᄒᆞ미이제의길동이쳐ᄉᆞ이다ᄒᆞᆯ다바
쎄나려승샹ᄃᆡᆨ의이르러발로승샹뎡의위젼의드러가복지통곡
ᄒᆞ시샹인이ᄌᆞ셰히보니이곳길동이라ᄃᆡ셩통곡ᄒᆞ여의길동
을다리고바로ᄂᆡ당의드러가부인ᄭᅴ고ᄒᆞ시니부인이ᄃᆡ경ᄃᆡ희ᄒᆞ
여길동의손을잡고눈물을나리우시왈네이러쳐질을셩ᄂᆞ니
지샹드리오니쳐ᄉᆞ를셩각ᄒᆞ면도로허춤피ᄒᆞᆫ지라그러ᄒᆞ
ᄂᆡ네그셔이슴ᄉᆞ년은종젹을하조ᄎᆞ어ᄃᆡ로갓던다ᄃᆡ감이
임종시말솜이ᄀᆞ러ᄀᆞᄀᆞᄒᆞ시ᄂᆞᆫᄃᆡ를잇지못ᄒᆞ며도록ᄀᆞ시니
혓지원통치아니ᄒᆞ리오ᄒᆞ시ᄂᆞᆫ그어미를브르시니그모길동
은즐을으로ᄊᆞᆯᄂᆞᆫ공피드러와모ᄌᆞ셔로ᄃᆡᄒᆞ니흔을맏나눈물을
쳐로금치못ᄒᆞ더라길동이부친과그모친을위로ᄒᆞᆫᄒᆞ의그
헌잔을되ᄒᆞ냐ᄊᆞᆯᄎᆞ졔기ᄃᆞᆫ을산즁의은거ᄒᆞ여지리를ᄀᆞᆷ
심ᄒᆞ와ᄃᆡ감의ᄲᆞᆯ녀육탕을쳥ᄒᆞᆫᄃᆞᆫ지핫ᄉᆞᆼ되ᄃᆡ쓰지못게
라힘의초졈이잇숑ᄂᆡ니잇ᄀᆞ그칭이ᄀᆞ말을드ᄌᆞᆫ덕ᄀᆞ반겨
아즉경치못ᄒᆞᆫ말을철ᄒᆞᆫᄒᆞᆫ졔ᄉᆡ이모화밥이맛도록경

을ᄉᆡᆼ각ᄒᆞ여 길동이ᄃᆞ려오거ᄂᆞᆯ 쳔비 쵸셤으로 아지ᄯᆞᆯ
ᄂᆞᆫ 동복형졔 ᄀᆞᆺ치ᄒᆞ여 부모의 유언을 져ᄇᆞ리지 ᄯᆞᆯ나ᄒᆞ시ᄂᆞᆫ
쇼 길동의 모ᄅᆞᆯ 불너 ᄯᅩ마히 ᄃᆡ조라ᄒᆞ여 ᄂᆡ ᄎᆞᆷ을 ᄌᆞᆼᄂᆞᆫ 눈믈을 흘
녀왈 ᄂᆡ 너ᄅᆞᆯ 잇지 못ᄒᆞᆷ은 길동이 나ᄆᆞᆫ 후의 초직이 도졀ᄒᆞᆫ 셔
ᄉᆞ싱 존빈을 ᄯᅩᄒᆞᆫ ᄂᆡ ᄆᆞᄋᆞᆷ의 이ᄯᆡ치 ᄉᆞ럼ᄉᆡ 셰졀ᄒᆞ거든 네
ᄆᆞᄋᆞᆷ이야 더옥 ᄎᆞᆷᄒᆞᆯ나 길동은 녹녹ᄒᆞᆫ 인믈이 아니라 반실
ᄉᆞ라 시ᄯᅢ 너ᄅᆞᆯ 져바리ᄅᆞᆯ 바 엇ᄌᆞ리라 부디 몸을 ᄀᆞᆷ추아 이 부
리지 ᄯᆞᆯ나 보ᄒᆞ여 조아 자시니라 니 향졀의 도라ᄀᆞᄂᆞᆫ 눈을 ᄀᆞᆷ
지 못ᄒᆞ리로다 ᄒᆞ시ᄂᆞᆫ 인ᄒᆞ여 별세ᄒᆞ시니 부인이 긔졀ᄒᆞ시
ᄂᆞᆫ 좌우 다 망극ᄒᆞ여 곡셩이 진동ᄒᆞ더라 길현이 슬픔 망극을
의 졔치 못ᄒᆞ야 눈믈이 비오 듯ᄒᆞ여 부인을 붓드러 위로ᄒᆞ여
여 진졍ᄒᆞ신 후의 초상등졀을 예로 ᄡᅧ 극진이 ᄎᆞ릴ᄉᆡ 길동
의 모ᄌᆞ 더옥 망극이 통ᄒᆞ나 그 졍상이 ᄎᆞᆷ잉ᄒᆞ여 ᄎᆞ마 보지 못
ᄒᆞᆯᄂᆡ 사일ᄒᆞ여 ᄉᆞᆯ곡ᄒᆞᆫ 후의 명사 지ᄉᆞᄅᆞᆯ 구ᄒᆞ여 산장ᄒᆞ려ᄒᆞᆫ
ᄒᆞᄆᆞᆫ 지판 ᄆᆞ리ᄂᆞᆫ 산지ᄅᆞᆯ ᄉᆞ방으로 구ᄒᆞ되

ᄃᆡ소ᄆᆡᆼ굴노소리ᄒᆞᄂᆞ니 리박씨뭇ᄂᆞᆫ 네실의 터 볼쌀 그곤보을
곰초지아니ᄒᆞ시 장부구다 ᄒᆞᄂᆞᆫ 저삼쉬로ᄒᆞ더라 이ᄯᅢ예 길
동이 군ᄉᆞ를거ᄂᆞ리ᄂᆞᆫ 일봉산의드러마산기슭을ᄡᆞᆯ괴뎡망을
경ᄒᆞᄂᆞᆫ 날을ᄀᆞᆯ희여 역ᄉᆞ을시작ᄒᆞ여 좌우산곡과 봉묘를등
파ᄯᅩ치ᄒᆞᄂᆞᆫ 도라와 모든군ᄉᆞ을불너 ᄡᆞᆯ모실묘일디 쳔ᄒᆞᆫ
쳐을 준비ᄒᆞ여 조쳔쳐가 와기다리라ᄒᆞᄂᆞᆫ 부모님을 모쳐
오거시ᄂᆞᆫ 미리아라 거힝ᄒᆞ라ᄒᆞᆫ디 모든군ᄉᆞ 쳥령ᄒᆞᄂᆞᆫ 물너
ᄀᆞ거힝ᄒᆞᄂᆞ니라 이날 길동이 박씨와 졍통ᄉᆡᆼ인을ᄒᆞ야 직ᄒᆞᄂᆞᆫ
조쳔일쳐을지초구ᄒᆞ야 조쳔으로 향ᄒᆞ니라 ● 각설 이ᄯᅢ예
승샹이 본장구실의 조련ᄒᆞ 득병ᄒᆞ여 ᄎᆔ구실 방실 더욱 긔ᄒᆞᆷ
ᄒᆞ여 부인과 장ᄌᆞ 길현을 불너 ᄆᆞ로ᄃᆡ 너나 허구 ᄉᆡᆼ이라 이
졔 죽은들 무ᄉᆞᆷ 한이 잇시리요마는 길동이 비록 쳔쳡 소ᄉᆡᆼ
이나 ᄯᅩᄒᆞᆫ 녀의 골육이라 ᄒᆞᆫ번 묘의 예나 비준 말을 하지 못
ᄒᆞ고ᄂᆞᆫ 임죵의 샹면치 못ᄒᆞ니 엇지 슬프지 아니ᄒᆞ리요 나 죽
은 후 이라도 길동의 모를 ᄃᆡ졉ᄒᆞ여 뎐권ᄒᆞ여 부디 ᄂᆞᆷ구허

홍 … 二十七

더라밧ᄂᆞᆫ부쳐ᄉᆞᄅᆞᆷᄒᆞᆫ물이긔지못ᄒᆞ더라인ᄒᆞ여꼿동ᄒᆡ
슴부인과밧ᄂᆞᆫ압ᄒᆞ쳐ᄒᆡ여ᄋᆞᆯᄒᆞ제족을다지ᄂᆞᆫᄆᆡᆫ제ᄂᆞᆫ도드
리ᄒᆡ니모든군ᄉᆞ눕ᄇᆞᆯ의나와마ᄌᆞ원로의평안이힘ᄒᆞᄉᆞᄒᆞᆫ
시믈위로ᄒᆞᆫᄂᆞᆫ호의위ᄒᆞ야졔도즁의드러와뎌뎐을비셜ᄒᆞ고
ᄂᆞᆯ즐거ᄒᆞ더라셰월이여류ᄒᆞ여졔ᄌᆞ식드리온졔거의승연이
랴ᄒᆞᆯᄂᆞ은졀동이인ᄒᆞᆫ책을ᄉᆞ랑ᄒᆞ야엇ᄒᆞᆫ의비최ᄒᆞ더니문
득쳔문ᄒᆞ고을ᄉᆞᆯ피ᄂᆞᆫ그부친조ᄎᆞᆯᄒᆞᆫ실쥴을ᄲᆞᆯᄂᆞᆫ거리동곡ᄒᆞ고
ᄂᆡ밧셔몸을방군이평싱스러ᄒᆞ시ᄆᆡ영녀ᄂᆞ소ᄆᆡᆯ무ᄉᆞᆷ실로
낙누ᄒᆞ시ᄂᆞᆫ지라졀동이ᄯᆡ예ᄉᆞᆯ나ᄂᆞᆫ쳔지간불효ᄌᆞ라니분
되이곳ᄉᆞᄅᆞᆷ시ᄋᆞ니라조션국홍즁상의쳔쳥초싱이라장
안의쳔되ᄉᆞ심ᄒᆞᆫ조졍으로ᄒᆞᆷ셰치못ᄒᆞᆫ미장부을회졍참
지못ᄒᆞ여부모을ᄒᆞ직ᄒᆞᆫ이곳의와살ᄒᆞ여시나부모의
귀즉을ᄉᆞ모ᄒᆞ더니오ᄂᆞᆯᄂᆞᆯ쳠몸을ᄉᆞᆯ피니부친의유명ᄒᆞ신
명이불ᄌᆞ의셰상을ᄯᅥᄂᆞᆫ실지라니몸이만리외예잇셔ᄯᅢ
쳬득ᄒᆞᆯ치못ᄒᆞ게되니셩친의부친상졀의비용지못ᄒᆞ게

기ᄇᆡ람도ᄒᆞᆫᄯᅢ ᄭᆡᄂᆞ 오ᄅᆡ 길동이 하ᄅᆞᆯ 여쳐 쳥ᄒᆞ여 ᄇᆡᄅᆞ니
믄득 공중으로조ᄎᆞ 무슈ᄒᆞᆫ 신쟝이 ᄂᆞ려와 모든 중들을 결
박ᄒᆞ여 ᄯᅡ희 ᄭᅮᆯ니니 길동이 그 놈의 자분 관을 ᄲᅢ셔 모슈ᄒᆞᆫ을
동을 다 버히고 ᄇᆞ로 드리마셔 ᄌᆞ슴이 잇슬 즁이라 ᄒᆞ니 그 녀ᄌᆞ
을 며ᄂᆞᆯ 쳥등은 요귀 쌍이 오불 칠ᄒᆞ여 요귀의 게 징피셔와
죽으려 ᄒᆞ나 틈을 엇지 못ᄒᆞ여 죽지 못ᄒᆞ엿ᄂᆞ이다 길동이
그 녀ᄌᆞ의 셩명을 므ᄅᆞᆫ즉 ᄒᆞ나흔 ᄇᆡᆨ쳔 ᄇᆡᆨ룡의 녀ᄌᆞ오 ᄯᅩ
두 녀ᄌᆞ 졍 통양 안의 녀ᄌᆞ라 길동이 셰 녀ᄌᆞ를 다리고 도라와
ᄇᆡᆨ룡을 ᄎᆞᄌᆞ 이 ᄉᆞ연을 셜화ᄒᆞ니 ᄇᆡᆨ룡이 평ᄉᆡᆼ ᄉᆞ랑ᄒᆞ던 녀
ᄌᆞ를 ᄎᆞᄌᆞ미 만심 환희ᄒᆞ여 쳔금으로 ᄃᆡ연을 ᄇᆡ셜ᄒᆞ고 쳘
당을 모와 홍셩으로 ᄌᆞ최를 ᄉᆞᄆᆞ지 안코 이흔 ᄎᆞᆫᄒᆞᆫ 남소리
진동ᄒᆞ더라 슈졍 동양 인이 홍셩을 쳥ᄒᆞ여 ᄉᆞ례ᄒᆞ고 ᄌᆞ은 쳬
을 ᄉᆞᆼ풀고 ᄀᆡ리 업슈니 ᄯᅩᄒᆞᆫ 녀ᄌᆞ로 시쳡을 허ᄒᆞᄂᆞ라 다 길동
이 나히 이십이 되ᄆᆡ 풍골이 봉황의 ᄉᆡᆼ뉴홀 모로다마 일즈로 의 삼
부인을 ᄭᅮᆫᄂᆞ니 쳘은 주ᄌᆞᆫ 겸이고 칠ᄒᆞ여 비ᄒᆞᆫ ᄃᆡ랑

라ᄒᆞᆫ대 을동이 더희 ᄯᆡ복이 스ᄉᆞ로 몸을 숨기지 못ᄒᆞ야 ᄉᆞ
췌지 환을 당ᄒᆞ여 명이 황쳔의 도라가게 되여 숑더니 쳔우
신조ᄒᆞᆫ ᄉᆞ변의를 맛나ᄉᆞ오니 셜셩은 긍피 쳘약을 시험ᄒᆞᆫ
초셔 길동이 금낭을 열ᄂᆞᆫ 약ᄒᆞᆫ 봉을 너여 술의 ᄐᆞ주니 그즁
셩이 ᄲᅡ다 마시더니 이옥ᄒᆞᆫ 몸을 뒤치며 소리ᄅᆞᆯ 크게 질너 ᄒᆞ얄
너ᄆᆞ 날노 더부러 일쥭 지은 일이 업거든 무ᄉᆞᆷ 일노 날을 ᄒᆡ허
여 쥭이려 ᄒᆞᄂᆞ뇨 ᄒᆞ며 졔동셩 들을 불너 왈 쳔만 몽외 변을
져을 맛나 명을 ᄆᆞᆺ치게 되니 너희 동은 이 놈을 놋치 말ᄂᆞᆫ니
의원 슈ᄉᆞᆼ을 ᄀᆞᆼ퓨라 ᄒᆞᄂᆞᆫ 일ᄒᆞ여 쥬구니 모든을 동이 일시의
ᄀᆞᆯ을 들ᄂᆞᆫ 니다라 ᄉᆞᆨ치 쳐왈 니 쳥을 무ᄉᆞᆷ 죄로 쥭기나 내
ᄀᆞᆯ을 바드라 ᄒᆞᆫ거날 길동이 ᄃᆡ로왈 계명이 그ᄲᅮᆫ이라 니엇지
쥭여 쓰리오 ᄒᆞᄂᆞᆫᄃᆡ 을동이 ᄃᆡ로ᄒᆞ여 ᄀᆞᆯ을 드러 길동을 치랴
ᄒᆞᆫ거날 길동이 더젹 ᄀᆞ져ᄒᆞᄂᆞᆫ 손의 쳑 쵼지졈이 엇셔 ᄉᆞ쇄
위궁ᄒᆞᆫᄃᆡ 몸을 날녀 공즁으로 다라ᄂᆞ니 을동이 본ᄃᆡ ᄂᆞ말
ᄇᆞᆫ무근 요기라 풍운을 부라ᄂᆞᆫ 조ᄒᆞᆫ ᄇᆡ운ᄒᆞᆫ지라 무슈ᄒᆞ오

내ᄒᆡ 길동을 도ᄅᆞᆫ 왈 그ᄃᆡ 엇더ᄒᆞᆫ 사ᄅᆞᆷ이관ᄃᆡ 이런ᄃᆡ 왓나뇨
길동이 ᄃᆡ왈 나ᄂᆞᆫ 조션국 사ᄅᆞᆷ으로 이 산즁의 약 ᄏᆡ러 왓다가
길을 일코 이런ᄃᆡ 왓노라 ᄒᆞ니 그 즘ᄉᆡᆼ이 반기ᄂᆞᆫ 빗치 잇셔 마로
ᄃᆡ 그ᄃᆡ 능히 의술을 아ᄂᆞ냐 우리 ᄃᆡ왕이 셔로이 미인을 엇은
어젼날 잔치ᄒᆞ며 길긔더니 반ᄃᆡ업ᄂᆞᆫ 활ᄉᆞᆯ이 드러와 우리
ᄃᆡ왕의 마ᄋᆞᆷ을 맛쳐 지금 ᄉᆞ경의 이르럿ᄂᆞᆫ지라 오ᄂᆞᆯ 다ᄒᆡᆼ
이 그ᄃᆡ를 맛낫시니 만일 의술을 알거든 우리 ᄃᆡ왕의 병셰
를 회복게 ᄒᆞ라 길동이 ᄃᆡ왈 ᄂᆡ 비록 편작의 ᄌᆡ조ᄂᆞᆫ 업거니
와 조곰 ᄎᆡᆨ병의 ᄇᆞ의 심치 아니ᄒᆞ노라 ᄒᆞ니 그 군ᄉᆞ 크게 깃거ᄒᆞᆫ
야 안으로 드러가더니 이윽ᄒᆞ야 쳥ᄒᆞ거ᄂᆞᆯ 길동이 드러가 좌
졍ᄒᆞᄆᆡ 그 장ᄉᆔ 즘승이 신음ᄒᆞ며 왈 복의 명이 조모를 보젼
치 못ᄒᆞᆯ너니 쳔우신조ᄒᆞᆫ ᄉᆞ 션ᄉᆡᆼ을 맛나오니 션약을 마르
쳐 ᄌᆞᆫ명을 구졔ᄒᆞ옵소셔 길동이 그 상쳐를 ᄉᆞᆯ펴본 왈 이ᄂᆞᆫ
어렵지 아니ᄒᆞᆫ 병이라 ᄂᆡ게 조흔 약이 잇ᄉᆞ되 ᄒᆞᆫ번 머그면 ᄂᆡ
단 상쳐의 이ᄒᆞᆯ ᄲᅮᆫ 아니라 ᄇᆡᆨ병이 소졔ᄒᆞᆫ 장ᄉᆡᆼ불ᄉᆞ ᄒᆞ리

슈탐ᄒᆞ되종젹이업ᄂᆞᆫ지라밧동이실셩ᄒᆞᆫᄉᆞᄅᆞᆷ이되여거리
로다니며방을붓쳐이르되아모ᄉᆞ람이라도ᄌᆞ식의거쳐을
하라지시ᄒᆞ면인ᄒᆞ여ᄉᆞ회을ᄉᆞᆷᄂᆞᆫ ᄆᆞᄉᆞᆫ을ᄇᆞᆫ분ᄒᆞ리라ᄒᆞᆼ더
라이젹의ᄭᅮᆯ동이망당산의드리ᄆᆞ약을귀더니ᄂᆞᆯ이져믄후
의방황ᄒᆞ며향ᄒᆞᆯ바을아지못ᄒᆞ더니믄득ᄒᆞᆫ곤을ᄇᆞ라보니
불빗치빗초이며여러ᄉᆞᄅᆞᆷ의들네ᄂᆞᆫ소리나거ᄂᆞᆯᄇᆞᆫ겨그ᄂᆞ
즈로ᄎᆞᄌᆞ가니슈ᄡᆡ무리모와ᄯᅥ놀며즐기ᄂᆞᆫ지라ᄌᆞ시히보
니ᄉᆞᄅᆞᆷ은아니요즘싱이로되모양은ᄉᆞᄅᆞᆷ곳ᄐᆞᆫ지라심녀의
의혹ᄒᆞ야몸을곰초오ᄂᆞ그거동을살피ᄆᆡ원ᄅᆡ이즘싱은
쌀흠이울동이라ᄭᅮᆯ동ᄆᆞᄆᆡ이ᄒᆞᆯ을ᄌᆞ보그상좌의안즌쟝
슈을ᄲᅥᄉᆡ경히마ᄋᆞᆷ이ᄲᅡᆺᄂᆞᆫ지라ᄭᅮᆯ동이ᄃᆡ경ᄒᆞ야크게소
리을질으ᄂᆞᆺ거ᄂᆞᆯᄭᅮᆯ동이ᄆᆡ좃ᄎᆞ쟝ᄂᆞᆫ쳐ᄒᆞ다ᄀᆞᄇᆞᆷ이ᄂᆞ
믜장ᄑᆡ시ᄇᆡᆫ소ᄇᆞᆷ글의지ᄒᆞ야ᄇᆞᆷ을지ᄂᆡᄂᆞ익일평명의ᄭᅮᆯ
뎌보니그즘싱이피ᄒᆞᆯ녀거ᄂᆞᆯ피ᄒᆞᆫ젹을ᄯᅡ라슈리을드러
가니큰집이잇스되ᄆᆡ우웅쟝ᄒᆞᆫ지라문을두다리니군ᄉᆞ

룰네다이[illegible]쳥ᄒᆞ군을ᄌᆞ기ᄂᆞᆫᄇᆞᆼᄋᆞ디혀로셰마ᄃᆡ니
쳥도라ᄒᆞᆫᄯᅩ도즁의이그리ᄎᆞᆫᄂᆞᆫ을지으며ᄒᆞ실을지여안
돈ᄒᆞᆫᄂᆞᆫ군ᄉᆞ로ᄒᆞ여곰놈영을심쓰ᄂᆞᆫ각국의왕비ᄒᆞ야믈화
울통ᄒᆞ며무예를슝상ᄒᆞ야범벌을그르치니삼언지서예
균과균량이뫼ᄀᆞᆺᄂᆞᆫ군ᄉᆞ방ᄒᆞ야당젹ᄒᆞ리영을네라일ᄂᆞᆫ은
꿀동이졔군의게붑부왈니망당산의드리마ᄭᆞᆯ촉의ᄲᆞᆯ을
약을키여오리라ᄒᆞᆫᄂᆞᆫ셔나ᄯᅡ쳘현의이르니그ᄯᆡ희만셕군
부즈히스되쳥병은ᄯᅡ종이과남ᄌᆞ영ᄂᆞᆫ일즉ᄒᆞᆫᄂᆞᆫ졍을드어
시니ᄃᆡ용이겸젼ᄒᆞ야침어ᄯᅡᆨ안지상이요폐월슈화지티
라ᄂᆞᆫ쳐를쳥녕ᄒᆞ야이두의문장을마져시며셕은쟝갱
을빙옷ᄂᆞᆫᄉᆞ덕을틔ᄉᆞ을본ᄇᆞ다일언일동이예졀이ᄂᆞᆫ즈
니그니모극귀ᄉᆞ랑ᄒᆞ야아름다온쳐랑을구ᄒᆞ더니나히
십팔의당ᄒᆞ야일ᄂᆞᆫ은풍우되작ᄒᆞ여지쳑을분별치못
ᄒᆞ게ᄒᆞᆫᄂᆞᆫ뇌졍벽녁이진동ᄒᆞ더니ᄯᅡ소졔ᄒᆞᆫᄂᆞᆫ치셩ᄂᆞᆫ지
라ᄇᆡᆨ용의부쳐경황실색ᄒᆞ여 쳔금을흣터ᄉᆞ방으로

히ᄂᆞᆯ너ᄉᆞ길동의혼을ᄌᆞ부시ᄂᆞᆫ왈그더괴ᄭᅳ은어던을ᄀᆞ던
조길동이즈ᄋᆞᆯ산즁의잇ᄉᆞᆸ더니이졔ᄯᅩ조쳘을ᄎᆡ나다시쳘
ᄒᆞᆫ빅을나리엿ᄉᆞ오미ᄒᆞᆫ직ᄒᆞᆯ로ᄒᆞᆺᄉᆞ오며졀하의ᄂᆡ부신덕ᄒᆡᆼ
의졍조ᄉᆞᆷ쳘셕ᄲᅮᆫ즁시ᄇᆞᆯ슈쳘인병이ᄉᆞ라나것ᄉᆞ오니쳥을을
부리나이다상이허락ᄒᆞ시ᄂᆞᆫ왈비ᄂᆞᆫ미ᄅᆞᆯ들나열교로보ᄂᆞᆫ져
ᄒᆞᆫ노라길동이셜교을들ᄂᆞᆫ눈은ᄯᅳ지ᄋᆞ니ᄒᆞ여왈잔이눈을ᄯᅳ
오면ᄂᆞᆯ너실마ᄒᆞᆫ여ᄯᅩ지ᄋᆞᆫ니ᄒᆞ나이다ᄒᆞᆫᄂᆞᆫ이ᄋᆞᆷ귀모겻다ᄆᆞ구
름을ᄐᆞᄂᆞᆫ마ᄇᆡᄒᆞᆫ직ᄒᆞᆯ쳘하의덕ᄒᆞᆫ의졍조ᄉᆞᆷ쳘셕을ᄌᆞ시
니쳥은이마지록ᄇᆞᆼ극ᄒᆞᆫ신지라졍조을병일셔강으로슈
슌ᄒᆞ여즈옹쇼셔ᄒᆞᆫᄂᆞᆫ마ᄲᅮᆫ지라상이공즁을ᄒᆞᆫᄒᆞᆫ야이윽기
부린시며길동의지조을못너ᄒᆞᆺ셕ᄒᆞᆫ시ᄂᆞᆫ잇든날되믄ᄆᆡᆼ상
의ᄒᆞᆫ교ᄒᆞᆫᄉᆞ졍조ᄉᆞᆷ쳘셕을셔강으로슈운ᄒᆞᆫ라ᄒᆞᆫ시니조
신이연ᄂᆞᆫ술아지못ᄒᆞᆫ더라졍조을셔강으로슈운ᄒᆞᆯ시ᄀᆞᆼ
상으로셔실쳑두리ᄯᅥ오되니졍조ᄉᆞᆷ쳘셕을빅의실ᄂᆞᆫ가
ᄯᅥ길동이되쳘을향ᄒᆞ야ᄉᆞ빅ᄒᆞᆫ직ᄒᆞᆫᄂᆞᆫ사모되모ᄀᆞᄲᅮᆫ줄모

ᄉᆞ 이스ᄇᆡᆨ셩부ᄒᆞᆫ네어진을ᄒᆞ여신을키믈ᄒᆞᄂᆞᆫ녜조음ᄉᆞᆯ
운츙냥쳐못ᄒᆞᆫ네리쳔히군심ᄒᆞᄉᆞᄃᆡᄡᆞᆯ이놈의져조ᄂᆞᆫ인력
으로장지못ᄒᆞᆯ지라ᄯᅩ심이ᄅᆞᆫ듯ᄒᆞ요동ᄒᆞᄂᆞᆫ그인져긔특ᄒᆞᆫ지
라ᄎᆞ리리그져조ᄅᆞᆯ취ᄒᆞ야조졍의두리라ᄒᆞ시ᄂᆞᆫ볍조ᄑᆞ쳐쟈
쳥을녀여걸ᄂᆞᆫ갈동을브루시니꼴동이ᄎᆞ쉰을탄ᄂᆞᆫᄒᆞ인슈
샹뎐을거ᄂᆞ리ᄂᆞᆫ동뎜곰으로좃ᄎᆞ소기ᄡᅵᆯ법조ᄒᆞ인이옹위ᄒᆞ
여쳘ᄒᆞ의이르러슐빈ᄒᆞᄂᆞᆫ마ᄅᆞᆫ디쳔은이망극ᄒᆞ와분의의
은ᄐᆡᆷ이되ᄉᆞᄆᆡ의오르오니망극ᄒᆞᆫ은신의ᄆᆞ음이셩은을ᄭᅢ
분지엄도ᄭᆡᄃᆞᆺ지못ᄒᆞᆯᄆᆞ황공ᄒᆞᄂᆞ이다ᄒᆞᄂᆞᆫ도라ᄆᆞ더니이윽
로ᄂᆞᆫ꼴동이다시쟉ᄂᆞᆫᄒᆞ논일이업ᄂᆞᆫ지라ᄀᆞᆨ도의꼴동쟝
ᄂᆞᆫ영을거두시다삼ᄇᆡᆨ후의상이엄야을당ᄒᆞᆫᄉᆞ환조을
거ᄂᆞ리시ᄂᆞᆫ월쟉을키경ᄒᆞ시더니ᄒᆞᄂᆞᆯ노셔ᄒᆞᆫ셜ᄑᆞ이오
윤을ᄐᆡᄂᆞᆫ나려와복지ᄒᆞᄂᆞᆫ지라상이놀니ᄉᆞ마ᄅᆞᆺᄉᆞ더귀한
이ᄂᆞ지의임ᄒᆞ여무슨허믈을이르ᄂᆞᆫ져ᄒᆞᄂᆞᆫ엇ᄆᆞᄒᆞᆫ신더
그ᄉᆞ름이쥬ᄡᆞᆯᄒᆞ오니은젼ᄇᆡᆼ조ᄑᆞ셔홍꼴몽이로ᄒᆞ여다ᄉᆡᆼ

뫼흘 녀ᄋᆞ 치ᄌᆞ보ᄃᆞ리라 ᄒᆞ시니 진장이 ᄆᆡᆼ을 듯ᄂᆞᆫ 공즁으로 나려
마ᄃᆡ 하시ᄒᆞᆫ 후의 즁놈 ᄇᆞᆫ셔 면파졍ᄒᆞᆫ ᄌᆡ 심혀인을 ᄌᆞ보
드리ᄂᆞᆫ 지좌갈동이 이위렴을 베풀ᄂᆞᆫ 호령ᄒᆞ노며 ᄀᆞᆨᄀᆞᆨ 죄활
녀희ᄂᆞᆫ 다시 셰샹을 보지 못ᄒᆞ게ᄒᆞᆯ 터이로되 너ᄆᆞᆷ이 나라의 조
명을 보다 국법을 ᄌᆞ븐 베ᄊᆞ 그로ᄂᆞᆫ 위안셔 ᄒᆞ거니와 실흠의
ᄯᅡ일ᄂᆞᆫ 처지 ᄊᆞ니 ᄒᆞ면 너희 비록 슈ᄯᅡ리 ᄇᆞᆺ기 이쳐도 ᄌᆞᆸ다가
버히리라 ᄒᆞᆫ 엄청일 ᄒᆞᆫ 스의 진뭄 밧과니 처니라 ᄒᆞᆫ 동이 우쯩을
ᄌᆞ보 군ᄉᆞ을 호케ᄒᆞᆫ 진용을 졍제ᄒᆞ야 칠 향을 금ᄒᆞ셔
쳘ᄯᅡ리의 방셜이 ᄂᆞᆫ 족ᄒᆞᆫ 팔 잔풍운의 호령이 엄숙ᄒᆞᆫ지라
갈동이 숨흠 나츠와 ᄇᆞᆺ치고 ᄂᆞᆫ 후의 칼을 ᄌᆞᆸ을 츳거 길팡
이붑ᄂᆞ ᄒᆞᆫ야 힘빗츨 히ᄅᆞᆫ ᄒᆞᆫ 무숙ᄂᆞᆫ 표ᄒᆞᆫ야 공중의 ᄂᆞᆯ니
ᄂᆞᆫ지라 일지쳐의 라 진 ᄌᆡ을 포ᄒᆞ야 신장을 ᄀᆞᆨᄀᆞᆨ 도라보냐니
몸을 ᄯᅦ여 활 비ᄯᅩᆼ 쳐ᄒᆞ로 도라오니라 이ᄒᆞᆨ로 ᄂᆞᆫ 다지을 동웃
장ᄂᆞᆫ 셩이 ᄃᆡ옥구ᄒᆞ ᄒᆞᆫ되 ᄌᆞ최을 보지 못ᄒᆞᆫ ᄂᆞᆫ 동은 쳑ᄀᆞ을 츠밧
지 팔도 ᄂᆡ외에 방문으로 구ᄒᆞᆫ 회보을 아ᄌᆞ셔 그ᄃᆡ 보쟝ᄒᆞᆫ리

구ᄃᆡ 一

호령ᄒᆞ여 조졍으로셔 길동을 잡ᄉᆞᄒᆞᄃᆡ 젼하의 심복을 ᄌᆞ브리
라ᄒᆞ니 신쟝이 영을 듯ᄂᆞᆫ 이윽ᄒᆞᆫ 후의 ᄉᆞᆷ셔 일명을 쳘ᄉᆞ로 결
박ᄒᆞ여 드리니 비건ᄃᆡ ᄉᆞ리되 괴마 빙아리 ᄎᆞ오ᄂᆞᆫ 모양이러라 ᄒᆞᆫ
의 ᄯᆞᆯ니ᄂᆞᆫ 슈죄ᄒᆞᆫ 너희ᄂᆞᆫ 조졍의 좀이 되여 나라ᄅᆞᆯ 소져굿티여
홍길동을 ᄌᆞᆸ던 군을 희군져 ᄒᆞ니 그 죄 맛당히 버일거시로되 실변
이 군궁ᄒᆞᆫ 괴로셔 ᄒᆞ노라 ᄒᆞᆫ 각각 군뮤 곤쟝 삼십도식 쳐너
치니 겨오 죽기ᄅᆞᆯ 면ᄒᆞᆫ지라 길동이 소ᄒᆞᆫ 신쟝을 부러 환송ᄒᆞ니 몸
이 조졍의 쳔ᄒᆞ여 병을 ᄌᆞ보시면 몬침 붕병을 쌍쇄여 각도
ᄌᆞ발을 ᄒᆡ편ᄒᆞ라 ᄒᆞ더니 이제 오리지 상니ᄒᆞ되 조션국을 ᄯᅥ날
지라 그러ᄒᆞ나 부모국이라 만리타국의 잇셔도 잇지 못ᄒᆞᆯ지라
이제로 ᄒᆞᆨᄉᆞ의 마혹쇄 무민ᄒᆞᄂᆞᆫ 좀놈을 실제이 ᄌᆞ보오ᄂᆞᆫ 산ᄒᆞᆫ
쟝ᄉᆞ 걸ᄉᆡᆼ마의 ᄌᆞ셔이 쇄물 ᄉᆡᄂᆞᆫ 쟝ᄒᆞᆫ 빅셩을 소져 젼물을 ᄎᆔ
ᄒᆞᄂᆞᆫ 불의ᄒᆞᆫ 일을 시만ᄒᆞ며 만금이 교만ᄒᆞ되 구ᄎᆞᆫ이 졍괴 쳔ᄡᅥᆯ
의복븜의 빗 초오지 못ᄒᆞᄂᆞᆫ 교신이 나라의 좀미 되여 셩샹의 총
명을 ᄀᆞ리우니 마ᄒᆞᆫ 심ᄒᆞᆫ 일이 허다ᄒᆞᆫ지라 쟝ᄉᆞ의ᄒᆞ오 당지

소균묘괴병이만흠을몃셔길동을쏫려ᄒᆞ되길동은효양으로
마ᄅᆞᆫ방울은아모리쳐쳐모ᄅᆞᆯᄒᆞ지ᄒᆞᄂᆞᆫ방법을쇠젼ᄒᆞ리오만경
인민이그신괴ᄒᆞᆷ을ᄎᆞᆼ냥ᄒᆞ니ᄒᆞ리잇더라이말ᄉᆞ문의즁
을쳐부쳐쓰되ᄒᆞᆫ길동의평상소원지ᄇᆡᆫ조판셔오나견하ᄂᆞ
헌ᄆᆞᆺ은ᄐᆞᆨ을드리우샤소신으로병조판셔유지를주시면신
이ᄉᆞᄉᆞ로ᄌᆞ피ᄒᆞᆯ이다ᄒᆞ엿더라이ᄯᆡ셔ᄒᆞᆫ묘당으셔의논ᄒᆞᆯ서
후ᄌᆞᆺ만채의원을프러ᄌᆞ와ᄇᆡᆨ셩의마음을안돈ᄒᆞᄌᆞᄒᆞᄂᆞᆫ혹은
만ᄇᆡᆯ졔무도불ᄎᆞᆷᄒᆞᆫ도젹으로나라의쳑촌지공은셰고이만
민을초동졔ᄒᆞᆫ졍상의근심을세치ᄂᆞᆫ놈을엇지일국ᄃᆡᄉᆞ
마를쥬리오ᄒᆞ야의논이분운ᄒᆞ여결단치못ᄒᆞ엿더니일ᄂᆞᄂᆞ
을동뒤문밧과뉵벽쳐의마셔유방신쟝을호령ᄒᆞ야진셰를
일워라ᄒᆞ니이슥ᄒᆞᆫ두쟝ᄉᆞ공즁으로셔ᄂᆞ려와국궁ᄒᆞᆫ쟈우
의쳐ᄒᆞ니만뎌셩ᄂᆞᆫ쳔병만마ᄒᆞ야모곳즈로조ᄎᆞ오ᄂᆞᆫ줄모로되일
시의진을일위ᄂᆞᆫ진즁의황금ᄯᅴ을ᄉᆞᆷᄒᆞ고로뭇ᄂᆞᆫ길동을ᄯᅢ
샹의모시니균총이감졔ᄒᆞᆫ위엄이츄상ᄀᆞᆺ더라황진벽ᄉᆞᆯ

ᄒᆞᆫ의셰치ᄅᆞᆫ졔ᄒᆞ니ᄂᆡ주금나라으셔심명시ᄆᆡ죵ᄒᆞ시ᄂᆞᆫ니ᄂᆞᆫ
졔원치ᄆᆞᆯ고일즉춘ᄇᆡᆼ을습ᄒᆞ라길동이부복디왈혁쟝은
염혜치ᄆᆞᆯ으신ᄇᆡᆨ셩초졔를ᄌᆞ보니지되쟝교죵의부모와졔
ᄌᆞ셩ᄉᆡᆼ젼을갑희여ᄉᆞ졔ᄅᆞᆯ삼셩ᄒᆞ여지ᄇᆡ조흔뫼쳐이잇ᄂᆞ이ᄃᆞ
곱ᄉᆞ그셔ᄂᆞᆫ을ᄯᆞᆯ고져ᄒᆞᆫ디길동이ᄃᆡ답지아니ᄒᆞ니곱ᄌᆞ그ᄉᆞ
칠을아지못ᄒᆞ나쟝ᄎᆞ을제ᄆᆞᆯ과ᄯᅩ치ᄇᆞᆯ퇴ᄒᆞᄂᆞᆫ길동을셩ᄎᆞ
ᄒᆞ야경ᄉᆞ로올ᄐᆡ보니니라조졍으셔길동이ᄌᆞ피ᄒᆞ여온ᄃᆡᄆᆞᆺ을
듯ᄂᆞᆫ도감표ᄒᆞᄉᆞᄇᆡᆨ을남디문의미복ᄒᆞ여ᄋᆞᆯ길동이므ᄉᆞᆫ의드ᄅᆞ
거든ᄋᆞᆯ시의춍을노화ᄌᆞ브ᄅᆞ라범복ᄒᆞᄉᆞ라이져의길동이풍ᄉᆞ
ᄯᅩ치ᄌᆞ피ᄒᆞ여오더니엇지이리미을모로이ᄯᅩ동작이ᄅᆞᆯ졀네ᄯᅧ비
수ᄉᆞᆺ쟤ᄅᆞᆯᄯᅥ공즁의ᄂᆞᆯ이ᄂᆞᆫ오더니길동이남디문ᄉᆞᆫ의ᄃᆞᆯᄯᅥ진
ᄉᆞ의포ᄒᆞᄉᆞᆯ시의춍을노흐되춍귀의물이마드ᄅᆞᄂᆞᆫᄒᆞᆫ량ᄒᆞ지
ᄉᆞᆯ제치못ᄒᆞ니라길동이결묘ᄇᆡᆺ기다ᄂᆞᆯ라셩거ᄒᆞᆫ쟝ᄎᆞ을조도
라보와ᄋᆞᆯ너희ᄂᆞᆯ을셩지ᄒᆞ야이꼿가지ᄭᅩᆺ시니그죄ᄌᆞᄑᆞ기ᄂᆞᆫ어
니ᄒᆞ리라ᄒᆞᄂᆞᆫ몸을ᄂᆞᆯ여ᄒᆞ리ᄉᆞᆯ이ᄂᆞᆯ여ᄂᆞᆫᄂᆞᆫ이거러ᄆᆞᆫ져ᄎᆞ

ᄆᆞ지아니ᄒᆞᆫᄃᆡ 이로ᄃᆡ 젼ᄒᆡ 조신의 무ᄉᆞᆯ을 ᄃᆞᄉᆞ림이 ᄭᅥᆺ다지 진
로 ᄒᆞ시니 신이 형벌을 지ᄂᆞ리지 아니ᄒᆞ옵고 본쳠ᄉᆞ ᄉᆞ로ᄒᆞ여곰
나졸을 더ᄒᆞᆷ ᄎᆞ셔ᄒᆞᆫ 여ᄅᆞᆷ 길동이 ᄒᆞᆫ 틈 어우러져 ᄂᆞᆫ지라 좌
우파ᄒᆞ여 져ᄌᆞᆺ 셰히 보ᄋᆞ니 길동은 ᄐᆞᆫᄃᆡ 엿ᄂᆞᆫ 조인 ᄉᆞᆯ 공ᄉᆞᆫ이러
관상이 길동의 기망ᄒᆞᆷ 죵을 ᄃᆞᄯᅥ 노ᄒᆞ사 경상감ᄉᆞ의게 조셔
을 나리오와 길동을 ᄌᆞᆸ공을 ᄃᆞ혹 진축ᄒᆞ시니 라이 져의 경ᄉᆡᆼ ᄒᆞᆷᄉᆞ ᄆᆞᆯ
동을 ᄌᆞᆸ보ᄋᆞᆯ 신신 섬회 ᄒᆞᆫ 지 ᄉᆡᆼ셔 공ᄉᆞ로 젼폐ᄒᆞ니 경ᄉᆞ 조셕
을 괴ᄃᆞ리더니 믄득 교지을 ᄂᆡ려 저ᄇᆞᆯ 북졀을 ᄒᆞᆫ ᄒᆞᆫ 방ᄉᆞ 비후
의 ᄃᆞᆫ결ᄒᆞᆫ 내교지의 ᄆᆞᄅᆞᆫᄉᆞ 되 길동을 잡지 아니ᄒᆞᆫ즉 초인을 보
니 어 형부를 ᄎᆡᆨ망케 ᄒᆞ니 허망 ᄀᆡ ᄀᆞᆫ지 죄를 면치못ᄒᆞᆯ 지라 아
즉 ᄌᆡᆼ즁의 논치 아니ᄒᆞᆫ나니 ᄎᆞᆼ솔비로 길동을 ᄌᆞᆸ부라ᄒᆞ시니 ᄉᆞ
의 ᄉᆞᆷ졀ᄒᆞᆫ 지라 감ᄉᆞ 황공무지ᄒᆞ여 ᄉᆞ방의 지위ᄒᆞ니 길동을
ᄎᆞᆺ더니 일ᄋᆞᆫ 월 ᄉᆞᄅᆞᆷ 당ᄒᆞ여 ᄂᆞᆺ쳔의 비져 되 신화 ᄉᆡᆼ들 보
우희로 ᄎᆞᆺ ᄎᆞᄌᆞ이 나귀 ᄐᆞ고 복지 져 비ᄒᆞ 거ᄂᆞᆯ ᄌᆞ셰히 보니 이ᄂᆞᆫ
길동이라 감ᄉᆞ 좌ᄌᆡ 걸네 ᄂᆞ소ᄉᆡ 문복 ᄌᆞᆷ을 귀위 ᄉᆞᆺ 뒤셔 ᄒᆞ을 ᄃᆞᆯ

[illegible]ᄌᆞᆨ이라ᄒᆞ오랴ᄆᆡ이라ᄉᆞ셔[illegible]ᄂᆞᆫ[illegible]오시다ᄉᆞ
ᄂᆞᆫ도시조졍ᄒᆞ인이걸ᄒᆞᆷ을마리외무ᄉᆞᄒᆞᆫ죄ᄉᆞ신의죄ᄂᆞᆫ사
사로ᄌᆞ이다상이진노ᄒᆞᄉᆞ뫼지져마로ᄉᆞ디ᄂᆡ무ᄅᆞᆫᄒᆞᆫ져믈은
ᄎᆞᆨ쳐아니ᄒᆞ니ᄒᆞᆼ쳔ᄉᆞᄌᆞᆫ을조리ᄅᆞᆫ그저믈을도젹ᄒᆞᆫ
ᄉᆞᄂᆞᆫ초의불을노코ᄀᆞ괴을도젹ᄒᆞ니이ᄲᅮᆫ지ᄉᆞᆫ어디잇ᄂᆞᆫ
야길동등이복ᄌᆞᆨ불도라ᄒᆞ옵ᄂᆞᆫ거시세상을소요ᄒᆞᄂᆞᆫᄇᆡᆨ셩을
ᄒᆞᆨ게ᄒᆞ여팔지아니ᄒᆞ온ᄇᆡᆨ셩의곡식을취ᄒᆞ며ᄯᅩᆺ지아니ᄒᆞ온
ᄇᆡᆨ셩의ᄀᆞ복ᄅᆞᆯ초져부모의발부ᄅᆞᆯ상ᄒᆞ야오랑키모양을ᄒᆞᆸ
ᄒᆞ며ᄐᆞ부을부리ᄂᆞᆫ부세ᄅᆞᆯ도망ᄒᆞ오ᄂᆡ이셰더ᄒᆞᆫ불의거ᄉᆞ
옵ᄉᆞ오며군기을마져마옵기ᄂᆞᆫ신등이산즁의쳐ᄒᆞ야병ᄉᆞ을
ᄒᆞᆨ키中ᄆᆞᄲᅡᄋᆞᆯᄂᆡ세을당ᄒᆞ옵거든시셕을드ᄅᆞᆷ며실균을
도와티평을엇와고져ᄒᆞᆫ미오며불을노흐되노의ᄯᅡᄒᆡ
마개ᄒᆞ옛ᄉᆞ오며신의아비셰되로국녹을먹ᄉᆞ와갑흠보국
ᄒᆞ와셩은을만분지일이라도갑지못ᄒᆞᆯᄆᆞᄒᆞ옹거ᄉᆞᆯ신이엇
지외람이범람ᄒᆞᆫ마음을두오리ᄭᅵ죄을의논ᄒᆞ와도국긔의

ᄒᆞ시ᄃᆞᆫ 마음을 ᄲᅡ뉘지 일이라도 뎌ᄉᆞ라 ᄒᆞ며 주ᄫᆞᆯ 진의 쳘
ᄌᆞ결 ᄃᆞᆼ은 일편 다리의 보ᄒᆞ곤 졈일 공이 잇ᄉᆞ오나 식ᄌᆞᄅᆞ 험
ᄒᆞᆫ 와젹 ᄲᅥᆯ ᄒᆞ오 ᄋᆞ오 ᄌᆞ셔 ᄒᆞᆫ 나여 ᄯᆡ결 동이 일시의 다리을 것ᄉᆞᆫ
일공 졈을 셔로 ᄌᆞ랑 ᄒᆞᄂᆞᆫ지라 승강이 그치 ᄋᆡ긔을 ᄭᅩᆯ히지 못
ᄒᆞᆯᄉᆞ 우구ᄒᆞᆫ 마음ᄋᆞᄌᆞ 이기지 못ᄒᆞ야 일ᄒᆞ여 긔결ᄒᆞ 저ᄲᅥᆯ 쌍이
놀너시ᄉᆞ 궁피 ᄭᅡᆨ우을 명ᄒᆞ여 구ᄉᆞᆯᄒᆞ시되 회셩ᄒᆞᆯ 기러 쉽
더니 여ᄃᆞᆯ 겹 ᄃᆞᆼ이 ᄀᆞᆨ 기낭ᄌᆞᆼ으로셔 ᄃᆞᄒᆞ고 ᄐᆞᆫ 할ᄉᆞᆨᄂᆞᆫ 그 셕닉
여셔로 ᄒᆞᆺ도와ᄉᆞ ᄉᆞᆼ의 잉의너ᄒᆞ니 이시후의 회친ᄒᆞᆫᄂᆞᆫ지라
여ᄃᆞᆼ결 ᄃᆞᆼ이 ᄋᆞᆯ ᄃᆡ며 아뢰되 신의 팔ᄌᆞ 무상ᄒᆞ와 흉모의 쳐비
의 ᄇᆞᆫᄅᆞᆯ 비러 낫ᄉᆞ오 마 아비와 혐을 입으로 부르지 못ᄒᆞ옵ᄂᆞᆫ
결ᄒᆞ여 ᄆᆞᄌᆞᆷ의 시러ᄒᆞᄂᆞᆫ 저의ᄉᆞ와 보젼치 못ᄒᆞ오ᄆᆡ 몸을 산
협의 보쳐 ᄎᆞ목 파ᄒᆞᆸ고 느ᄌᆞᄒᆞ셧더니 ᄒᆞᄂᆞᆯ이 미어녀 긔ᄉᆞ 젹
당의 ᄉᆡᆼ져ᄊᆞ오나 일즉 반쳥의 지뭇ᄉᆞ은 ᄎᆔᄒᆞ도 ᄎᆔᄒᆞᆸᄂᆞᆫ 빈형ᄉᆞᆺᄉᆞᆫ
ᄉᆔ령의 뇌물파 블외ᄒᆞᆫᄂᆞᆫ 놈의 졍ᄅᆞᆯ ᄋᆞᆯ아 쳐ᄲᅥᄉᆞᆺᄉᆞᆫ 흑ᄀᆈ의 나라
과ᄉᆞᆼ을 도젹ᄒᆞᆫ여ᄊᆞ오나 군비기 일체오니 ᄌᆞ식이 ᄯᅥ비 긧ᄲᅥ미

마로ᄃᆡ 네 마무손 길동 잇다 네 마ᄎᆞᆷ 길동 ᄉᆞᆯ다 ᄒᆞᆫ들 쉬로 ᄋᆞᆷ) 슈ᄒᆞᄉᆞ
니ᄆᆡ ᄒᆞᆫ틔여 우리 ᄌᆡ궁 그니 도로 허일 쟝마 ᄑᆡ 이ᄅᆡ라 만조졔신이
며 작우나 쟝이 그 진위ᄅᆞᆯ 아지 못ᄒᆞᄂᆞᆫ 져자 졔상이 쥬ᄇᆡᆯ지ᄎᆞ난
막여 부모니 이졔 ᄒᆞᆼ모ᄅᆞᆯ 핀초ᄒᆞᄉᆞ 그쳐ᄌᆞ 길동을 ᄉᆞᆯ라드리
라 ᄒᆞᆫᄃᆡ 상이 소쳐 상이 오리녀 기ᄉᆞ 즉시 ᄒᆞᆼ모ᄅᆞᆯ 부ᄅᆞ시니 승상이 조
뎡ᄋᆞᆯ 이어 부지ᄒᆞᄂᆞ니 상이 마ᄅᆞᄉᆞᄃᆡ 경이 일즉ᄒᆞᆫ 길동을 두엇
다 ᄒᆞ더니 이졔 ᄉᆞᆼ이 되여 ᄉᆞ사 ᄒᆡᆼ적ᄒᆞᆫ 셜피 지경이 ᄌᆞ시 이갈
히여 형초ᄅᆞᆯ 착반 궤ᄆᆞᆯ나 ᄒᆞ시니 승상이 채응ᄌᆞ유왕실 사ᄒᆞᆼ실
을 잡귀지 못ᄒᆞ와 쳔쳡을 ᄆᆞᆺ 가히 ᄒᆞᆫ 지고 쳔ᄒᆞᆫ ᄌᆞ식을 ᄃᆞ려
젼하의 근심이 되옵ᄂᆞᆫ 조칭이 분음ᄒᆞ오나 신의 죄 만번 쥭어
도 ᄆᆡᆺ당ᄒᆞ오이다 ᄒᆞ며 방슈의 눈물이 ᄂᆞᆯ음ᄌᆞ 길동을 삭지져
ᄭᆞᆯ 네 아모리 블츙블효ᄒᆞᆫ 놈이라도 우희로 셩상이 친림ᄒᆞᄉᆞ
신ᄂᆞᆫ 바금 아ᄅᆡ로 아비 잇거ᄂᆞᆯ 져쳐 쳔쉬ᄒᆞ시의 균부ᄅᆞᆯ 밀근ᄒᆞᄉᆞ
니 블측ᄒᆞᆫ 죄 더옥 큰지라 ᄲᆞᆯ니 형벌의 나아가 쳔명을 슌슈ᄒᆞ
라 ᄯᆞᆯ일 그리 치작ᄒᆞ면 네 도젹의 너 모ᄎᆞᆷ 쥭어 셩상의 진노

반네지은 죄니 하날과 ᄉᆞ람을 원망치 못ᄒᆞ여도 부친과 나ᄂᆞᆫ
목젼의 너을 쥭이ᄂᆞᆫ 줄노 명도을 ᄯᅳᆺᄒᆞᆯ ᄉᆡᆼ이란 바 엇지 이를 ᄎᆞ마 세ᄃᆞᆺ
지 못ᄒᆞᆫ 이러ᄐᆞᆺ 번남ᄒᆞᆫ 죄을 지엇ᄂᆞ냐 쳔츄을 셜고 ᄒᆞ여도 졍
나 ᄉᆞ불이 오ᄂᆞᆯ 밤의 ᄇᆡ치 못ᄒᆞ리로다 ᄒᆞ니 꼿봉이 ᄎᆡᆨ을 츄ᄉᆞᆯ이
블ᄉᆞ도 ᄒᆞ며 동심ᄒᆞᆫ 동이 본리 부칙 약ᄒᆞᆫ 졔을 드지 말고 져블이 ᄆᆡᄋᆞ
니오라 ᄑᆞᆯ ᄌᆞ 괴박ᄒᆞ여 쳥셜되믈 ᄋᆡᆼ셜ᄒᆞᆫ ᄋᆡᆯ셤 더러 마ᄋᆞᆷ의 시
귀ᄒᆞᄂᆞᆫ ᄉᆞ건을 피ᄒᆞ여 졍쳐 셩ᄉᆞ 다니다 마 칠ᄆᆡ 몽미 밧긔 몸미
젹당의 져 잔시 셩취ᄒᆞᆯ 븟쳣 ᄉᆞ더니 ᄌᆞ 죄명이 이 예 ᄇᆡᆺ쳐 쏫ᄋᆞ
니 ᄆᆡᆼ일의 ᄌᆞ계 ᄌᆞᆷ ᄂᆞᆫ 연유을 쟝계ᄒᆞ옵ᄂᆞᆫ 조졔을 쳘박ᄒᆞ여
나라의 밧ᄎᆞ 옹ᄉᆞ 쳐ᄒᆞ며 당화로 ᄂᆡ외을 시우ᄂᆞᆫ 평셩의 감ᄉᆞ 길
동을 쳘셔로 결박ᄒᆞ여 보ᄂᆡᆯ셔 참연이 ᄂᆞᆺ빗ᄎᆞᆯ 드치ᄂᆞᆫ 희옴
일쳬ᄉᆞ 눈물을 ᄂᆡ리우더라 이젹의 ᄑᆞᆯ도 의쳐 다 ᄀᆡᆨ의 길 ᄂᆞᄒᆞᆯ ᄉᆞᆫᄇᆡᆨ
노라 쟝문ᄒᆞᆫ 나라의 ᄉᆞᆯ이 ᄉᆞ람마다 으ᄒᆞᆨ ᄒᆞᄂᆞᆫ 도리 ᄂᆞᆸ쥬 ᄒᆞᆫ
여키 경ᄒᆞᄂᆞᆫ ᄉᆞ롬 키 잘 이 ᄭᅦ여 그 ᄌᆡ롤 아지 못ᄒᆞᆯ ᄲᅢ 리 진ᄒᆡ이 보
임ᄒᆞᆫ ᄉᆞ어당 길동을 국문ᄒᆞᆯ시 어ᄉᆞ

ᄒᆞᆫ방의드리와좌우ᄅᆞᆯ치우ᄂᆞᆫ고로긔미왕이무상ᄒᆞᆫ바ㅣ어
라내이려셔징을셔ᄂᆞᆫ혹외사저이ᄯᅢ노니반ᄆᆞᆫ방음이도로
허ᄉᆞᆯ프도다네쳐리ᄒᆞᆫ풍도ᄉᆞ지조로엇지이럿듯불측ᄒᆞᆫ일
ᄋᆞᆯᄌᆞ져ᄒᆞ여부쳥의은원을ᄊᆞ게ᄒᆞᄂᆞᆫ뇨ᄊᆡᆼ곡의ᄋᆞ구미ᄒᆞᆫ바쳔
들도임금의게츙셩ᄒᆞᄂᆞᆫ이ᄉᆡᆼ브르게ᄒᆞ도록ᄒᆞᆯᄌᆞᄉᆞᄂᆞᆫ지라너ᄂᆞᆫ
쳥쳔이총명ᄒᆞᆫ져조ᄂᆞᆫ파범실파크게당ᄒᆞᆫᄯᅢ당히더ᄉᆞ록
ᄒᆞ오ᄋᆞᆯᄉᆞᆼᄉᆡᆼᄒᆞᆯ소ᄅᆞᆷ으로쳐몸을그른ᄃᆡᄇᆞ려츙효의당ᄒᆞ셔ᄂᆞᆫ
범인드므못ᄒᆞ시엇진ᄒᆞᆫ심치아니ᄒᆞ리오그부형되ᄂᆞᆫ져그ᄭᅥᆺ
든ᄂᆞᆫ명ᄒᆞᆫᄌᆞ제을두다ᄒᆞ셔심독히ᄌᆞ부되니도로쳐부형의
게ᄂᆞᆫ신을ᄀᆞᆺ치ᄂᆞᄂᆞᆫ네이제ᄒᆞᆫ의ᄋᆞᆼ을취키ᄒᆞ야ᄌᆞ지의도과마도그
부형은아쳐모ᄋᆞᆷ이잇ᄉᆞᆯ재라ᄒᆞ옴을며셔ᄆᆡᆼ을무릅쓰ᄂᆞᆫ죡게
되니그부쳥의마ᄋᆞᆷ이야다시엇더ᄒᆞᄒᆞ랴국법이ᄉᆞ젼시엄ᄒᆞᆫ스
니아모리구원코ᄌᆞᄒᆞ여도엇지못ᄒᆞᄂᆞᆫ이ᄀᆞᆺᄒᆞ여쳘위ᄒᆞᄂᆞᆫᄃᆞᆯ무
ᄉᆞᆫᄒᆞᆫ쳠이잇ᄉᆞ랴너ᄂᆞᆫ부형의낫ᄎᆞᆯ보와죽기를ᄀᆞᆸ심ᄒᆞᄂᆞᆫ왓
시나ᄂᆞᆫ두렴ᄒᆞᆫ비쳑ᄒᆞᆫ마음이너와ᄂᆞᆫ본셔ᄉᆞ셔더ᄒᆞᆫ지라너

낼평ᄒᆞᆯ지어죄ᄅᆞᆯ나라의어두어놓시신마음이병이되여에
ᄌᆡ능은장ᄒᆞ이지못ᄒᆞ게되시니부친ᄆᆡᆼ실날노인ᄒᆞ샤채장
으ᄉᆞ보리지ᄆᆡᆼ네시ᄅᆞᆯ서도부ᄆᆡᆼ을잃은즉어지ᄒᆞ의간들쳘축
ᄆᆡ티예불충불효ᄒᆞᆫ자죄ᄅᆞᆯ유젼ᄒᆞᆯ자작ᄒᆞᆫ그나ᄯᅩ우리일
난금의원통쳐앙수ᄒᆞᆯ샤네엇지복ᄒᆞᆫ쵸견으로이ᄅᆞᆯ졍각지
못ᄒᆞᄂᆞᆫ냐네이죄명을마지은세상의ᄉᆞᆷ낭할진ᄃᆡᄉᆞ랑의비
록잇셔ᄒᆞᄂᆞᆫ초ᄉᆞᄒᆞᆫ쳔벌이ᄉᆞ졍이잇스랴이제맛당히쳔명
을ᄉᆞᆯ고ᄒᆞ후ᄒᆞ샤조졍쳡모을지ᄆᆡᆨ실샘이다쓰어진ᄒᆞ리오내
일쳔ᄒᆞ고노랑오길을보리노라ᄒᆞ엿더라
금ᄉᆞ도임ᄒᆞ후의공ᄉᆞ를폐ᄒᆞ은졀ᄒᆞ의군심팔부친의병세를쎰
혜ᄒᆞ여ᄉᆞ자음으로ᄆᆡᆼ을보니며참여갈동이ᄉᆞᆯ마보로더니일
조을ᄒᆞ외이아뢰되엿더ᄒᆞᆫ쵸부이ᄲᅡᆨ기와동젼ᄒᆞ다ᄒᆞ거ᄂᆞᆯ즉
ᄉᆡᆼᄆᆡ조드러ᄀᆡ그ᄉᆞ굼이셥수의업더여죄ᄅᆞᆯ청ᄒᆞᆫ지라감
조ᄂᆞᆫ치뎐부그현는을모르니니참혹ᄒᆞᆷ을앗지죠졔갈동을
묘ᄒᆞ도ᄌᆡᆨ도잇ᄆᆞᄒᆞᆫ[illegible]동의손을잡고왈

라 길ᄎᆡ으로 경ᄉᆡᆼ 감ᄉᆞ를 보위ᄒᆞ신 벌을 쟝ᄒᆞ야 주시니 ᄯᅩ 쳐
황은을 ᄇᆞᆺ비치ᄉᆞᄒᆞᆫ 경ᄉᆡᆼ도의 나라와 ᄇᆡᆨ셩의 힘 판ᄒᆞ야 방
ᄎᆞ곡ᄒᆞ히 방셔를 븟쳐 골동을 ᄒᆞᆺ스니 그 방셔의 ᄒᆞ여시되
대범ᄉᆞ람이 복직지ᄂᆞᆫ 의나 ᄆᆡᆫ 오류시ᄉᆞᆨ 오륜 즁의 근본이 ᄋᆞᆺ
음이라 ᄉᆞ람되ᄂᆞᆫ 오륜을 바리면 ᄉᆞ람이 아니라 ᄒᆞᆫ나니 의졔녀
ᄂᆞᆫ지 ᄎᆡ왜 셕젼이 범ᄉᆞ람드곤 더ᄒᆞ되 이를 모로니 엇지 의
댱지 아니ᄒᆞ리요 우리 ᄲᅢ 디로 국은을 입어 ᄌᆞᄌᆞ 손ᄌᆞ히 녹을
ᄇᆡᆼ두니 망극ᄒᆞᆫ 마음이 갈ᄉᆞ록 보국ᄒᆞᄂᆞᆫ 더니 우리의게 밋쳐ᄂᆞᆫ 불
ᄂᆞ 불ᄆᆞ무ᄉᆡᆼᄆᆡ 셩명을 감ᄎᆞ 어니 꼿되 ᄆᆡᆺᄎᆞᆷ 줌모로 게되니 엇
진ᄒᆞᆫ 산타 ᄉᆡᆼ리이며 날[illegible] 쳑ᄌᆞ 어니 되의 섭ᄉᆞ 죄요 만ᄡᅳᆫ 우리
문ᄒᆞ여셔 ᄂᆞᆺ출 은진실노 ᄉᆞᆺᄒᆞᆫ지 못ᄒᆞ엿도다 네의 죄목을
젼하 진ᄂᆞᆫ ᄒᆞᆫ시니 맛당이 극형을 힝ᄒᆞᆯ 거시로되 ᄀᆞ졀국 쳔
은이 망극ᄒᆞ사 죄를 더ᄒᆞ지 아니ᄒᆞ시고 ᄂᆞᆯ을 명ᄒᆞ스 녀을 ᄎᆞ
부랑ᄒᆞᆫ 흉식이 망극ᄒᆞᆫ 망을노로 허황공ᄒᆞ여 팔셩노쳔이
ᄇᆡᆫᄉᆡ모던의 낭노ᄒᆞ야곰 즉ᄉᆡᆼ구려ᄒᆞ지던 즁의 비미련ᄒᆞᆫ

쳥ᄒᆞᆫ 여집의도라와ᄯᅥᆨ을ᄡᅳ르지아니ᄒᆞ고병츅의모셔조ᄎᆞᆷ의
나ᄋᆞᄀᆞ지아니ᄒᆞᆫ지임무ᄃᆞᆯ이나문지라조졍ᄉᆞ권을아지못ᄒᆞ더
니믄득법판이나와조명을젼ᄒᆞ되ᄉᆞᆷ상을젼옥의나류ᄒᆞ고판
셔를핍ᄌᆞ초ᄒᆞ시난지라 일가황〻분쥬ᄒᆞ더라 판셔결하의나ᄋᆞ
ᄀᆞ되죄ᄒᆞᆫ 나상이ᄀᆞᄅᆞᆫ셔ᄌᆞ경이셔제길동이날ᄯᅥᆫ의도적이되
여범남ᄒᆞᆫ미이ᄀᆞᆺᄐᆞ니그죄을의논ᄒᆞᆫ뎐 ᄆᆡᆺ당이연좌홀거시로
되고위안셔ᄒᆞᆫ나니 이제로경상도의나려ᄀᆞ길동을ᄌᆞ바죵씨
일믄지환을면제ᄒᆞ라ᄒᆞ시니 길현이복지쥬왈쳔ᄒᆞᆫ동
싱이일즉ᄉᆞ름을쥭이고도망ᄒᆞ여나ᄀᆞᆺᄉᆞ오미죵젹을모
로옵더니 이러ᄐᆞᆺ즁죄을지으니신의죄맛당히버혐즉ᄒᆞ오
며신의아비나히팔십의쳔ᄒᆞᆫ 조식이나라의도적이되엿ᄉᆞ
오미일노병이되여ᄉᆞ경의잇ᄉᆞ오니복원젼하는하히ᄀᆞᆺᄐᆞᆫ
은덕을니리오ᄉᆞ신의아비로ᄒᆞ여곰집의도라ᄀᆞ조병ᄒᆞ게ᄒᆞ
시면신이나려ᄀᆞ와셔제길동을ᄌᆞ바젼하의밧치리다ᄒᆞᆫ대상
이그효셩을감동ᄒᆞᄉᆞ홍모ᄂᆞᆫ진의로보ᄂᆡ여치병ᄒᆞ라ᄒᆞ시

치탈ᄒᆞ니장안ᄇᆡᆨ관이ᄀᆞ장막심ᄒᆞ더라 혹초친을타고쟝
안ᄃᆡ로ᄃᆡ로왕ᄂᆡᄒᆞ며작난ᄒᆞ니상하인민이서로의혹ᄒᆞ야교이
ᄒᆞᆫ일이만ᄒᆞ여일국이소동ᄒᆞᄂᆞᆫ지라상이크게근심ᄒᆞ시더니
우승상이주왈신이듯ᄉᆞ오니도적ᄒᆞᆫ길동은젼승상홍모의셔
ᄌᆞ라ᄒᆞ오니이제홍모를ᄀᆞ두시고그형이조판서길현으로경
샹감ᄉᆞ를보ᄂᆡ옵셔날을졍ᄒᆞ여그셔졔길동을ᄌᆞ밧치
라ᄒᆞ오면졔아모리불츙무도ᄒᆞᆫ놈이나그부형의낫츨보와
ᄉᆞᄉᆞ로잡필ᄀᆞᄒᆞᄂᆞ이다상이이말ᄉᆞᆷ을드르시고즉시홍모를ᄂᆞ음
부의ᄀᆞ두라ᄒᆞ시고길현을핏초ᄒᆞ시니라 이적의홍승상이
길동이ᄒᆞᆫ번ᄯᅥ난후로소식이업셔거칠를모로며니ᄃᆞ의무
슨일이잇슬ᄀᆞ염예ᄒᆞ시더니 쳔만몽밧긔길동이나라도
적이되여이러ᄐᆞᆺ작난ᄒᆞ미놀나온마음이엇지홀쥴모로고
이ᄉᆞ연을미리나라의품ᄒᆞ괴도어렵고모로노체안짓괴도
어려워일염의명이되여쳔셕의인ᄂᆞᆫ고이지못ᄒᆞᄂᆞᆫ지라쟝ᄌᆞ
길현이ᄌᆞ조ᄑᆞᆫ셔의잇더니부친의병세위즁ᄒᆞ시미말미를

활이고슈졔왈너희을일병벼힐거시로되이슈이영살열도
라보니괴로너희도방송ᄒᆞᄂᆞ니도라ᄀᆞ일후의ᄂᆞᆫ다시ᄎᆞᆼ장균
잡긔을셩의치말나ᄒᆞ니이업이그졔야인간인쥴을아ᄂᆞᆫ븟그
러아모말도못ᄒᆞ고머리을슈긔ᄌᆞᆷ〻ᄒᆞ더니이윽기안자다ᄀᆞ
좀교조오더니뮤득셔다르니ᄉᆞ징을요동치못ᄒᆞ고뉸의모니
눈거셔업ᄂᆞᆫ저라쥭도록배셔ᄂᆞ니ᄆᆞ쥭푸되예드럿ᄂᆞᆫ지라그
압푸ᄯᅩᄆᆞ쥭푸더니두리달여거날ᄉᆞᆯ너보니어졔밤의ᄭᅮᆷ긔잡
피여ᄌᆞ탄ᄉᆞ롬이요뮨경으로보뇌군ᄉᆞ라이업이어이업셔우
어왈나ᄂᆞᆫ엇더ᄒᆞᆫ소년의게속거여이리〻ᄒᆞ엿거니와너희난
엿쳔년고ᄃᆞ므르니그군ᄉᆞ셔로우어왈소인등은아모쥬겸의
셔ᄌᆞᆼ옵더니엇지ᄒᆞ여이고디이른쥴아지못ᄒᆞᄂᆞ니이다ᄒᆞᆫᄉᆞ
면을살펴보니강안북야일네라이업왈허망ᄒᆞᆫ일이로다
승마발구치말나ᄒᆞ더라이쳐의길동의슈단이신츌귀몰ᄒᆞ
야팔도의횡ᄒᆡᆼᄒᆞ되ᄂᆞᆷ희알저업ᄂᆞᆫ저라슈령의갑상을쳑발
ᄒᆞ여어ᄉᆞ로출도ᄒᆞ야션참후계ᄒᆞ며각읍진공뇌믈을노〻

샹ᄒᆞᆫ 백셩을 구휼ᄒᆞ거ᄂᆞᆯ 너희 놈이 나라ᄅᆞᆯ 소기고 임군의게
무고ᄒᆞ여 오ᄅᆞᆫ ᄉᆞᄅᆞᆷ을 해코져 ᄒᆞ미 진나라의셔 ᄂᆞᆫ 긋토 잔ᄉᆞᄒᆞᆫ 뉴
를 ᄌᆞ부다 ᄀᆞ다ᄅᆞᆫ ᄉᆞᄅᆞᆷ을 경계코져 ᄒᆞ시니 ᄒᆞᆫ치 ᄇᆞᆯ나ᄒᆞ고 황전
역ᄉᆞ을 명ᄒᆞ여 왈 이 업을 ᄌᆞ부ᄒᆞᆫ 도의 ᄂᆡ두 쳐영 블츌세계ᄒᆞ라
ᄒᆞ니 이 영이 머리ᄅᆞᆯ ᄯᅡ희 ᄃᆞ다리며 ᄉᆞ죄 왈 파연ᄒᆞᆫ 장군이 과음
의 다니며 작난ᄒᆞ와 민심을 소동케 ᄒᆞ시미 국왕이 진노ᄒᆞ시
긔로 신ᄌᆞ의 도리의 안ᄌᆞᆺ지 못ᄒᆞ와 발포ᄒᆞ오 봉명ᄒᆞ고 나와
ᄊᆞ오니 인간의 무죄ᄒᆞᆫ 목숨을 안셔ᄒᆞ옵소셔 무슈히 ᄋᆡ결ᄒᆞ
니 좌우 졔인이며 쳔상으셔 그 거동을 보고 크게 우희며 군ᄉᆞ을
명ᄒᆞ야 이 업을 히박ᄒᆞ여 졍상의 안치고 술을 권ᄒᆞ며 왈 그ᄃᆡ
머리을 드러 날을 보라 나ᄂᆞᆫ 꼿쥬쳔의셔 맛ᄂᆞ던 ᄉᆞᄅᆞᆷ이요 그
ᄉᆞᄅᆞᆷ은 꼿ᄒᆞᆷ긔 동이라 그ᄃᆡ 긋트 이ᄂᆞᆫ 슈만 명이라도 나ᄅᆞᆯ 좁
지 못ᄒᆞᆯ지라 그ᄃᆡ을 유인ᄒᆞ여 이리 오거난 우리 위엄을 뵈게
ᄒᆞ미요 일후의 그ᄃᆡ와 ᄀᆞᆺ치 범남ᄒᆞᆫ ᄉᆞᄅᆞᆷ이 잇거든 그ᄃᆡ로 ᄒᆞ
여곰 말이ᄅᆞ게 ᄒᆞᆷ이로라 ᄒᆞ고 ᄯᅩ 두 어ᄉᆞᄅᆞᆷ을 ᄌᆞ부ᄂᆞᆫ려 경ᄎᆞ의

즁으로ᄀᆞ더니구쇼년이몸을솟ᄉᆞ층암졀벽우희올나안즈
며왈그ᄃᆡ심을다ᄒᆞ여날을ᄎᆞᄌᆞ면그용녀를마하알여라ᄒᆞ거
날이엽이셩젼긔력을ᄃᆞᄒᆞ야구쇼년을ᄎᆞᄌᆞ니그쇼년이몸을도
라안즈며왈쟝ᄉᆞ로다이만ᄒᆞ면홍길동ᄌᆞᆸ기를념예치아니ᄒᆞ
리로다그도젹이지금이산즁의잇시니문첨드러마탐저ᄒᆞ
고올거시니그ᄃᆡ난이고ᄃᆡ잇셔ᄂᆡ의도라오기를지ᄃᆞ리라ᄒᆞ거
날이엽이허락ᄒᆞ고그고ᄃᆡ안져기ᄃᆞ리더니이윽ᄒᆞ야형용이
괴피ᄒᆞᆫ군ᄉᆞ슈십인이다황젼을쓰고오며워여왈네포도ᄃᆡ쟝
이엽인ᄃᆞ우리지부ᄃᆡ왕의명을보ᄂᆞᆫ녕을ᄌᆞᆸ부러왓노라ᄒᆞ고
일시의달녀드러결쇄로묵거가니이엽이혼불부신ᄒᆞ야저
ᄒᆞᆫ인쥴인마인쥴모로고ᄀᆞ더니경각의ᄒᆞᆫ고ᄃᆡ이르니의희
ᄒᆞᆫ와미궁궐ᄀᆞᆺᄒᆞᆫ지라이엽을ᄌᆞᆸ쳠하의ᄭᅮ리니쳔상으셔
슈죄ᄒᆞᄂᆞᆫ소리나며ᄭᅮ지져왈네감이활빈당쟝슈홍길동
을슈히보고ᄌᆞᆸ긔로ᄌᆞ당ᄒᆞᆫ다홍쟝군이하날의명을바다팔
도의ᄃᆞᆫ이며탐관오리와비리로취ᄒᆞᆫᄂᆞᆷ의ᄌᆡ물을아셔불

날쥬졈의드러쉬더니이윽고엇던ᄒᆞᆫ소년이나귀를타고동ᄌᆞ
슈인을거ᄂᆞ리고드러와좌졍ᄒᆞᆫ후의셩명과거질를통ᄒᆞ고담화
ᄒᆞ더니그셔ᄉᆡᆼ이ᄌᆞ탄왈보쳔지ᄒᆞ막비왕토요솔토지민이
막비왕신이라이제도젹홍길동이팔도의작난ᄒᆞ여민심을
요란케ᄒᆞ미쳔하진로ᄒᆞᄉᆞ팔도의칭관ᄒᆞ여방곡의지위ᄒᆞ
여ᄌᆞ부라ᄒᆞ시되종시잡지못ᄒᆞ니분완ᄒᆞᆫ마음은일국이ᄒᆞᆫᄀᆞ
지라날ᄀᆞᆺ튼ᄉᆞᄅᆞᆷ도약간용ᄆᆡᆨ이잇셔이도젹을ᄌᆞ바나라의근
심을덜고져ᄒᆞ되힘이녁〻지못ᄒᆞ고뒤를도을ᄉᆞᄅᆞᆷ이업스
미기탄이로다이업이그셔ᄉᆡᆼ의모양을보고말을드르미진
슬노의괴남자라심니예경복ᄒᆞ야나ᄋᆞᄀᆞ손을잡고왈장ᄒᆞ다
이말이여츙의을겸ᄒᆞᆫᄉᆞᄅᆞᆷ이로다니비록용녈ᄒᆞ나죽기로
써그ᄃᆡ의뒤ᄒᆞᆯ도을거시니날과ᄒᆞᆷ긔이도젹을ᄌᆞᆸ부미엇더ᄒᆞ
뇨ᄒᆞᆫ디그소년이ᄯᅩᄒᆞᆫ위ᄉᆞᄒᆞ고왈그ᄃᆡ말ᄉᆞᆷ이그러ᄒᆞᆯ진ᄃᆡ이
제날과ᄒᆞᆷ긔마저조을시험ᄒᆞ고홍길동의거쳐ᄒᆞᄂᆞᆫ되를탐
지ᄒᆞ리라ᄒᆞ니이업이응낙ᄒᆞ고그소년을ᄯᆞ라ᄒᆞᆷ긔깁픈산

쳔금상을ᄒᆞᆫ이라조ᄎᆞ시고팔도의어ᄉᆞ을나류와민심을안
돈ᄒᆞ고 이도젹을ᄌᆞ부라ᄒᆞ시니라 이후로난길동이쵸쌍ᄑᆞᆯ을
타고단이며슈령을임으로츌쳑ᄒᆞ고쵸창고을통기ᄒᆞ여ᄇᆡᆨ
셩을진휼ᄒᆞ며죄인을ᄌᆞᆸ는ᄉᆞ리며옥문을열고무죄ᄒᆞᆫᄉᆞ
람은방송ᄒᆞ며단이되과읍이죵시고죵젹을모로고도리혀
분쥬ᄒᆞ여일국이소동〻ᄒᆞᆫ지라젼하진로ᄒᆞᄉᆞᄀᆞ로ᄉᆞᄃᆡ이엇더
ᄒᆞᆫ놈의용ᄆᆡᆼ이ᄒᆞᆫ날의팔도의단이며이ᄌᆞ치다난ᄒᆞ뇨고나ᄅᆞ
을위ᄒᆞ야이놈을ᄌᆞ블지엄스니ᄆᆞ려ᄒᆞᆫ심ᄒᆞ도다ᄒᆞ시니게
하의ᄒᆞᆫᄉᆞ룸이츌반쥬왈신이비록져조업ᄉᆞ오나일지병을
쥬시면ᄒᆞᆼ길동ᄃᆡ젹을ᄌᆞ부젼하의근심을덜이〻ᄃᆞᄒᆞ거날
모다보니이ᄂᆞᆫ꼿포도ᄃᆡ장이업이라젼하긔특이너겨ᄉᆞ경병
일쳔을쥬시니 이업이즉시결하의슉비ᄒᆞ직ᄒᆞ고직일발ᄒᆡᆼ
ᄒᆞᆯᄉᆡ과쳔을지나며 눈과〻군ᄉᆞ을분발ᄒᆞ야약속을경ᄒᆞ되
녀히ᄂᆞᆫ이리〻ᄒᆞᆫ고디로좃ᄎᆞ아모날문경으로모히라ᄒᆞ고
미복으로칭ᄒᆞ야슈일후의ᄒᆞᆫ고디이르니날[illegible]ᄎᆞ져물거

로마난거시ᄌᆞᆷ길동인쥴을모로더라각〻팔도의횡ᄒᆡᆼᄒᆞ며
불의ᄒᆞᆫᄉᆞᄅᆞᆷ의지믈을아셔블상ᄒᆞᆫᄉᆞᄅᆞᆷ을구졔ᄒᆞ고슈령의뇌
믈을탈취ᄒᆞ고창고을열어ᄇᆡᆨ셩을진휼ᄒᆞ니각유소동ᄒᆞ
여창고직친군ᄉᆞ잡을이ᄅᆞ지못ᄒᆞ고직기ᄂᆞᆫ길동의슈단이ᄒᆞᆫ
변움ᄌᆞ괴면풍우ᄃᆡ작ᄒᆞ며운무ᄌᆞ옥ᄒᆞ야쳔지를분별치못ᄒᆞ
니슈직ᄒᆞᆫ난군ᄉᆞ손을묵근다시금제치못ᄒᆞᄂᆞᆫ지라팔도의셔
작난ᄒᆞ되명ᄇᆡᆨ기워여왈활빈당장슈홍길동이라제명ᄒᆞ며
횡ᄒᆡᆼᄒᆞ되뉘능히종젹을ᄌᆞ부리오팔도감ᄉᆞ일시예장문을
올이거날쳔하틱견ᄒᆞ시니각〻ᄒᆞ여시되홍길동디쳑이능히
풍운을부려각읍의작난ᄒᆞ되아모날은이리〻ᄒᆞ오고을의
군긔을도젹ᄒᆞ고암모졔난아모고을의창곡을탈취ᄒᆞ여시
되이도젹의ᄌᆞ최을잡지못ᄒᆞ여황공ᄒᆞᆫᄉᆞ연을상달ᄒᆞᄂᆞ이
다ᄒᆞ여거날쳔하보사고디경ᄒᆞᄉᆞ각도장문일ᄌᆞ를상고ᄒᆞ시
니길동의작난천날이동원동일이라전하크게근심ᄒᆞᄉᆞ일
변연ᄉᆞ읍ᄋᆡᄒᆞ교ᄒᆞᄉᆞ무론ᄉᆞ셔인ᄒᆞ고만일이도젹을ᄌᆞ부면

도라와잔칙을베풀고잘거벼왈우리이제난ᄇᆡᆨ셩의집믈은
츄호도탈취치말고각읍슈령과방ᄇᆡᆨ의쥰민고ᄐᆡᆨᄒᆞᄂᆞᆫ졈믈
을노략ᄒᆞ야혹ᄂᆞᆯ샹ᄒᆞᆫᄇᆡᆨ셩을구졔ᄒᆞ옵지니이동호를활빈
당이라ᄒᆞ리라ᄒᆞ고ᄯᅩ구로더함경감영으셔군긔와곡식을일
코우리죵젹은아지못ᄒᆞ미져간의ᄋᆡ미ᄒᆞᆫᄉᆞᄅᆞᆷ이허다히샹할
지라너몸의죄를지허ᄋᆡ미ᄒᆞᆫᄇᆡᆨ셩으게도라보니면ᄉᆞᄅᆞᆷ은비
록아지못ᄒᆞᄂᆞ쳔벌이두렵지아니ᄒᆞ랴ᄒᆞ고즉시감령북균
의ᄡᅧ붓치되창곡과군긔도젹ᄒᆞᆫ거ᄉᆞᆫ활빈당쟝슈홍길동이
라ᄒᆞ여더라일ᄋᆞᆫ길동이싱각ᄒᆞ되나의팔ᄌᆞ무상ᄒᆞ여집을
도망ᄒᆞ여몸을녹님호걸의붓쳐시나본심이아니라입신양
명ᄒᆞ여우희로임군을도와ᄇᆡᆨ셩을건저고부모으게영화을
뵈일거시여ᄂᆞᆯ남의쳔디를밧 이녀겨이지경이이르럿시니ᄎᆞ
라리일노인ᄒᆞ여큰일홈을 어더후세예전ᄒᆞ리라ᄒᆞ고초인
일곱을망그라각각군ᄉᆞ오십명 식영거ᄒᆞ야팔도의분발할셔
다각미혼ᄇᆡᆨ을붓쳐조화무궁 ᄒᆞ니군ᄉᆞ셔로의심ᄒᆞ여어니도

라나난 나믄군ᄉᆞ을거ᄂᆞ리고지다리감영의드러가군긔와 챵고
을탈취ᄒᆞ리라약속을졍ᄒᆞᆫ후의그약ᄒᆞᆫ날의군ᄉᆞ을ᄂᆞ두초의
반ᄌᆞ와ᄒᆞᆫ초ᄂᆞᆫ시초을슈쇼ᄒᆞ라ᄒᆞ고또ᄒᆞᆫ초반길동이거나
려미복ᄒᆞ고엿다ᄉᆞ솜경이되미ᄂᆞᆫ소근쳐의화광이동천ᄒᆞ여거
을길동이급피ᄃᆞ려ᄀᆞᆫ팜믈을두다리며소리ᄒᆞ되ᄂᆞᆫ소의불이
낫ᄉᆞ오니급피구완ᄒᆞ옵소셔감ᄉᆞ잠결의ᄃᆡ경ᄒᆞ여나셔보
니파연화광이창천ᄒᆞᆫ지라ᄒᆞ인을거ᄂᆞ리고ᄂᆞ마여일변군ᄉᆞ
을조발ᄒᆞ니셩즁이물ᄭᅳᆯ틋ᄒᆞᆫ지라빅셩들도다ᄂᆞᆫ소의마
고셩즁이공허ᄒᆞ여노약만나맛ᄂᆞᆫ지라길동이제적을거ᄂᆞ려
고일시의달여드러창곡과군긔을도적ᄒᆞ야가지고츅지볍을
ᄒᆡᆼᄒᆞ야슌식의동즁으로도라오니라이적의감ᄉᆞ불을구ᄒᆞ고
도라오니창곡자진군ᄉᆞ알의되도적이드려와챵고을열고
군긔와곡식을도적ᄒᆞ여ᄀᆞᆺ난이다ᄒᆞ거날크게놀나여ᄉᆞ방
으로군ᄉᆞ를발포ᄒᆞ여슈탐ᄒᆞ되형적이업난지라변괴ᄂᆞᆫ가
알고이연유을나라의주문ᄒᆞ니나라이날밤의길동이동즁의

당의ᄂᆞ려ᄀᆞ즁의장ᄉᆞᆷ을입고 ᄊᆞᆺ갈을쓰고놉픈봉의올ᄂᆞ관
군을불너위여왈도적이북편소로〻ᄌᆞ소니이리로오지말고
그리ᄀᆞ호착ᄒᆞ、옵소셔ᄒᆞ며장ᄉᆞᆷᄉᆞ미을날셔북편소로를ᄀᆞ르
치니관군이오다ᄀᆞ남노를바리고노승의ᄀᆞ르치ᄂᆞᆫ다로북평소
로〻ᄀᆞ거늘길동이나려와츅지법을힝ᄒᆞ야제격을인도ᄒᆞ야
동즁으로도라오니제격이치하분〻ᄒᆞ더라이적의합쳔이
관군모라도격을츄동ᄒᆞ되ᄌᆞ최를보지못ᄒᆞ고도라오미일
읍이소동ᄒᆞ、ᄂᆞᆫ지라이연유을감영의장문ᄒᆞ니감ᄉᆞ듯고놀나
여각읍의발포ᄒᆞ여도적을ᄌᆞᆸ부되종시형지을몰나도뢰분
쥬ᄒᆞ더라일〻은길동이제격을불너의논왈우리비록노ᄀᆞ남
의몸을부쳐시나다나라빅셩이라셰디로이나라、슈토을먹으니
만일위틱ᄒᆞᆫ시졀을당ᄒᆞ면맛당이시셕을무릅쓰고인군을도
을지니엇지병법을심쓰지아니ᄒᆞ리요이졔군긔를도모ᄒᆞᆯ로
쳐이잇시니아모날합경감영남문밧긔ᄂᆞᆫ소군쳐의시초을슈운
ᄒᆞ엿다ᄀᆞ그날밤삼경의불을노ᄒᆞ되ᄂᆞᆫ소의노법치못ᄒᆞ게ᄒᆞ

즈든ᄒᆞᆫ 인을 호령ᄒᆞ여 계ᄉᆞᆷ을 알게 ᄒᆞᆷ 박ᄒᆞ라 저촉ᄒᆞ니 쳥화마
튼지라 ᄒᆞ산이 일시에 다려 겹ᄉᆞᆷ을 결박ᄒᆞ고 석어 지일 붓쳥이
잇ᄉᆞ리요 잇셔의 계젹이 동구ᄉᆞ 면의 마보ᄀᆞᆺ ᄒᆞ여 다마 이괴 미을
탐지ᄒᆞ고 일시의 달년들이 ᄒᆞᆷ을 열고 슈만금 지물을 제젹마져
마다ᄉᆞ 수마의 실고 간들ᄉᆞ 지을 요동치 못ᄒᆞ는 중드리 어지금
단ᄒᆞ리요 다만 엉으로 원통타 ᄒᆞ는 소리 동중 인분 허지는 듯ᄒᆞ
더라 이셔ᄉᆞ 중의 ᄒᆞᆷ모 공이 잇셔 이중의 ᄎᆞᆷ 예처 아니 ᄒᆞ고 졀을
직키다가 난 다업는 도젹이 드러와 고를 열고 제것ᄀᆞ치 마다시 ᄒᆞ
미급 피도망ᄒᆞ여 합천 관가의 ᄀᆞ 이연 유을 알외니 합천 원이 듯
경일 변 관인을 보니며 또 일변 관군을 조발ᄒᆞ여 추종ᄒᆞ는 지
라 모든 도젹이 전물을 실고 ᄉᆞ수 마를 몰느 나서 버멸니 ᄇᆞ른 보니
슈쳔 군ᄉᆞ 풍우ᄀᆞᆺ치 모라 오며 더글이 ᄒᆞ나 ᄒᆞ늘의 다 ᄒᆞ는 듯ᄒᆞ더라 제
젹이 더 겁ᄒᆞ야 갈 바를 아지 못ᄒᆞ고 도로 혀 길동을 원망ᄒᆞ는
지라 길동이 소왈 너희 엇지 나의 비계을 아니요 연 념말고 남편
디로 ᄃᆞ라나 처오는 관군을 북편 소로로 ᄀᆞ계ᄒᆞ리라 ᄒᆞ고 법

졔ᄒᆡ인ᄉᆞ의가졔승을다졀박ᄒᆞᆯ거시니 너희등이근쳐의ᄆᆡ
복ᄒᆞ엿다ᄀᆞ일시의졀의드러와졈믈을슈탐ᄒᆞ여ᄆᆞ지고ᄂᆡ
의말로치ᄂᆞᆫᄃᆡ로힝ᄒᆞ되부ᄃᆡ녀염을어기지말나ᄒᆞ고 장ᄃᆡᄒᆞᆫ
ᄎᆞ인십여인을거ᄂᆞ리고희인ᄉᆞ을향ᄒᆞ니라 잇ᄯᆡ졔승이동
구밧긔나와ᄃᆡ후ᄒᆞᄂᆞᆫ지라 길동이드러ᄀᆞᄇᆡᆸ부왈ᄉᆞᆼ졔승이
노소 업시ᄒᆞᆫ노ᄉᆡᆨ지ᄌᆞ말ᄭᅩ일졔히졀뒤벽계로모희라오
날은너희와ᄒᆞᆷ긔종일포취ᄒᆞ고노리라 ᄒᆞ니즁드리머괴도
위ᄒᆞᆯᄲᅮᆫ더러분부ᄉᆞ을어긔오면힝여죄잇슬ᄆᆞ져위ᄒᆞ야일시
의슈쳔졔승이벽계로모ᄒᆞ니ᄉᆞ즁은동이비엿ᄂᆞᆫ지라길동이
좌상의안고졔승을쳐례로안친후의각ᄭᆞᆨ상을ᄇᆞᆫᄂᆞᆫ슐도권
ᄒᆞ며즐긔ᄃᆞᄆᆞ이윽ᄒᆞ야식상을드리거날길동이ᄉᆞ미로셔
모릐을닉여입의넛코씨부니돌쇠지ᄂᆞᆫ소릐예졔승이혼블부
진ᄒᆞᄂᆞᆫ지라길동이ᄃᆡ로왈너희로더부러승속지분의을부
니ᄭᅩ즐권ᄒᆞ후의유ᄒᆞ여풍부ᄒᆞ렷더니 이완만ᄒᆞᆫ즁놈 드리날
을웃가히보고 음식의부졍ᄒᆞ미이갓트니ᄆᆞ어동분ᄒᆞᆫ지라다려

되저켜공부ᄎᆞ로오신다ᄒᆞ나ᄉᆞ즁제승노ᄆᆞᆷ을듯고의논ᄒᆞ
되저상마ᄌᆞ계졀의거쳐ᄒᆞ시면그심이젹가아니ᄒᆞ리로다ᄒᆞ
고일시의동구밧긔마ᄌᆞ문안ᄒᆞ니길동이흔연이ᄉᆞ즁의드러
마좌졍후의제승을디ᄒᆞ여왈닐르니네졀이경셩의유명
ᄒᆞ기로소문을놉피듯고먼디을혜아리지아니ᄒᆞ고ᄒᆞᆫ번귀경
도ᄒᆞ고공부도ᄒᆞ려ᄒᆞ야왓시나너의도피로히셩각지말뿐
더러ᄉᆞ즁의머무ᄂᆞᆫ잡인을일제물이쳐라너아모고을아즁
의마본판을보고ᄇᆡᆨ미이십셕을보닐거시니아모날음식을
작만ᄒᆞ라너너희로더부러승속져분의을바리고동낙ᄒᆞᆫ후
의그날붓텀공부ᄒᆞ리라ᄒᆞᆫ니제승이황공슈명ᄒᆞ더라명당
ᄉᆞ면으로단이며두루살핀후의도라와적군슈십인의게ᄇᆡᆨ미
이십셕을보니며왈아모아즁의셔보닌더라이르니라제승
이엇지도젹의흉계을아리오힘여분부을어긔일가념예ᄒᆞ
여그ᄇᆡᆨ미로즉시음식을쟉만ᄒᆞ며일변ᄉᆞ즁의머무ᄂᆞᆫ잡인
을다보니니라그약ᄒᆞᆫ날의길동이제젹의게분부ᄒᆞ되이

즁이슈챠명이라그졀을치고젼믈을아슬모ᄎᆡᆨ이업ᄂᆞᆫ지라
슈져이두ᄆᆞ지슬ᄂᆞᆼ히칩ᄒᆞ면오ᄂᆞᆯ봇텸장슈을봉ᄒᆞ리라ᄒᆞ
거날길동이〻말을듯고우셔왈ᄃᆡ쟝부셰상의쳐ᄒᆞ〻미맛당이
상통쳔문ᄒᆞ고부찰지리ᄒᆞ고즁찰인의ᄒᆞᆯ거라엇지이말일
을겁ᄒᆞ리요ᄒᆞ고직시팔을것고그ᄃᆡ나아가〻초부셕을드러
팔우의언고ᄒᆞ십보을힝ᄒᆞ다가도로그자리예노ᄒᆞ되일분계
우ᄂᆞᆫ긔석이업스니보든ᄉᆞ롬이다ᄎᆞᆷ왈실노장ᄉᆞ로다ᄒᆞ고
상좌의안치고술을권ᄒᆞ〻며장슈라일ᄏᆞ러치하분〻ᄒᆞ〻ᄂᆞᆫ지
라길동이군ᄉᆞ을명ᄒᆞ여비보마을조바피를마셔밍셰ᄒᆞᆯ셰계
군으게호령왈우리슈뵈인이오ᄂᆞᆯ붓텸ᄉᆞ싱고락을ᄒᆞᆫ가지
로ᄒᆞᆯ지니만일약속을비반ᄒᆞ고영을어긔오ᄂᆞᆫ저잇스면군법
으로시힝ᄒᆞ리라ᄒᆞ니제군이일시예쳥영ᄒᆞ고즐긔더라슈일
후의제군의게분부왈나ᄂᆞᆫ합쳔히인ᄉᆞ의ᄀᆞ모칙을졍ᄒᆞ고오
리라ᄒᆞ고셔동복석으로ᄂᆞᆫ귀을타고종ᄌᆞ슈인을다리고ᄀᆞ니
완연ᄒᆞᆫ지샹의ᄌᆞ졔리라ᄒᆞᆫ인ᄉᆞ의노문ᄒᆞ〻되경셩ᄌᆡ상

우리ᄉᆞ슈ᄇᆡᆨ인이ᄃᆡ졀인지력을ᄆᆞ겨ᄉᆞ되지금ᄃᆞ국ᄌᆞ질ᄉᆞ
ᄒᆞ리업셔유예미결ᄒᆞ거니와너ᄂᆞᆫ어더ᄒᆞᆫ아ᄒᆡ로셔관ᄒᆞᄉᆞ
리념셕의들입ᄒᆞ여언ᄉᆞ이럿ᄐᆞᆺ피만ᄒᆞ뇨인명을셩각ᄒᆞ야
살여보니니급피도라ᄆᆞ라ᄒᆞ고ᄃᆞ미리ᄂᆞᆺ치거날길동이닐ᄋᆞᄃᆡ
밧긔나와큰남글ᄲᅢ혀거글을ᄡᅳ되용이엿튼물의ᄌᆞᆷ겨시니여
별이침노이며범이잡푼숩풀을일허미여ᄒᆡ와토ᄭᅵ의조
롱을보ᄂᆞᆫ또ᄃᆞ소리치아니녀셔풍운을어ᄃᆞ면그ᄇᆡᆺ화측냥키
어려오리로다ᄒᆞ엿더니ᄒᆞᆫ군ᄉᆞ그글을등셔ᄒᆞ여좌즁의드리
니상좌의ᄒᆞᆫᄉᆞ롬이그글을보다ᄀᆞ여러ᄉᆞ롬의게쳥ᄒᆞ여왈그
아ᄒᆡ거동이비범ᄒᆞᆯᄲᅮᆫ아니라더옥진홍승상의ᄌᆞ제라ᄒᆞ니
슈ᄉᆞ을쳥ᄒᆞ여그져조ᄅᆞᆯ시험ᄒᆞᆫ후의쳐치ᄒᆞ미히롭지아니
타ᄒᆞ니좌즁제인이응낙ᄒᆞ여즉시길동을쳥ᄒᆞ여좌상의
안치고일오ᄃᆡ즉금우리의논이두ᄀᆞ지라ᄒᆞ나ᄒᆞᆫ이압푸초부
셔이라ᄒᆞ낫도긔잇ᄉᆞ니즁이쳔여군이라좌즁으셔ᄂᆞᆫ용이ᄭᅦ
들ᄉᆞ롬이업고두ᄅᆞᆫ경상도합쳔ᄒᆡ인ᄉᆞ뇌누거만져니스도

라비야으로츄져ᄒᆞ더니 ᄒᆞᆫ고ᄃᆡ바ᄅᆞ보니고히ᄒᆞᆫ표ᄌᆞ셰
닙물을조ᄎᆞ셔오거날인ᄀᆞ잇ᄂᆞᆫ줄짐작ᄒᆞ고시닙물을
조ᄎᆞ슈리ᄅᆞᆯ드러ᄀᆞ니산쳔이셜이인고ᄃᆡ슈빅인ᄀᆞ줄비ᄒᆞ
거날길동이그촌중의드러ᄀᆞ니ᄒᆞᆫ고ᄃᆡ슈빅인이모와ᄌᆞᆫ쳐
을비셜ᄒᆞ고비반이낭ᄌᆞᄒᆞᆫᄃᆡ공논이분운ᄒᆞ더라원ᄂᆡᄎᆞ
촌은젹굴이라이날맛ᄎᆞᆷ장슈을졍ᄒᆞ려ᄒᆞ고공논이분운
ᄒᆞ더니길동이말을듯고ᄂᆡ렴의혜아리되ᄂᆡ지쳐업ᄂᆞᆫ져
조로위연이이고ᄃᆡ당ᄒᆞ여스니이ᄂᆞᆫ날노ᄒᆞ여끔하날이지
시ᄒᆞ시미로다몸을녹님의붓쳐남아의지긔을펴리라
ᄒᆞ고좌중의나ᄋᆞᄀᆞ셩명을통ᄒᆞ여왈나ᄂᆞᆫ경셩홍승상의
아ᄌᆞ로셔ᄉᆞᄅᆞᆷ을쥭이고망명도쥬ᄒᆞ야ᄉᆞ방의쥬류ᄒᆞ옵
더니오날〻하날니지시ᄒᆞᄉᆞ위연이〻고ᄃᆡ일르러시니녹님
호걸의웃듬장슈되미엇더ᄒᆞ뇨ᄒᆞ며ᄌᆞ쳥ᄒᆞ니좌중졔인
이〻셕슐이취ᄒᆞ여바야으로공논달난ᄒᆞ더니불의예ᄂᆞᆫ듸
졉ᄂᆞᆫ중의아희드러와ᄌᆞ쳥ᄒᆞ미셔로도라보며무지져왈

놀나여급피나ᄃᆡ의드러가니서헌을부인게고ᄒᆞ니부인이ᄃᆡ
경ᄒᆞ여장ᄌᆞ길현을불너길동을ᄎᆞ즈되종시거쳐을아지못
ᄒᆞ는지라ᄃᆡ감을청ᄒᆞ여슈말을알외며죄을청ᄒᆞ니ᄃᆡ감이
ᄃᆡ최왈마님의이런변고을지으니화장ᄌᆞ무궁ᄒᆞᆯ저라간
밤의길동이집을ᄯᅥ나노라ᄒᆞ고ᄒᆞ작을고ᄒᆞ괴로무ᄂᆞᆫ일
인지모랏더니원ᄂᆡ이일이잇스물엇지아리요ᄒᆞ시고ᄉᆞ낭ᄒᆞᆯ
ᄃᆡ최왈네압슈의괴히ᄒᆞᆫ말을ᄌᆞ아너긔로ᄉᆞ지겨믈이치
고그ᄃᆡ예말을나시너거말나ᄒᆞ여거날네동시마ᄋᆞᆷ을고치
지아니ᄒᆞ고마님의잇셔이러ᄐᆞ시변을저스니죄을의논컨
ᄃᆡ츅괴을면치못ᄒᆞ리라엇지나안전의두고보리요ᄒᆞ서
노복을불너두츅검을남이모로게ᄎᆡ우고마ᄋᆞᆷ들고즐
몰나좌불안셕ᄒᆞ시더라이적의길동이집을ᄯᅥ나ᄉᆞ방
으로쥬류ᄒᆞ더니일ᄋᆞ은ᄒᆞᆫ고ᄃᆡ이르니만첩산장이하날
의다흔듯ᄒᆞ고초목이무셩ᄒᆞ여동셔을분별치못ᄒᆞ는
즁의ᄒᆡᆺ빗ᄎᆞᆫ세양이되고인ᄀᆞ쏘ᄒᆞᆫ업슨이진퇴유곡이

낭의작변ᄒᆞ던일을종두지미ᄒᆞ여낫〻치셜화ᄒᆞ니그어미
그변괴을ᄌᆞ셰히드른후의길동을말유치못ᄒᆞᆯ쥴알고인ᄒᆞ
여탄식왈네이제나ᄀᆞ잠잔화을피ᄒᆞ고어미낫츨보와슈하도
라와날노ᄒᆞ여곰실망ᄒᆞ는병이업게ᄒᆞ라ᄒᆞ며못ᄂᆡ셜워ᄒᆞ니
길동이임무슈히위로ᄒᆞ며눈물을거두워ᄒᆞ직ᄒᆞ고문밧긔나셔
니광듸ᄒᆞᆫ쳔지간의ᄒᆞᆫ몸이용납ᄒᆞᆯ고지업ᄂᆞᆫ지라탄식을로쳥
쳐업시ᄀᆞ니라이젹의부인이ᄌᆞ긱을길동의게보ᄂᆡᆫ쥴알ᄉᆞ시
고밤이맛도록ᄌᆞᆷ을이릐지못ᄒᆞ고무슈히탄식ᄒᆞ며셔니장ᄌᆞ길
현이위로왈소ᄌᆞ도시러곰마지못ᄒᆞ온일이오니져쥭은후이
라도엇지ᄒᆞᆫ이업ᄉᆞ오리잇ᄀᆞ졔어미을더옥이후ᄃᆡᄒᆞ여일ᄉᆡᆼ을
편제ᄒᆞ옵고졔의시신을후장ᄒᆞ여야쳐ᄒᆞᆫ마음을만분지일이
나덜을ᄀᆞᄒᆞ니이다ᄒᆞ고밤을지ᄂᆡ더니잇튼날평명의초낭이
별당의날이박도록소식업슴을피이녀겨ᄉᆞ롬을보ᄂᆡ여탐
지ᄒᆞ니길동[illegible]듸업고목업는쥭엄두리방중의엿구러져
거날ᄌᆞ세히보니특ᄌᆞ와관상녀라초낭이〻말을듯고크게

다ᄃᆡ감이 혜아리되 길동은 범뉴가 아니라 말유ᄒᆞ여도 듯지아
니ᄒᆞᆯ줄 짐작ᄒᆞ시고 ᄀᆞ로ᄃᆡ 네 이졔 집을 ᄯᅥ나면 어ᄃᆡ로 갈다
길동이 부복ᄌᆞ왈 목숨을 도망ᄒᆞ、와 쳔 거로 집을 ᄯᅥ나가、
오니 엇지 경쳐 잇ᄉᆞ오릿가마는 평ᄉᆡᆼ 원ᄒᆞᆫ이 ᄀᆞ슴의 ᄆᆡ쳐 셜
원ᄒᆞᆯ 날이 업ᄉᆞ오니 더옥 계셜워ᄒᆞ、나이다 ᄒᆞ、거ᄂᆞᆯ 감이
의ᄀᆞ로왈 오날노 붓터 네 원을 푸러쥬ᄂᆞᆫ 거시니 네ᄂᆞ、ᄆᆞᄉᆞ 반의
쥬류ᄒᆞᆯ지라도 부ᄃᆡ 죄을 지혀 부형의게 환을 ᄭᅵ치지 말고 쉬히
도라와 너의 마ᄋᆞᆷ을 위로ᄒᆞ라 여러 말 아니ᄒᆞ、니 부ᄃᆡ 겸염ᄒᆞ여
라 ᄒᆞ、시니 길동이 ᄀᆞ러 다시 절ᄒᆞ고 ᄌᆞ왈 부친이 오날 ᄀᆞ져 년
소원을 푸러쥬시니 이제 쥭어도 한이 업ᄉᆞ올지라 황공무지오
니 복망 아반임은 만세무강ᄒᆞ소셔 ᄒᆞ、며 인ᄒᆞ、여 하직을 고ᄒᆞ、
고 나와 바로 그 모친 침실의 드러가 어미을 되ᄒᆞ、여 ᄀᆞ로ᄃᆡ 소저
이제 목숨을 도망ᄒᆞ、여 집을 ᄯᅥ나ᄂᆞ、오니 모친은 불효졍을 ᄉᆡᆼ각
지마르、고 계시오면 소ᄌᆞ도라와 뵈올 날이 잇ᄉᆞ오니 달니 염녜
마옵시고 ᄂᆞᆷ마조 심ᄒᆞ와 쳔금귀체을 보즁ᄒᆞ、옵소셔ᄒᆞ、고 초

곳토악죵을 너여 저살녀두리오ᄒᆞᄉᆞ롬을 징계ᄒᆞ리라ᄒᆞ
고갈을드러 머리을버혀 특ᄉᆞ의 쥬검ᄒᆞᆫ 티더지고 분ᄒᆞᆫ마
음을 것죵지못ᄒᆞ야 바로ᄃᆡ감젼의 나아가 이변괴을 아뢰고
초낭을 버히려ᄒᆞᄂᆞᆫᄀᆞ 호련 싱각왈 영인부아녀경무아부
인이라ᄒᆞ고 ᄯᅩ니 일시분으로 엇지 일뉸을 쏜스리요ᄒᆞ고 바
로ᄃᆡ감 침소의 나ᄋᆞ가 쳥하의 업ᄃᆡ엿더니 잇ᄯᆡ ᄃᆡ감 이잠을
ᄭᆡ여 문밧긔 인젹잇슴을 괴히녀겨 창을 열고보시니 길동
이 경하의 업더여거날 분부왈 이졔밤이 드무 집펏거날 네 엇
지 조지아니ᄒᆞ고 무슴년고로 이러ᄒᆞᄂᆞ다 길동이 쳬읍ᄃᆡ왈
ᄆᆞᄂᆡ에 흉ᄒᆞᆫ 변이 잇ᄉᆞ와 목숨을 도망ᄒᆞ여 나ᄀᆞ오니ᄃᆡ
감젼의 ᄒᆞ직ᄎᆞ로 와ᄂᆞ이다 ᄃᆡ감이 놀나여 십녀의 샹냥ᄒᆞ
시되 피련 무슴곡졀이 잇도다ᄒᆞ시고 ᄆᆞ로ᄃᆡ 무ᄉᆞᆫ일인지
날이셔면 아련이와 급피 도라ᄆᆞᄌᆞ고 분부을 긔다리라ᄒᆞ
시니 길동이 복지ᄌᆔ왈 소인이 이졔로 집을 ᄯᅥ나가오니 ᄃᆡ감
졔후만보ᄌᆞ옵소셔 소인이 다시 뵈올 긔약이 망연ᄒᆞ오이

들고 공즁의셔 외여 왈 필부ᄂᆞᆫ 드르라 네 ᄌᆡ물을 탐ᄒᆞ여 무
죄ᄒᆞᆫ 인명을 살ᄒᆡᄒᆞ고져 ᄒᆞ니 이제 너을 살녀두면 일후의
무죄ᄒᆞᆫ ᄉᆞ롬이 허다이 상설지라 엇지 살녀보ᄂᆡ리요 ᄒᆞᆫᄃᆡ
특ᄌᆡ 애걸 왈 파연 소인의 죄 아니오라 꿍ᄌᆞᆺ되 초낭ᄌᆞ의 소위오
니 바라옵건ᄃᆡ ᄀᆞ련ᄒᆞᆫ 쉬명을 구ᄌᆡᄒᆞ옵셔 일후의 ᄀᆡ과
ᄒᆞ게 ᄒᆞ옵소셔 길동이 더옥 분을 이긔지 못ᄒᆞ야 왈 네의 악
판이 하날의 ᄉᆞ못ᄎᆞ오 날ᄂᆞᆯ 너긴 손을 비러 악ᄒᆞᆫ 뉴을 업시게
ᄒᆞ미라 ᄒᆞ고 언파의 특ᄌᆡ의 목을 쳐 바리고 신장을 호령ᄒᆞ
여 동ᄃᆡ문 밧긔 상녀을 ᄌᆞ바ᄃᆞᄀᆞ 수죄ᄒᆞ여 왈 네 요망ᄒᆞᆫ 년으
로 져 상ᄀᆞ의 츌입ᄒᆞ며 인명을 상ᄒᆡᄒᆞ니 네 죄을 네 야ᄂᆞᆫ다
관상녀 제 집의셔 ᄌᆞ오다ᄀᆞ 픙운의 ᄊᆡ이여 혼탕ᄃᆞ이 아모
ᄃᆡ로 ᄀᆞᄂᆞᆫ 쥴 모로더니 문득 길동의 ᄭᅮ지ᄌᆞᆺᄂᆞᆫ 소ᄅᆡ을 듯고 ᄋᆡ
걸 왈 아ᄂᆞᆫ다 소녀의 죄 ᄀᆞ 아니오라 초낭ᄌᆞ의 ᄀᆞᄅᆞ치미오니
바라건ᄃᆡ 인후ᄒᆞ신 마음의 죄을 판셔ᄒᆞ옵소셔 ᄒᆞ거날 길
동이 가로ᄃᆡ 초낭ᄌᆞᄂᆞᆫ 뷔의 ᄉᆞ모라 의논치 못ᄒᆞ려니와 너의

홍

ᄆᆞ은저의욕심이몸을ᄉᆡᆼ각지못ᄒᆞ야이시ᄒᆞᆫ후몸을날
여방즁의드러ᄀᆞ니길동은간ᄃᆡ업고일진광풍이〻러나며
셩벽녁이쳔지진동ᄒᆞ며운무ᄌᆞ옥ᄒᆞ여동셔을분별치못
ᄒᆞ며좌우을살펴보니쳔봉만학이즁〻첩〻ᄒᆞ고ᄃᆡ히창
일ᄒᆞ야정신을슈십지못ᄒᆞ는저라드긋ᄂᆡ렴의혜아리되
ᄂᆡ앗가분명방즁의드러와거든산은어인산이며믈은어인
믈인고ᄒᆞ야갈바을아지못ᄒᆞ더니문득옥져소리드리거날
살펴보니쳥의동ᄌᆞ화학을타고공즁의다니며불너왈너
ᄂᆞᆫ엇더ᄒᆞᆫᄉᆞ름이과ᄃᆡ이집흔밤의비슈을들고ᄂᆞᆷ를ᄒᆡ코
져ᄒᆞ는다득ᄌᆞᄃᆡ왈네분명길동이로다나는너희부형의
명영을바다너를취ᄒᆞ려왓노라ᄒᆞ고비슈을드러더지니
문득길동은간ᄃᆡ업고음풍이ᄃᆡ작ᄒᆞ고벽녁이쳔동ᄒᆞ며
즁쳔의살괴ᄲᅮᆫ이로다쟝심의ᄃᆡ겁ᄒᆞ여칼을ᄎᆞ즈며왈
ᄂᆡ남의저물을욕심ᄒᆞ다가ᄉᆞ지예ᄲᅡ졋쓰니슈원슈구ᄒᆞ
리오ᄒᆞ며ᄀᆞ리탄식ᄒᆞ더니문득이윽고길동이비슈을

부려신쥰 귀몰 지술을 통달ᄒᆞ니세상의두려온거시업더
라이날밤숨경이된후의장ᄌᆞ셔 안을물이치고취침ᄒᆞ려
ᄒᆞ더니문득창밧긔셔가마귀셰번 을고셔으로나라가거날마
옴의놀니희혹ᄒᆞ니가마귀세번 괴ᄌᆞ와〻〻ᄒᆞ고셔으로
나라가나 분명ᄌᆞ긔이오는지라엇 던ᄉᆞ롬이날을ᄒᆡ코져
ᄒᆞ는고암겨ᄂᆞ방신지게을ᄒᆞ리라ᄒᆞ고방즁의팔진을치고
각〻방위을빗고와남방의이허즁은북방의감즁연의옴
긔고동방진하연은셔방티상졀 의옴긔고건방의건숨연
은손방손하졀의옴긔고곤방의곤숨졀은간방간상연
의옴겨그가온뒤풍운을너허조화무궁케버리고셕을긔
다리니라어적의특ᄌᆡ비슈를들고길동거쳐ᄒᆞ는병당의
가몸을숨긔고그좀들긔을긔다리더니난디업는가마귀
창밧긔와울고가거날마음의크게의심ᄒᆞ여왈이김싱이무
손알미잇셔천긔을누셜ᄒᆞ는고길동은실노범상ᄒᆞᆫᄉᆞ롬
이아니로다피련다일의크게쓰리라ᄒᆞ고도라가고져ᄒᆞ다

거니와인졍쳔리의ᄎᆞ마ᄒᆞᆯ비완이라ᄒᆞ시니초낭이다시엿
ᄌᆞ오ᄃᆡ이일이여러ᄀᆞ지관겨ᄒᆞ오니ᄒᆞᆫ나흔국ᄀᆞ을위ᄒᆞᆷ미
요두른은ᄃᆡ감의환후을위ᄒᆞ、미요셰손홍씨일문을위
ᄒᆞ、미요니엇지져근ᄉᆞ졍으로수가부단ᄒᆞ、와여러ᄀᆞ지큰일
을싱각지아니ᄒᆞ시다ᄀᆞ후회막급이되오면엇지ᄒᆞ오릿ᄀᆞ
ᄒᆞ며만단으로부인파ᄃᆡ감의장ᄌᆞ을달ᄂᆡ니마지못ᄒᆞ여
허락ᄒᆞ시거날초낭이암희ᄒᆞ、야나와특ᄌᆞ라ᄒᆞ、눈ᄌᆞ리을
쳥ᄒᆞ여슈말을다젼ᄒᆞ고은ᄌᆞ을만이쥬워오날밤의길
동을희ᄒᆞ、라약속을졍ᄒᆞ고다시닉당의드러ᄀᆞ부인젼
의슈말을엿ᄌᆞ오니부인이드르시고발을구르시며못닉
ᄎᆞ셕ᄒᆞ시더라 이격의길동은나희십일셰라기골이장ᄃᆡ
ᄒᆞ고용민이졀뉸ᄒᆞ며시셔빅ᄀᆞ여을무블통저ᄒᆞ、눈ᄃᆡ감
뷴부의밧긔츌입을막으시미ᄒᆞᆯ노별당의쳐ᄒᆞ、여혼오
의병셔을통니ᄒᆞ여귀신도ᄎᆞᆨ냥치못ᄒᆞ、눈술법이며쳔지
조화을품어풍운을임의로부리며육경육갑이신장을

길동이관상여의말ᄉᆞᆷ갓치왕긔잇셔만일범남ᄒᆞᆫ일이잇ᄉᆞ
오면ᄆᆞ화장쳐ᄉᆞᆫ당치ᄃᆞᄒᆞᆯ지라어린소견은져근혐의를ᄉᆡᆼ
각지말으시고큰일을ᄉᆡᆼ각ᄒᆞ와져를미리업시ᄒᆞᆷ만갓지못
ᄒᆞᆯ가ᄒᆞᄂᆞ이다ᄃᆡ감이ᄃᆡ쳑왈이말을경솔어ᄒᆞᆯ비아니어날
네엇지입을직희지못ᄒᆞᄂᆞ뇨도셰ᄂᆞ집ᄆᆞ윤을네알빠아니어
라ᄒᆞ시니초낭이황공ᄒᆞ여다시말ᄉᆞᆷ을못ᄒᆞ고ᄂᆞ당의드러ᄆᆞ
부인과ᄃᆡ감의장ᄌᆞ을뎌ᄒᆞ야엿ᄌᆞ오되ᄃᆡ감 이관상녀의말
ᄉᆞᆷ을드르신후로ᄉᆞ렴의션쳐ᄒᆞ실도리업ᄉᆞ와침식이불
안ᄒᆞ시더니일렴의병환이되셔긔로소인이일젼의엿ᄌᆞᆸ기
ᄒᆞᆫ말ᄉᆞᆷ을알외온즉ᄉᆞ죵이낫ᄉᆞᆸ기로다시엿ᄌᆞᆸ지못ᄒᆞ여
쌍거니와소인이ᄃᆡ감의마음을취퇴ᄒᆞ온즉ᄃᆡ감계옵셔도
져를미리업셰고져ᄒᆞ시되ᄎᆞ마거쳐치못ᄒᆞ오니미련ᄒᆞᆫ
소견으로는션쳐ᄒᆞᆫ모칙이길동을몬져업신후의ᄃᆡ감씌
아뢰즉이위져즌일이라ᄃᆡ감계옵셔도엇저할슈업ᄉᆞ와마
ᄋᆞᆷ을아조이즐ᄆᆞᄒᆞ옵ᄂᆞ이다부인이빈축왈일은그러ᄒᆞ

ᄉᆞᄅᆞᆷ도 길ᄒᆞᆫ 셰 잇삽고 흉ᄒᆞᆫ 셰 잇셔시니 무슨 여러 말 어잇ᄂᆞᆫ요
상법 보이ᄂᆞᆫ ᄃᆡ로 긔이 말나 ᄒᆞ이나 판상녀 마저 못ᄒᆞ여 길흉치
운후의 구슈키 알외되 공ᄌᆞ의 뇌두ᄉᆞᄂᆞᆫ 여러 말ᄉᆞᆷ 발 이옵고 셩
ᄌᆞ군왕지상이요 피츅ᄒᆞᆼ양 치못ᄒᆞᆯ 찬이 잇ᄂᆞᆫ이다 ᄒᆞᆫᄃᆡ 감
이크게 놀나 여ᄋᆞ기 진졍ᄒᆞᆫ 후의 상녀를 ᄎᆞ이 상급ᄒᆞ시고 ᄆᆞ
로ᄃᆡ 이ᄃᆡ여 말ᄉᆞᆷ을 ᄉᆞᆷᄀᆞ 발구치 말나 엄이 분부ᄒᆞ시고 왈 졔
누ᄃᆞ락 츄립지 못ᄒᆞ게 ᄒᆞ리라 ᄒᆞ시니 상녀 왈 왕후장상이
엇지 씨 잇ᄉᆞ릿ᄆᆞᄃᆡ 감인 누〻 당부ᄒᆞ시니 판상녀 공슌〻 명ᄒᆞ
꼬가니라 ᄃᆡ감이 발ᄒᆞᆯ을 도르 선후로 녀렴의 크게 근심ᄒᆞᄌᆞ일
염의 ᄉᆡᆼ각ᄒᆞ시되 이놈이 본리 범상ᄒᆞᆫ 놈이 아니요 쇼ᄃᆞ흡천
셩되물ᄌᆞ톤ᄒᆞ여 만일 범남ᄒᆞᆫ 마음을 머그면 누뒤갈ᄎᆞᆼ보
국ᄒᆞ던 일이 쓸 ᄃᆡ업고 ᄃᆡ화 일문의 밋ᄎᆞ리니 밀이 져을 업
셰여ᄆᆞ화을 덜고져 ᄒᆞᄂᆞᆫ 인졍의 ᄎᆞ마 못ᄒᆞᆯ 비라 셩각이 이려
ᄒᆞᆫ 죽션쳐ᄒᆞᆯ 도리 업셔 일년 이병이 되여 식불감 침불안
ᄒᆞ시ᄂᆞᆫ지라 초낭이 긔식을 ᄉᆞᆯ핀 후의 ᄉᆞᆷ잔ᄒᆞ여 엿ᄌᆞ오되

ᄒᆞ라ᄒᆞ시니관상녀ᄌᆞ굼ᄒᆞ고당의올나모쳠ᄃᆡ감의상을ᄉᆞᆯ핀
후의이왕지ᄉᆞ을역〃히알외며난ᄀᆞᄉᆞ을보ᄂᆞ다시논단ᄒᆞ니
호발도ᄃᆡ감의마음의우월ᄒᆞᆫ마되업ᄂᆞᆫ지라ᄃᆡ감이크게ᄎᆞᆼ찬
ᄒᆞ시고연ᄒᆞ여ᄆᆞᄎᆞᆷᄉᆞᄀᆞᆷ의상을의논할서낫〃치본다시평논
ᄒᆞ야ᄒᆞᆸ말도허망ᄒᆞ고시업ᄂᆞᆫ지라ᄃᆡ감과부인이며좌ᄌᆞᆼ제인
이ᄃᆡ혹ᄒᆞ야신인이라일ᄏᆞᆺ더라옷퇴로길동의상을의논홀
시크게ᄎᆞᆼ찬왈소녀ᄀᆞ열읍읫쥬류ᄒᆞ며천만인을보와시되
공ᄌᆞ의상갓튼이ᄂᆞᆫ처음이연이와아지못게라부인의권쵹이
아니ᄀᆞᄒᆞᄂᆞ이다ᄃᆡ감이쇼긔지못ᄒᆞ여왈군ᄂᆞᆫ그러ᄒᆞ거니와
ᄉᆞ놈마닷길ᄌᆞᆼ영옥이과〃셔잇ᄂᆞᆫ이〃아희상을과별논
단ᄒᆞ라ᄒᆞ니상네이윽기보다ᄀᆞ거즛놀닌체ᄒᆞ거날괴히
녀겨그연고을므르선ᄃᆡ함구ᄒᆞ고말이업거날ᄃᆡ감이〃
로ᄃᆡ길ᄌᆞᆼ을ᄂᆞᆫ호발도괴이지말고보이ᄂᆞᆫ되로의논ᄒᆞ여니
의〃혹이업게ᄒᆞ라관상녀ᄀᆞ로ᄃᆡ이말ᄉᆞᆷ을바로알외오면
ᄃᆡ감의마음을놀닐ᄀᆞᄒᆞᄂᆞ이다ᄃᆡ감왈옛제파분양ᄀᆞᆺ튼

ᄒᆞ고ᄃᆡ감졀의쳔거ᄒᆞ여ᄀᆞᆺ초졈ᄒᆞᄉᆞ을본다시이 른후의
인ᄒᆞ여길동의상을보고어ᄌᆞᄌᆞ이알외여ᄃᆡ감의마음을
놀나면낭ᄌᆞ의소회를일노조ᄎᆞ일울ᄆᆞᄋᆞᆫ이다초낭이
ᄃᆡ희ᄒᆞ야직시관상녀의게통ᄒᆞ여져믈노ᄲᅧ 다리고ᄃᆡ감ᄭᅴ
일을낫〻치ᄀᆞᄅᆞ치고길동제거ᄒᆞᆯ약속을졍ᄒᆞᆫ후의날을
긔약ᄒᆞ고보ᄂᆡ니라일〻은ᄃᆡ감이니당의드러ᄀᆞ길동을불
은ᄒᆞ의부인을ᄃᆡᄒᆞ야ᄀᆞ로ᄃᆡ이아ᄒᆡ비록영웅의긔상이
잇스나엇다쓰려요ᄒᆞ시며희롱ᄒᆞ시더니문득ᄒᆞᆫ녀ᄌᆞ밧긔
로붓터드러와당하의뵈거날ᄃᆡ감이괴히녀겨그연고을
무르신ᄃᆡ그녀ᄌᆞ복지ᄌᆞ왈소녀난동ᄃᆡ문밧긔ᄉᆞ옵더니어
러셔ᄒᆞᆫ도인을만ᄂᆞ ᄉᆞᄅᆞᆷ의상보는법을빗은바두로다니며
관상ᄒᆞ로맛ᄎᆞᆷ장안을편남ᄒᆞ옵고ᄃᆡ감덕ᄐᆡᆨ복을놉피
듯고쳔ᄒᆞᆫ져조을시험코져왓ᄂᆞ니다ᄃᆡ감이엇지요괴로은
무녀을ᄃᆡᄒᆞ여문답이잇스리요마ᄂᆞᆫ길동을희롱ᄒᆞ시던ᄎᆞ
친고로우으시며왈네암건ᄃᆡ ᄀᆞ마히올아ᄂᆡ의평성을화ᄂᆞᆫ

산모ᄂᆞᆫ 인후ᄒᆞᆫ ᄉᆞ름이라 엇지 그런 일이 잇스리요 길동알ᄉᆡ
상ᄉᆞ을 ᄎᆞᆷ양치 못ᄒᆞᄂᆞᆫ 이다 소ᄌᆞ의 말을 헛도히 성각지 마
르시고 쟝님을 보소소셔 ᄒᆞ더라 원뇌고 산모ᄂᆞᆫ 곡산 긔성으
로 대감의 총첩이 되여 ᄯᅩ 시방ᄌᆞᄒᆞ기로 노복이라도 불합ᄒᆞᆫ
일이 잇스면 ᄒᆞᆫ번 참소의 ᄉᆞ싱이 판계ᄒᆞ여 ᄉᆞ름이 못되면 것
거ᄒᆞ고 승ᄒᆞ면 시긔ᄒᆞ더니 대감이 용몽을 엇고 길동을 나ᄒᆡ
ᄉᆞ름마다 얼칼꼬 대감이 ᄉᆞ랑ᄒᆞ시미 일후 총을 아일ᄆᆞᄒᆞ
며 ᄯᅩ ᄒᆞᆫ 대감이 잇다감 흐롱ᄒᆞ시난 말ᄉᆞᆷ이 너도 길동 갓탄ᄌᆞ
식을 나허 나의 모년 ᄌᆞ미을 도으라 ᄒᆞ시미 ᄆᆞ장 무류ᄒᆞ여ᄒᆞᆫ
ᄂᆞᆫ 즁의 길동의 일홈미 날노 ᄌᆞ〻ᄒᆞ므로 초낭 더옥 조게서
긔ᄒᆞ여 길동 모ᄌᆞ을 눈의 ᄀᆞ시ᄀᆞ치 미워ᄒᆞ여 ᄒᆡ할 마음이
급ᄒᆞ미 흉계을 ᄌᆞ어니여 져물을 훗터 요괴도온 무녀등
을 불너 모의 말〻ᄒᆞ고 츅일 왕님ᄒᆞ더니 ᄒᆞᆫ 무녀ᄀᆞ로ᄃᆡ 동
뒤문 밧긔 관상ᄒᆞᄂᆞᆫ 계집이 잇스되 ᄉᆞ름의 상을 ᄒᆞᆫ번 보오
면 평성 길흉 화복을 판단ᄒᆞ오니 이제 쳥ᄒᆞ여 약속을 졍

부엇지구〻히근본을직히여후취을두리요이몸미당〻히
조천국병조판셔인슈을ᄯᅥ고상장군이되지못ᄒᆞᆯ진ᄃᆡᆫᄎᆞ라
리몸을산즁의붓쳐세상영욕을모로고져ᄒᆞᄂᆞ니복망모친
은ᄌᆞ식의ᄉᆞ졍을ᄉᆞᆯ피ᄉᆞ아조바리다시잇고계시ᄃᆡ후일의소
ᄌᆞ도라와오족지졍을일위랄잇ᄉᆞ오니이만짐작ᄒᆞ옵소셔
ᄒᆞ고연파의ᄉᆞ리도〻ᄒᆞ여도로혀비회업거날그모이거동을
보고계유ᄒᆞ여왈쳐상가천싱이너ᄲᅮᆫ아니라무ᄉᆞᆫ말을드른지
모로되어미의잔장을이되지상게ᄒᆞᄂᆞᆫ다어미의낫ᄎᆞᆯ보와아
직잇스면닉두의ᄃᆡ감이쳐결ᄒᆞ시ᄂᆞᆫ분부엽지아니ᄒᆞ리라길
동이ᄆᆞ로되부형의천되ᄂᆞᆫ고ᄉᆞᄒᆞ옵고노복이며동유의잇다
감들이ᄂᆞᆫ말이끌슈의박기난일이허다ᄒᆞ오며근간의곡산
모읫칭쇠을보오니승괴ᄌᆞᆺ을엽지ᄒᆞ야파실업ᄂᆞᆫ수리모
ᄌᆞ을구슈갓치보와살ᄒᆡ〻할ᄯᅳ슬두오니불구의목진ᄃᆡ
환이잇슬지라그러ᄒᆞ오ᄂᆞ소ᄌᆞ나곤후이라도모친의계환이
밋지아니계ᄒᆞ오리다그어미ᄆᆞᆯ도되네말이ᄆᆞ장그러ᄒᆞᄂᆞᆫ곡

알소인이ᄃᆡ감의졍긔을타당〻ᄒᆞᆫ남ᄌᆞ로ᄂᆞᆺᄉᆞ오니이만즐거
ᄒᆞᆫ일이업ᄉᆞ오ᄃᆡ평셜워ᄒᆞ옵난아부를아부라부르지못ᄒᆞ、
옵고형을형이라못ᄒᆞ、와상하노뵈이다쳔이보고친쳑고구
도손으로가ᄅᆞ쳐아모의쳔ᄉᆡᆼ이라이르오니이런원통ᄒᆞᆫ일
이어ᄃᆡ잇ᄉᆞ오릿ᄀᆞ、인ᄒᆞ、여ᄃᆡ셩통곡ᄒᆞ니ᄃᆡ감이마음의궁측
이녀기신、맛일그아ᄋᆞᆷ을위로ᄒᆞ、면일노조ᄌᆞ방ᄌᆞᄒᆞᆯᄀᆞ、ᄒᆞ、
야ᄭᅮ지져왈ᄌᆡ상의쳔ᄉᆡᆼ이너ᄲᅮᆫ아니라ᄀᆞ、장방ᄌᆞᄒᆞᆫ망ᄋᆞᆷ을
두지말나일후의다시그런말을번거이ᄒᆞᆫ일이잇스면눈
압푸용납지못ᄒᆞ리라ᄒᆞ시니길동은한갓눈믈흘이ᄲᅮᆫ
이라잇윽키업ᄃᆡ엿더니ᄃᆡ감이믈너가라ᄒᆞ시거날길동이
도라와어미을붓들고통곡왈모친은소ᄌᆞ와젼ᄉᆡᆼ연분으
로ᄌᆞ셩의모ᄌᆞ되오니구로지은을ᄉᆡᆼ각ᄒᆞ오면호쳔망극
ᄒᆞ、오나남이셰상의나셔입신양명ᄒᆞ、와우흐로향화을밧
들고부모의양휵지은을만분의ᄒᆞ나히라도갑푸거시여날
이몸은팔ᄌᆞ긔박ᄒᆞ여쳔ᄉᆡᆼ이되여남의쳔ᄃᆡ을바드니ᄃᆡ장

민ᄉᆞᄉᆞ로 천싱되믈 ᄌᆞ탓ᄒᆞ더니 ᄎᆔ철월 망일의 명월을 되ᄒᆞ야 정하의 비회ᄒᆞ더니 ᄎᆔ풍은 삽〻ᄒᆞ고 기러기 우난 소ᄅᆡ은 ᄉᆞᄅᆞᆷ의 외로온 심ᄉᆞ을 돕ᄂᆞᆫ지라 홀노 탄식ᄒᆞ여 왈 ᄃᆡ장부 세상의 나미 공밍의 도학을 비화 츌장입상ᄒᆞ여 ᄃᆡ장인슈을 요하의 ᄎᆞ고 ᄃᆡ장단의 노피 안ᄌᆞ 천병만마을 자원ᄌᆞᆼ의 너허 두고 남으로 초를 치고 북으로 즁원을 뎡ᄒᆞ며 셔으로 촉을 쳐 ᄉᆞ업을 일운 후의 얼골을 긔린각의 빗ᄂᆡ고 일홈을 후세예 유젼ᄒᆞ미 ᄃᆡ장부의 ᄯᅥᄯᅥᆺᄒᆞᆫ 일이라 ᄉᆡᆺ ᄉᆞᄅᆞᆷ이〻르긔를 왕후장상이 씨업다 ᄒᆞ엿시니 날을 두고 일르민 세상 ᄉᆞᄅᆞᆷ이 갈관박이라도 부형을 부형이라 ᄒᆞ되 나ᄂᆞᆫ 홀노 그러치 못ᄒᆞ니 이 어인〻셩으로 그러ᄒᆞᆫ고 울억ᄒᆞᆫ 마음을 겸잡지 못ᄒᆞ야 칼을 잡고 월하의 츔을 ᄎᆔ며 장ᄐᆞᆫ 긔운이 진못ᄒᆞ더니 이ᄯᆡ 승상이 명월을 ᄉᆞ랑ᄒᆞ야 창을 열고 비겻더니 길동의 거동을 보시고 놀니〻로ᄃᆡ 밤이 이무 귑퍼거늘 네 무슨 질거오미 잇셔 이러ᄒᆞᄂᆞ냐 길동이 칼을 더지고 부복ᄃᆡ

텸즁문밧긔나지아니ᄒᆞ고칭실을다그니그ᄯᆡ봇텸티긔이
셔시셥ᄉᆡ의당ᄒᆞ미거쳐ᄒᆞᄂᆞᆫ방잉오ᄉᆡᆨ운무영농ᄒᆞ며향내긔이ᄒᆞ
ᄃᆞ더니ᄎᆞ미즁의ᄒᆡ티ᄒᆞ니일기그남ᄌᆞ리ᄉᆞᆷ일ᄃᆞ후의승상이
드러와보시니일변긔것거오나그천성됨믈앗긔시더라일ᄌᆞᆷ
을길동이라ᄒᆞ니라이아ᄒᆡ의졈졈ᄌᆞ라미긔골이비상ᄒᆞ여ᄒᆞ쵸
말을드르면열말을알고ᄒᆞᆫ번보면모로거시업더라일일
은승상이길동을다리고나당의드러마부인을ᄃᆡᄒᆞ야탄식
왈이아ᄒᆡ비록영웅이오나천ᄉᆡᆼ이라무엇싀쓰리오원통ᄒᆞᆯᄉᆞ
부인의고집이여ᄎᆞ회막급이로소이다부인이그연고을뭇ᄌᆞ
오니승상이양미을빈즆ᄒᆞ여왈부인이젼일의ᄂᆞ말을드르
시던들이아ᄒᆡ부인복즁의낫슬낫다어지쳔ᄉᆡᆼ이되리요인
ᄒᆞᆫ여몽ᄉᆞ얼결화ᄒᆞ시니부인이츄연왈ᄎᆞ역쳔슈오니엇
지인력으로ᄒᆞ오릿가세월이여류ᄒᆞ야길동의나히팔세라상
하다아니ᄒᆞᆫ찬ᄒᆞ리업고더간도ᄉᆞ랑ᄒᆞ시나길동은가ᄉᆞᆷ의
원한이부친을부친이라못ᄒᆞ고형을형이라 부르지못ᄒᆞ

치고머리을드러고함ᄒᆞ나산학이문허지난듯ᄒᆞ더니그웅
이입을버리고괴윤을토ᄒᆞ여승상의입으로드러뵈거날셔
다르니평성ᄃᆡ몽이라니염의혜아리되피련군ᄌᆞ을나희리라
ᄒᆞ여즉시나당의드러마시비을믈이치고부인을익그러추쳠
ᄒᆞ니부인이졍셕왈승상은국지ᄌᆡ상이라체위존즁ᄒᆞ
시거날빅쥬의졍실의드러와노류장화갓치ᄒᆞ시니ᄌᆡ상의
체면이이ᄃᆡ잇난잇가승상이ᄉᆡᆼ각ᄒᆞ신직말ᄉᆞᆷ은당연ᄒᆞ오
나ᄃᆡ몽을허송할가ᄒᆞ야몽ᄉᆞ을이르지아니ᄒᆞ지고연ᄒᆞ
여간청ᄒᆞ시니부인이옷슬ᄯᅥᆯ치고밧그로나가시니승상이
무류ᄒᆞ신즁의부인의도〃ᄒᆞᆷ고집을이달나무슈히ᄎᆞ탄
ᄒᆞ시고외당으로나오시니마춤시비츈셤이상을드리거날
좌우고요ᄒᆞᆷ을인ᄒᆞ여츈셤을잇글고원앙지낙을일의
시니져괴울화을더르시나심니의못니한탄ᄒᆞ시더라츈
셤이비록쳔인이나저덕이순직ᄒᆞᆫ지라불의예승상은위엄
으로친근ᄒᆞ시니간이우경치못ᄒᆞ여순종ᄒᆞᆫ후로난그날븟

됴션국셰동디왕즉위십오연의홍희문밧긔ᄒᆞᆫ저상이잇스
되셩은홍이오명은문이니위인이쳥염강직ᄒᆞ여덕망이거륵
ᄒᆞ니당세의영웅이라일직용문의올나벼살이할림의쳐ᄒᆞ
엿더니명망이됴졍의읏듬되ᄆᆡ젼하그덕망을승이녀기ᄉᆞ
벼살을도〻와이조판셔로좌의졍을ᄒᆞ이시니승상이국은을
감동ᄒᆞ야갈츙보국ᄒᆞ니ᄉᆞ방의일이업고도적이업스ᄆᆡ시
화연풍ᄒᆞ여나라이티평ᄒᆞ더라일〻은승상난간의비겨잠간
조ᄋᆞ더니ᄒᆞᆫ풍이길을인도ᄒᆞ여ᄒᆞᆫ고듸다ᄃᆞ르니쳥산은암
암ᄒᆞ고녹슈난양〻ᄒᆞᆫ듸세류쳔만마지녹음이파ᄉᆞᄒᆞ고황
금ᄀᆞᆺ튼ᄭᅬᄭᅩ리난츈흥을희롱ᄒᆞ여냥뉴간의왕니ᄒᆞ며긔화
요초만발ᄒᆞᆫ듸쳥학ᄇᆡᆨ학이며비취공작이츈광을ᄌᆞ랑ᄒᆞ
거날승상이경물을귀경ᄒᆞ며졈〻드러가니만장졀벽은하
날의다엇고구뷔〻〻벽계슈난골〻이폭포되어오운이어러
엿난듸길이쓴쳐갈방을모로더니문득쳥용이물결을헤

세계문학전집 200

홍길동전

1판 1쇄 펴냄 2009년 1월 15일
1판 29쇄 펴냄 2024년 3월 20일

지은이 허균
옮긴이 김탁환
발행인 박근섭, 박상준
펴낸곳 (주)민음사

출판등록 1966. 5. 19. (제 16-490호)
서울특별시 강남구 도산대로1길 62(신사동) 강남출판문화센터 5층 (우편번호 06027)
대표전화 02-515-2000 팩시밀리 02-515-2007
www.minumsa.com

ISBN 978-89-374-6200-9 04800
ISBN 978-89-374-6000-5 (세트)

세계문학전집 목록

1·2 **변신 이야기** 오비디우스·이윤기 옮김 서울대 권장도서 100선
3 **햄릿** 셰익스피어·최종철 옮김 서울대 권장도서 100선 | 미국대학위원회 선정 SAT 추천도서
4 **변신·시골의사** 카프카·전영애 옮김 서울대 권장도서 100선
5 **동물농장** 오웰·도정일 옮김 미국대학위원회 선정 SAT 추천도서 | 《타임》 선정 현대 100대 영문소설
6 **허클베리 핀의 모험** 트웨인·김욱동 옮김 《뉴스위크》 선정 100대 명저
7 **암흑의 핵심** 콘래드·이상옥 옮김 미국대학위원회 선정 SAT 추천도서 | 《뉴스위크》 선정 10대 명저
8 **토니오 크뢰거·트리스탄·베네치아에서의 죽음** 토마스 만·안삼환 외 옮김 노벨 문학상 수상 작가
9 **문학이란 무엇인가** 사르트르·정명환 옮김
10 **한국단편문학선 1** 김동인 외·이남호 엮음 국립중앙도서관 선정 청소년 권장도서
11·12 **인간의 굴레에서** 서머싯 몸·송무 옮김
13 **이반 데니소비치, 수용소의 하루** 솔제니친·이영의 옮김 노벨 문학상 수상 작가
14 **너새니얼 호손 단편선** 호손·천승걸 옮김
15 **나의 미카엘** 오즈·최창모 옮김
16·17 **중국신화전설** 위앤커·전인초, 김선자 옮김
18 **고리오 영감** 발자크·박영근 옮김
19 **파리대왕** 골딩·유종호 옮김 노벨 문학상 수상 작가 | 《타임》 선정 현대 100대 영문소설
20 **한국단편문학선 2** 김동리 외·이남호 엮음
21·22 **파우스트** 괴테·정서웅 옮김 서울대 권장도서 100선 | 미국대학위원회 선정 SAT 추천도서
23·24 **빌헬름 마이스터의 수업시대** 괴테·안삼환 옮김
25 **젊은 베르테르의 슬픔** 괴테·박찬기 옮김 논술 및 수능에 출제된 책(1998~2005)
26 **이피게니에·스텔라** 괴테·박찬기 외 옮김
27 **다섯째 아이** 레싱·정덕애 옮김 노벨 문학상 수상 작가
28 **삶의 한가운데** 린저·박찬일 옮김
29 **농담** 쿤데라·방미경 옮김
30 **야성의 부름** 런던·권택영 옮김
31 **아메리칸** 제임스·최경도 옮김
32·33 **양철북** 그라스·장희창 옮김 노벨 문학상 수상 작가 | 서울대 권장도서 100선
34·35 **백년의 고독** 마르케스·조구호 옮김 노벨 문학상 수상 작가 | 서울대 권장도서 100선
36 **마담 보바리** 플로베르·김화영 옮김 서울대 권장도서 100선
37 **거미여인의 키스** 푸익·송병선 옮김
38 **달과 6펜스** 서머싯 몸·송무 옮김
39 **폴란드의 풍차** 지오노·박인철 옮김
40·41 **독일어 시간** 렌츠·정서웅 옮김
42 **말테의 수기** 릴케·문현미 옮김
43 **고도를 기다리며** 베케트·오증자 옮김 노벨 문학상 수상 작가 | 서울대 권장도서 100선
44 **데미안** 헤세·전영애 옮김 노벨 문학상 수상 작가
45 **젊은 예술가의 초상** 조이스·이상옥 옮김 서울대 권장도서 100선
46 **카탈로니아 찬가** 오웰·정영목 옮김
47 **호밀밭의 파수꾼** 샐린저·정영목 옮김 《타임》 선정 현대 100대 영문소설 | 미국대학위원회 선정 SAT 추천도서 | 《뉴스위크》 선정 100대 명저 | BBC 선정 꼭 읽어야 할 책
48·49 **파르마의 수도원** 스탕달·원윤수, 임미경 옮김
50 **수레바퀴 아래서** 헤세·김이섭 옮김 노벨 문학상 수상 작가 | 국립중앙도서관 선정 청소년 권장도서

51·52 **내 이름은 빨강** 파묵 · 이난아 옮김 노벨 문학상 수상 작가
53 **오셀로** 셰익스피어 · 최종철 옮김 서울대 권장도서 100선
54 **조서** 르 클레지오 · 김윤진 옮김 노벨 문학상 수상 작가
55 **모래의 여자** 아베 코보 · 김난주 옮김
56·57 **부덴브로크 가의 사람들** 토마스 만 · 홍성광 옮김 노벨 문학상 수상 작가
58 **싯다르타** 헤세 · 박병덕 옮김 노벨 문학상 수상 작가
59·60 **아들과 연인** 로렌스 · 정상준 옮김 《뉴스위크》 선정 100대 명저
61 **설국** 가와바타 야스나리 · 유숙자 옮김 노벨 문학상 수상 작가 | 서울대 권장도서 100선
62 **벨킨 이야기 · 스페이드 여왕** 푸슈킨 · 최선 옮김
63·64 **넙치** 그라스 · 김재혁 옮김 노벨 문학상 수상 작가
65 **소망 없는 불행** 한트케 · 윤용호 옮김 노벨 문학상 수상 작가
66 **나르치스와 골드문트** 헤세 · 임홍배 옮김 노벨 문학상 수상 작가
67 **황야의 이리** 헤세 · 김누리 옮김 노벨 문학상 수상 작가
68 **페테르부르크 이야기** 고골 · 조주관 옮김
69 **밤으로의 긴 여로** 오닐 · 민승남 옮김 노벨 문학상 수상 작가 | 미국대학위원회 선정 SAT 추천도서
70 **체호프 단편선** 체호프 · 박현섭 옮김
71 **버스 정류장** 가오싱젠 · 오수경 옮김 노벨 문학상 수상 작가
72 **구운몽** 김만중 · 송성욱 옮김 서울대 권장도서 100선 | 국립중앙도서관 선정 청소년 권장도서
73 **대머리 여가수** 이오네스코 · 오세곤 옮김
74 **이솝 우화집** 이솝 · 유종호 옮김 논술 및 수능에 출제된 책(1998~2005)
75 **위대한 개츠비** 피츠제럴드 · 김욱동 옮김 《타임》 선정 현대 100대 영문소설
76 **푸른 꽃** 노발리스 · 김재혁 옮김
77 **1984** 오웰 · 정회성 옮김 《타임》 선정 현대 100대 영문소설 | 《뉴스위크》 선정 100대 명저
78·79 **영혼의 집** 아옌데 · 권미선 옮김
80 **첫사랑** 투르게네프 · 이항재 옮김
81 **내가 죽어 누워 있을 때** 포크너 · 김명주 옮김 노벨 문학상 수상 작가
82 **런던 스케치** 레싱 · 서숙 옮김 노벨 문학상 수상 작가
83 **팡세** 파스칼 · 이환 옮김
84 **질투** 로브그리예 · 박이문, 박희원 옮김
85·86 **채털리 부인의 연인** 로렌스 · 이인규 옮김
87 **그 후** 나쓰메 소세키 · 윤상인 옮김
88 **오만과 편견** 오스틴 · 윤지관, 전승희 옮김 미국대학위원회 선정 SAT 추천도서
89·90 **부활** 톨스토이 · 연진희 옮김 논술 및 수능에 출제된 책(1998~2005)
91 **방드르디, 태평양의 끝** 투르니에 · 김화영 옮김
92 **미겔 스트리트** 나이폴 · 이상옥 옮김 노벨 문학상 수상 작가
93 **페드로 파라모** 룰포 · 정창 옮김
94 **차라투스트라는 이렇게 말했다** 니체 · 장희창 옮김 국립중앙도서관 선정 청소년 권장도서
95·96 **적과 흑** 스탕달 · 이동렬 옮김 국립중앙도서관 선정 청소년 권장도서
97·98 **콜레라 시대의 사랑** 마르케스 · 송병선 옮김 노벨 문학상 수상 작가 | BBC 선정 꼭 읽어야 할 책
99 **맥베스** 셰익스피어 · 최종철 옮김 서울대 권장도서 100선 | 미국대학위원회 선정 SAT 추천도서
100 **춘향전** 작자 미상 · 송성욱 풀어 옮김 서울대 권장도서 100선
101 **페르디두르케** 곰브로비치 · 윤진 옮김
102 **포르노그라피아** 곰브로비치 · 임미경 옮김
103 **인간 실격** 다자이 오사무 · 김춘미 옮김
104 **네루다의 우편배달부** 스카르메타 · 우석균 옮김

105·106 이탈리아 기행 괴테 · 박찬기 외 옮김
107 나무 위의 남작 칼비노 · 이현경 옮김
108 달콤 쌉싸름한 초콜릿 에스키벨 · 권미선 옮김
109·110 제인 에어 C. 브론테 · 유종호 옮김 BBC 선정 꼭 읽어야 할 책
111 크눌프 헤세 · 이노은 옮김 노벨 문학상 수상 작가
112 시계태엽 오렌지 버지스 · 박시영 옮김 《타임》 선정 현대 100대 영문소설 | 《뉴스위크》 선정 100대 명저
113·114 파리의 노트르담 위고 · 정기수 옮김 미국대학위원회 선정 SAT 추천도서
115 새로운 인생 단테 · 박우수 옮김
116·117 로드 짐 콘래드 · 이상옥 옮김 《뉴스위크》 선정 100대 명저
118 폭풍의 언덕 E. 브론테 · 김종길 옮김 미국대학위원회 선정 SAT 추천도서
119 텔크테에서의 만남 그라스 · 안삼환 옮김 노벨 문학상 수상 작가
120 검찰관 고골 · 조주관 옮김
121 안개 우나무노 · 조민현 옮김
122 나사의 회전 제임스 · 최경도 옮김 미국대학위원회 선정 SAT 추천도서
123 피츠제럴드 단편선 1 피츠제럴드 · 김욱동 옮김
124 목화밭의 고독 속에서 콜테스 · 임수현 옮김
125 돼지꿈 황석영
126 라셀라스 존슨 · 이인규 옮김
127 리어 왕 셰익스피어 · 최종철 옮김 서울대 권장도서 100선 | 《뉴스위크》 선정 100대 명저
128·129 쿠오 바디스 시엔키에비츠 · 최성은 옮김 노벨 문학상 수상 작가
130 자기만의 방 · 3기니 울프 · 이미애 옮김
131 시르트의 바닷가 그라크 · 송진석 옮김
132 이성과 감성 오스틴 · 윤지관 옮김
133 바덴바덴에서의 여름 치프킨 · 이장욱 옮김
134 새로운 인생 파묵 · 이난아 옮김 노벨 문학상 수상 작가
135·136 무지개 로렌스 · 김정매 옮김
137 인생의 베일 서머싯 몸 · 황소연 옮김
138 보이지 않는 도시들 칼비노 · 이현경 옮김
139·140·141 연초 도매상 바스 · 이운경 옮김 《타임》 선정 현대 100대 영문소설
142·143 플로스 강의 물방앗간 엘리엇 · 한애경, 이봉지 옮김 미국대학위원회 선정 SAT 추천도서
144 연인 뒤라스 · 김인환 옮김
145·146 이름 없는 주드 하디 · 정종화 옮김
147 제49호 품목의 경매 핀천 · 김성곤 옮김 《타임》 선정 현대 100대 영문소설
148 성역 포크너 · 이진준 옮김 노벨 문학상 수상 작가 | 퓰리처상 수상 작가
149 무진기행 김승옥
150·151·152 신곡(지옥편 · 연옥편 · 천국편) 단테 · 박상진 옮김 《뉴스위크》 선정 100대 명저
153 구덩이 플라토노프 · 정보라 옮김
154·155·156 카라마조프가의 형제들 도스토옙스키 · 김연경 옮김
157 지상의 양식 지드 · 김화영 옮김 노벨 문학상 수상 작가
158 밤의 군대들 메일러 · 권택영 옮김 퓰리처상 수상 작가
159 주홍 글자 호손 · 김욱동 옮김 서울대 권장도서 100선 | 미국대학위원회 선정 SAT 추천도서
160 깊은 강 엔도 슈사쿠 · 유숙자 옮김
161 욕망이라는 이름의 전차 윌리엄스 · 김소임 옮김
162 마사 퀘스트 레싱 · 나영균 옮김 노벨 문학상 수상 작가
163·164 운명의 딸 아옌데 · 권미선 옮김

165 **모렐의 발명** 비오이 카사레스 · 송병선 옮김

166 **삼국유사** 일연 · 김원중 옮김 서울대 권장도서 100선

167 **풀잎은 노래한다** 레싱 · 이태동 옮김 노벨 문학상 수상 작가

168 **파리의 우울** 보들레르 · 윤영애 옮김

169 **포스트맨은 벨을 두 번 울린다** 케인 · 이만식 옮김

170 **썩은 잎** 마르케스 · 송병선 옮김 노벨 문학상 수상 작가

171 **모든 것이 산산이 부서지다** 아체베 · 조규형 옮김 《타임》 선정 현대 100대 영문소설

172 **한여름 밤의 꿈** 셰익스피어 · 최종철 옮김 미국대학위원회 선정 SAT 추천도서

173 **로미오와 줄리엣** 셰익스피어 · 최종철 옮김 미국대학위원회 선정 SAT 추천도서

174·175 **분노의 포도** 스타인벡 · 김승욱 옮김 노벨 문학상 수상 작가 | 《타임》 선정 현대 100대 영문소설

176·177 **괴테와의 대화** 에커만 · 장희창 옮김

178 **그물을 헤치고** 머독 · 유종호 옮김 《타임》 선정 현대 100대 영문소설

179 **브람스를 좋아하세요...** 사강 · 김남주 옮김

180 **카타리나 블룸의 잃어버린 명예** 하인리히 뵐 · 김연수 옮김 노벨 문학상 수상 작가

181·182 **에덴의 동쪽** 스타인벡 · 정회성 옮김 노벨 문학상 수상 작가

183 **순수의 시대** 워튼 · 송은주 옮김 《뉴스위크》 선정 100대 명저 | 퓰리처상 수상작

184 **도둑 일기** 주네 · 박형섭 옮김

185 **나자** 브르통 · 오생근 옮김

186·187 **캐치-22** 헬러 · 안정효 옮김 《타임》 선정 현대 100대 영문소설

188 **숄로호프 단편선** 숄로호프 · 이항재 옮김 노벨 문학상 수상 작가

189 **말** 사르트르 · 정명환 옮김

190·191 **보이지 않는 인간** 엘리슨 · 조영환 옮김 《타임》 선정 현대 100대 영문소설

192 **왑샷 가문 연대기** 치버 · 김승욱 옮김 퓰리처상 수상 작가

193 **왑샷 가문 몰락기** 치버 · 김승욱 옮김 퓰리처상 수상 작가

194 **필립과 다른 사람들** 노터봄 · 지명숙 옮김

195·196 **하드리아누스 황제의 회상록** 유르스나르 · 곽광수 옮김

197·198 **소피의 선택** 스타이런 · 한정아 옮김 퓰리처상 수상 작가

199 **피츠제럴드 단편선 2** 피츠제럴드 · 한은경 옮김

200 **홍길동전** 허균 · 김탁환 옮김

201 **요술 부지깽이** 쿠버 · 양윤희 옮김

202 **북호텔** 다비 · 원윤수 옮김

203 **톰 소여의 모험** 트웨인 · 김욱동 옮김

204 **금오신화** 김시습 · 이지하 옮김

205·206 **테스** 하디 · 정종화 옮김 미국대학위원회 선정 SAT 추천도서 | BBC 선정 꼭 읽어야 할 책

207 **브루스터플레이스의 여자들** 네일러 · 이소영 옮김

208 **더 이상 평안은 없다** 아체베 · 이소영 옮김

209 **그레인지 코플랜드의 세 번째 인생** 워커 · 김시현 옮김 퓰리처상 수상 작가

210 **어느 시골 신부의 일기** 베르나노스 · 정영란 옮김

211 **타라스 불바** 고골 · 조주관 옮김

212·213 **위대한 유산** 디킨스 · 이인규 옮김 서울대 권장도서 100선 | BBC 선정 꼭 읽어야 할 책

214 **면도날** 서머싯 몸 · 안진환 옮김

215·216 **성채** 크로닌 · 이은정 옮김

217 **오이디푸스 왕** 소포클레스 · 강대진 옮김 서울대 권장도서 100선

218 **세일즈맨의 죽음** 밀러 · 강유나 옮김

219·220·221 **안나 카레니나** 톨스토이 · 연진희 옮김 서울대 권장도서 100선

222 **오스카 와일드 작품선** 와일드·정영목 옮김
223 **벨아미** 모파상·송덕호 옮김
224 **파스쿠알 두아르테 가족** 호세 셀라·정동섭 옮김 노벨 문학상 수상 작가
225 **시칠리아에서의 대화** 비토리니·김운찬 옮김
226·227 **길 위에서** 케루악·이만식 옮김 《타임》 선정 현대 100대 영문소설 | 《뉴스위크》 선정 100대 명저
228 **우리 시대의 영웅** 레르몬토프·오정미 옮김
229 **아우라** 푸엔테스·송상기 옮김
230 **클링조어의 마지막 여름** 헤세·황승환 옮김 노벨 문학상 수상 작가
231 **리스본의 겨울** 무뇨스 몰리나·나송주 옮김
232 **뻐꾸기 둥지 위로 날아간 새** 키지·정회성 옮김 《타임》 선정 현대 100대 영문소설
233 **페널티킥 앞에 선 골키퍼의 불안** 한트케·윤용호 옮김 노벨 문학상 수상 작가
234 **참을 수 없는 존재의 가벼움** 쿤데라·이재룡 옮김
235·236 **바다여, 바다여** 머독·최옥영 옮김
237 **한 줌의 먼지** 에벌린 워·안진환 옮김 《타임》 선정 현대 100대 영문소설
238 **뜨거운 양철 지붕 위의 고양이·유리 동물원** 윌리엄스·김소임 옮김 퓰리처상 수상작
239 **지하로부터의 수기** 도스토옙스키·김연경 옮김
240 **키메라** 바스·이운경 옮김
241 **반쪼가리 자작** 칼비노·이현경 옮김
242 **벌집** 호세 셀라·남진희 옮김 노벨 문학상 수상 작가
243 **불멸** 쿤데라·김병욱 옮김
244·245 **파우스트 박사** 토마스 만·임홍배, 박병덕 옮김 노벨 문학상 수상 작가
246 **사랑할 때와 죽을 때** 레마르크·장희창 옮김
247 **누가 버지니아 울프를 두려워하랴?** 올비·강유나 옮김
248 **인형의 집** 입센·안미란 옮김
249 **위폐범들** 지드·원윤수 옮김 노벨 문학상 수상 작가
250 **무정** 이광수·정영훈 책임 편집 서울대 권장도서 100선
251·252 **의지와 운명** 푸엔테스·김현철 옮김
253 **폭력적인 삶** 파솔리니·이승수 옮김
254 **거장과 마르가리타** 불가코프·정보라 옮김
255·256 **경이로운 도시** 멘도사·김현철 옮김
257 **야콥을 둘러싼 추측들** 욘존·손대영 옮김
258 **왕자와 거지** 트웨인·김욱동 옮김
259 **존재하지 않는 기사** 칼비노·이현경 옮김
260·261 **눈먼 암살자** 애트우드·차은정 옮김 《타임》 선정 현대 100대 영문소설
262 **베니스의 상인** 셰익스피어·최종철 옮김
263 **말리나** 바흐만·남정애 옮김
264 **사볼타 사건의 진실** 멘도사·권미선 옮김
265 **뒤렌마트 희곡선** 뒤렌마트·김혜숙 옮김
266 **이방인** 카뮈·김화영 옮김 노벨 문학상 수상 작가 | 미국대학위원회 선정 SAT 추천도서
267 **페스트** 카뮈·김화영 옮김 노벨 문학상 수상 작가 | 국립중앙도서관 선정 청소년 권장도서
268 **검은 튤립** 뒤마·송진석 옮김
269·270 **베를린 알렉산더 광장** 되블린·김재혁 옮김
271 **하얀 성** 파묵·이난아 옮김 노벨 문학상 수상 작가
272 **푸슈킨 선집** 푸슈킨·최선 옮김
273·274 **유리알 유희** 헤세·이영임 옮김 노벨 문학상 수상 작가

275 픽션들 보르헤스 · 송병선 옮김 서울대 권장도서 100선
276 신의 화살 아체베 · 이소영 옮김
277 빌헬름 텔 · 간계와 사랑 실러 · 홍성광 옮김
278 노인과 바다 헤밍웨이 · 김욱동 옮김 노벨 문학상 수상 작가 | 퓰리처상 수상작
279 무기여 잘 있어라 헤밍웨이 · 김욱동 옮김 미국대학위원회 선정 SAT 추천도서
280 태양은 다시 떠오른다 헤밍웨이 · 김욱동 옮김 《타임》 선정 현대 100대 영문 소설
281 알레프 보르헤스 · 송병선 옮김
282 일곱 박공의 집 호손 · 정소영 옮김
283 에마 오스틴 · 윤지관, 김영희 옮김
284·285 죄와 벌 도스토옙스키 · 김연경 옮김 미국대학위원회 선정 SAT 추천도서
286 시련 밀러 · 최영 옮김
287 모두가 나의 아들 밀러 · 최영 옮김
288·289 누구를 위하여 종은 울리나 헤밍웨이 · 김욱동 옮김 노벨 문학상 수상 작가
290 구르브 연락 없다 멘도사 · 정창 옮김
291·292·293 데카메론 보카치오 · 박상진 옮김
294 나누어진 하늘 볼프 · 전영애 옮김
295·296 제브데트 씨와 아들들 파묵 · 이난아 옮김 노벨 문학상 수상 작가
297·298 여인의 초상 제임스 · 최경도 옮김 미국대학위원회 선정 SAT 추천도서
299 압살롬, 압살롬! 포크너 · 이태동 옮김 노벨 문학상 수상 작가
300 이상 소설 전집 이상 · 권영민 책임 편집
301·302·303·304·305 레 미제라블 위고 · 정기수 옮김
306 관객모독 한트케 · 윤용호 옮김 노벨 문학상 수상 작가
307 더블린 사람들 조이스 · 이종일 옮김
308 에드거 앨런 포 단편선 앨런 포 · 전승희 옮김 미국대학위원회 선정 SAT 추천도서
309 보이체크 · 당통의 죽음 뷔히너 · 홍성광 옮김
310 노르웨이의 숲 무라카미 하루키 · 양억관 옮김
311 운명론자 자크와 그의 주인 디드로 · 김희영 옮김
312·313 헤밍웨이 단편선 헤밍웨이 · 김욱동 옮김 노벨 문학상 수상 작가
314 피라미드 골딩 · 안지현 옮김 노벨 문학상 수상 작가
315 닫힌 방 · 악마와 선한 신 사르트르 · 지영래 옮김
316 등대로 울프 · 이미애 옮김 《타임》 선정 현대 100대 영문소설 | 《뉴스위크》 선정 100대 명저
317·318 한국 희곡선 송영 외 · 양승국 엮음
319 여자의 일생 모파상 · 이동렬 옮김
320 의식 노터봄 · 김영중 옮김
321 육체의 악마 라디게 · 원윤수 옮김
322·323 감정 교육 플로베르 · 지영화 옮김
324 불타는 평원 룰포 · 정창 옮김
325 위대한 몬느 알랭푸르니에 · 박영근 옮김
326 라쇼몬 아쿠타가와 류노스케 · 서은혜 옮김
327 반바지 당나귀 보스코 · 정영란 옮김
328 정복자들 말로 · 최윤주 옮김
329·330 우리 동네 아이들 마흐푸즈 · 배혜경 옮김 노벨 문학상 수상 작가
331·332 개선문 레마르크 · 장희창 옮김
333 사바나의 개미 언덕 아체베 · 이소영 옮김
334 게걸음으로 그라스 · 장희창 옮김 노벨 문학상 수상 작가

335 **코스모스** 곰브로비치 · 최성은 옮김
336 **좁은 문 · 전원교향곡 · 배덕자** 지드 · 동성식 옮김 노벨 문학상 수상 작가
337·338 **암 병동** 솔제니친 · 이영의 옮김 노벨 문학상 수상 작가
339 **피의 꽃잎들** 응구기 와 시옹오 · 왕은철 옮김
340 **운명** 케르테스 · 유진일 옮김 노벨 문학상 수상 작가
341·342 **벌거벗은 자와 죽은 자** 메일러 · 이운경 옮김 퓰리처상 수상 작가
343 **시지프 신화** 카뮈 · 김화영 옮김 노벨 문학상 수상 작가
344 **뇌우** 차오위 · 오수경 옮김
345 **모옌 중단편선** 모옌 · 심규호, 유소영 옮김 노벨 문학상 수상 작가
346 **일야서** 한사오궁 · 심규호, 유소영 옮김
347 **상속자들** 골딩 · 안지현 옮김 노벨 문학상 수상 작가
348 **설득** 오스틴 · 전승희 옮김
349 **히로시마 내 사랑** 뒤라스 · 방미경 옮김
350 **오 헨리 단편선** 오 헨리 · 김희용 옮김
351·352 **올리버 트위스트** 디킨스 · 이인규 옮김
353·354·355·356 **전쟁과 평화** 톨스토이 · 연진희 옮김
357 **다시 찾은 브라이즈헤드** 에벌린 워 · 백지민 옮김
358 **아무도 대령에게 편지하지 않다** 마르케스 · 송병선 옮김
359 **사양** 다자이 오사무 · 유숙자 옮김
360 **좌절** 케르테스 · 한경민 옮김 노벨 문학상 수상 작가
361·362 **닥터 지바고** 파스테르나크 · 김연경 옮김 노벨 문학상 수상 작가
363 **노생거 사원** 오스틴 · 윤지관 옮김
364 **개구리** 모옌 · 심규호, 유소영 옮김 노벨 문학상 수상 작가
365 **마왕** 투르니에 · 이원복 옮김 공쿠르상 수상 작가
366 **맨스필드 파크** 오스틴 · 김영희 옮김
367 **이선 프롬** 이디스 워튼 · 김욱동 옮김 퓰리처상 수상 작가
368 **여름** 이디스 워튼 · 김욱동 옮김 퓰리처상 수상 작가
369·370·371 **나는 고백한다** 자우메 카브레 · 권가람 옮김
372·373·374 **태엽 감는 새 연대기** 무라카미 하루키 · 김난주 옮김
375·376 **대사들** 제임스 · 정소영 옮김
377 **족장의 가을** 마르케스 · 송병선 옮김 노벨 문학상 수상 작가
378 **핏빛 자오선** 매카시 · 김시현 옮김
379 **모두 다 예쁜 말들** 매카시 · 김시현 옮김
380 **국경을 넘어** 매카시 · 김시현 옮김
381 **평원의 도시들** 매카시 · 김시현 옮김
382 **만년** 다자이 오사무 · 유숙자 옮김
383 **반항하는 인간** 카뮈 · 김화영 옮김 노벨 문학상 수상 작가
384·385·386 **악령** 도스토옙스키 · 김연경 옮김
387 **태평양을 막는 제방** 뒤라스 · 윤진 옮김
388 **남아 있는 나날** 가즈오 이시구로 · 송은경 옮김
389 **앙리 브륄라르의 생애** 스탕달 · 원윤수 옮김
390 **찻집** 라오서 · 오수경 옮김
391 **태어나지 않은 아이를 위한 기도** 케르테스 · 이상동 옮김 노벨 문학상 수상 작가
392·393 **서머싯 몸 단편선** 서머싯 몸 · 황소연 옮김
394 **케이크와 맥주** 서머싯 몸 · 황소연 옮김

395 **월든** 소로 · 정회성 옮김
396 **모래 사나이** E. T. A. 호프만 · 신동화 옮김
397·398 **검은 책** 오르한 파묵 · 이난아 옮김 노벨 문학상 수상 작가
399 **방랑자들** 올가 토카르추크 · 최성은 옮김 노벨 문학상 수상 작가
400 **시여, 침을 뱉어라** 김수영 · 이영준 엮음
401·402 **환락의 집** 이디스 워튼 · 전승희 옮김
403 **달려라 메로스** 다자이 오사무 · 유숙자 옮김
404 **아버지와 자식** 투르게네프 · 연진희 옮김
405 **청부 살인자의 성모** 바예호 · 송병선 옮김
406 **세피아빛 초상** 아옌데 · 조영실 옮김
407·408·409·410 **사기 열전** 사마천 · 김원중 옮김 서울대 권장도서 100선
411 **이상 시 전집** 이상 · 권영민 책임 편집
412 **어둠 속의 사건** 발자크 · 이동렬 옮김
413 **태평천하** 채만식 · 권영민 책임 편집
414·415 **노스트로모** 콘래드 · 이미애 옮김
416·417 **제르미날** 졸라 · 강충권 옮김
418 **명인** 가와바타 야스나리 · 유숙자 옮김 노벨 문학상 수상 작가
419 **핀처 마틴** 골딩 · 백지민 옮김 노벨 문학상 수상 작가
420 **사라진 · 샤베르 대령** 발자크 · 선영아 옮김
421 **빅 서** 케루악 · 김재성 옮김
422 **코뿔소** 이오네스코 · 박형섭 옮김
423 **블랙박스** 오즈 · 윤성덕, 김영화 옮김
424·425 **고양이 눈** 애트우드 · 차은정 옮김
426·427 **도둑 신부** 애트우드 · 이은선 옮김
428 **슈니츨러 작품선** 슈니츨러 · 신동화 옮김
429·430 **세계의 끝과 하드보일드 원더랜드** 무라카미 하루키 · 김난주 옮김
431 **멜랑콜리아 I–II** 욘 포세 · 손화수 옮김 노벨 문학상 수상 작가
432 **도적들** 실러 · 홍성광 옮김
433 **예브게니 오네긴 · 대위의 딸** 푸시킨 · 최선 옮김
434·435 **초대받은 여자** 보부아르 · 강초롱 옮김
436·437 **미들마치** 엘리엇 · 이미애 옮김
438 **이반 일리치의 죽음** 톨스토이 · 김연경 옮김
439·440 **캔터베리 이야기** 제프리 초서 · 이동일, 이동춘 옮김

세계문학전집은 계속 간행됩니다.